ロメリア戦記 II

~魔王を倒した後も人類やばそうだから軍隊組織した~

有山リョウ

Illustration：上戸 亮

A History of the Romelia

contents

008 第一章 ～魔王軍を掃討したから軍隊解散した～

082 第二章 ～魔王軍を倒したと思ったら、新たにやって来た～

128 第三章 ～魔王軍と戦ってたら、聖女と聖女が再会した～

184 第四章 ～魔王軍が空からやって来た～

244 第五章 ～魔王の実弟ガリオスと死闘を繰り広げた～

292 終章 ～英雄と聖女の唄～

ロメリア戦記 II

～魔王を倒した後も人類やばそうだから軍隊組織した～

A History of the Romelia

有山リョウ
Illustration: 上戸 亮

◆ロメリア・フォン・グラハム
グラハム家伯爵令嬢。ロメリア騎士団隊長。

◆アル
カシュー守備隊。ロメリア直属ロメ隊隊長。

◆レイ
カシュー守備隊。ロメリア直属ロメ隊副隊長。

◆アンリ・レウス・ライオネル
ライオネル王国国王。

◆エリザベート
ライオネル王国王妃。

第一章

～魔王軍を掃討したから軍隊解散した～

ライオネル王国ダナム子爵領、城塞都市ポルヴィック。

守備隊長のザルツクは都市を囲む巨大な城壁の上に立ち、ライオネル王国の旗印である獅子《しし》の旗とポルヴィックを示す城壁の意匠が施された旗を見上げた。

王国の西部にあるポルヴィックは、大陸間通商路の要衝《ようしょう》に建設され、古くから交易の街として栄えていた。

だがポルヴィックの歴史は、戦乱の歴史でもある。交通の便が良いということは、そのまま軍隊が進軍しやすいことを意味するからだ。そのためポルヴィックの壁には、幾多の戦乱の痕《あと》が刻まれている。

ザルツクが北に目を向けると、城壁の外には丘陵地帯が広がり、その周囲を森が覆っていた。いつもなら丘陵地帯には家畜が放牧され、森を貫く道には馬車が列をなしている。だが今や家畜や馬車の群れはどこにも無く、黒い軍勢が丘陵地帯にひしめき、街を包囲していた。

「クソッ、魔族共め！」

ザルツクは忌々《いまいま》しそうに罵《ののし》った。

黒い鎧《よろい》を着た兵士は人間の肌をしておらず、爬虫類《はちゅうるい》の鱗《うろこ》に覆われた魔族だった。黒い竜の旗を掲げる彼らは、魔大陸から海を越えてやって来た魔王軍の軍勢だった。

ポルヴィックを包囲する魔王軍の数は約三千体。魔王を討伐してすでに三年が経過していたが、ライオネル王国は未だに国内の魔王軍を駆逐出来ずにいた。

「ザルツク隊長」

名前を呼ばれ視線を向けると、副隊長のオームが駆け寄ってくる。

オームは三日前に腹を矢で射抜かれ、腹に巻かれた包帯には今も血がにじんでいた。

「鳥が戻りました」

「本当か？」

オームが小さく丸めた紙を差し出したのを見て、ザルツクは表情を少しだけ明るくした。ザルツクは二十日前にライオネル王国に伝令の鳥を飛ばし、魔王軍の残党を一掃するためにアンリ王が結成した掃討軍《そうとう》を、援軍として送ってくれるように頼んでおいたのだ。

ザルツクは喜んで手紙を受け取り、小さな紙に記された中身を確認する。だが一読して、ザルツクは顔を歪《ゆが》めた。

「……援軍は、来ませんか」

長年自分を支えてくれた副隊長が、手紙の内容を察してそう言った。顔に出てしまっていたとは指揮官失格だが、ザルツクは落胆せずにはいられなかった。

「掃討軍からだ。ペシャール地方の魔王軍を掃討中とのことで、援軍は送れぬとよ」

「それでは何のための掃討軍です！　王国はポルヴィックを見捨てるのですか！　魔王ゼルギスを倒した英雄王も変わられた！」

ザルツクの言葉にオームが国王批判をする。本来なら不敬と咎《とが》めるところだが、ザルツクも内心は同意していた。

この国の王太子であったアンリ王子は六年前『救世教《きゅうせいきょう》の聖女エリザベート』『帰らずの森の賢者エカテリーナ』『東方の女剣豪呂姫《りょき》』を含めた五人の仲間と共に、魔王ゼルギスを倒すために旅立った。そして三年前、見事魔王を討ち取り凱旋《がいせん》したのだ。

二年前には、病死した前王の跡を継ぎ、国王となった。戴冠式では英雄王の誕生だと、誰もが喜び祝ったものだった。だが、今やアンリ王を英雄と呼ぶ声は少ない。

王位を継いだ時、アンリ王は国内にはびこる魔王軍を一掃すると宣言した。だが未だ公約は果たされず、国土は蹂躙《じゅうりん》され続け、国民は疲弊しきっている。

「ザルツク隊長。まだ希望はあります。『あの人』が来てくれるかもしれません」

「『あの人』か……確かに『あの人』の騎士団なら、魔王軍にも対抗出来るだろうな」

オームに言われ、ザルツクはある女性の名前を思い出した。

その女性は王国の片隅で兵を挙げ、魔王軍討伐を目的とした軍事同盟を立ち上げた。

最初は誰も相手にしなかったが、魔王軍討伐に動きだした彼女とその騎士団は、王国内にはびこる魔王軍を次々と撃破し、各地を救って回っていた。

今や王国より、頼りに出来る存在と言えた。

「ザルツク隊長は『あの人』にも救援要請を出したのでしょう」

「確かに救援要請は出したが。ポルヴィックは『あの人』の同盟に加わってはいない。我々の救援要請に応じる理由はない」

オームの言葉に、ザルックは首を横に振った。

「しかし、救援要請の手紙は送ったのでしょう？　『あの人』なら来てくれるかもしれません」

オームはまだ希望にすがりつこうとしていた。

確かに『あの人』は、魔王軍の脅威に苦しむ人々を救って回っている。同盟に加盟していないポルヴィックでも助けに来てくれるかもしれなかった。

だが、ザルックはこれにも首を横に振った。

「いや、それは不可能だ。二十日前に救援を求める鳥を送ったが、その時あの人の軍隊は遠く北のオエレス地方にいた。オエレスからポルヴィックまでは、通常で三十日はかかる。強行軍を行ったとしても短縮出来るのはせいぜい五日だ。間に合わぬ」

「そんな……」

ザルックの言葉に、オームは肩を落とした。

副隊長の肩に手を置いて慰めていると、大きな音が丘陵地隊から響いてきた。

丘陵地帯を見下ろすと、魔王軍の兵士達が銅鑼《どら》を鳴らして太鼓を叩き、喇叭《らっぱ》を吹いていた。

音と共に梯子《はしご》や弓、破壊槌を持った魔王軍が前進を開始する。

「オーム……兵士を集めてくれ。動ける者は全員だ」

ザルックは副隊長に命じると、オームはすぐに全員集めた。その数は三百人程。しかも三百人のうち、半数はポルヴィックの住人だった。戦力が足りないため、住人達にも義勇兵として協力してもらっているのだ。その中には子供や老人、女の姿も交じっている。

集まった兵士達は、皆が悲壮な表情を浮かべていた。誰もが自分達は助からないと分かっているのだ。

「兵士諸君。君達は勇敢だった」

ザルツクは兵士達に語りかけ、無条件に褒《ほ》め讃《たた》えた。

「君達の勇気と奮戦はこの私が保証しよう。君達はまさしく勇者であり英雄だった。死んでいった兵士達も、一人残らず英雄だ」

ザルツクの言葉に、兵士達が涙した。敗北の悔しさか、死への恐怖か？　それとも死んでいった者達への哀惜か。ザルツク自身、自分の頬《ほほ》を流れる涙がなんなのかは分からなかった。

「もはや我々に勝ち目はない。しかし！　我々ポルヴィックの民は！　街の誇りであるこの壁を、易々と明け渡したりはしない！　最後の最後まで戦い、意地を見せる。諸君、今日ここで共に死のう！」

ザルツクの激励に、兵士達は雄叫《おたけ》びで応えた。逃げ出す者は一人もいなかった。しかし三百人の声はあまりにも小さく、蠟燭《ろうそく》の火のようにか細い。

ザルツクは振り返り、北を、ポルヴィックへと進軍する魔王軍を睨《にら》む。

真っ黒な軍団が、ポルヴィック目掛けて押し寄せる。その動きはまるで津波の如く大きなうねりとなり、呑《の》み込まれれば、城壁ごと押し流されてしまいそうな勢いだった。

自らに迫る死を前に、ザルックは拳を固めた。副隊長であるオームも歯を食いしばり、恐怖に負けまいとしていた。

兵士達は互いに手を取り、抱き合いながら、泣き出しそうになるのを堪えていた。しかし誰も魔王軍から目を逸《そ》らさず、津波の如く押し寄せる黒い軍勢を睨む。

その時だった。

ザルックの視界の右端、東にある森の切れ目から、白い何かが現れた。

初めは鳥かと思った。しかし違った、馬だ。一頭の白馬の上に、純白の鎧《よろい》を着た人間の兵士が、同じく真っ白な旗を持ち、森から飛び出してきたのだ。

「どこの者だ？　あれは伝令か？」

ザルックは疑問の声を上げた。どこかの騎士が来るなど聞いていなかった。そもそも、たった一騎で魔王軍がひしめく戦場に乗り込むなど馬鹿げている。伝令や斥候の兵士にしても、白い鎧は目立ちすぎる。あまりにも場違いで、現実味がなかった。

白騎士を目にした魔王軍の兵士も同じ感想を持ったようで、白い存在に戸惑い、攻撃するのを忘れて前を素通りさせてしまう。

魔王軍の兵士が、蜥蜴《とかげ》の顔をキョトンとさせて白騎士を見送ると、その頭を槍《やり》が貫いた。

白騎士に続く形で、炎のように赤い鎧に身を包む騎兵が現れ、槍で魔王軍の兵士を突き殺した。その横には目も覚めるような蒼い鎧《よろい》を着た騎兵が、同じく槍《やり》を振るい、魔族をかき分けるように進んでいく。

騎兵の列は更に続き、十数人の騎兵が現れて、白騎士を追いかけながら魔王軍の陣形を横から切り裂いていく。

「あの騎士達は味方なのか？　だがあのような少数で仕掛けるなど無謀すぎるぞ！」

ザルツクは驚かずにはいられなかった。不意を突いたとはいえ、二十にも満たない騎兵では多勢に無勢だ。

しかしそれは無用の心配だった。白騎士達の後からさらに四百人の騎兵と八百人の歩兵が現れ、魔王軍に対して側面から横撃を仕掛けた。

「なんだ！　あの騎士団は！　どこの兵士が救援に来てくれたのだ？」

ザルツクは喜びの悲鳴を上げたが、どこの騎士団が助けにきてくれたのか分からなかった。

ポルヴィックの周辺は魔王軍に荒らされ、どの貴族も自領の防衛に手一杯で、救援を出す余裕などないはずだった。

「ザルツク隊長、あの旗は！」

オームが、白騎士が持つ旗を指す。

白騎士が掲げる純白の旗には、金糸で鈴蘭《すずらん》の花弁が刺繍《ししゅう》されていた。鈴蘭の旗印を掲げる騎士団といえば、たった一つしかない。

「救国の聖女ロメリアが率いるロメリア騎士団か！　来て、来てくれたのか！」

ザルツクの頬《ほほ》に、安堵《あんど》と感動の涙が流れた。

彼女達こそ、ザルツクが王国の他に救援要請を送った相手。魔王軍に対抗出来る唯一の希望だった。

「ザルツク隊長！　あの先頭を駆ける白騎士は、もしやロメリア伯爵令嬢ですか？」

オームが驚きの声で問う。

副隊長の言葉にザルツクは頷《うなず》いた。先頭を駆ける白騎士こそ、グラハム伯爵家の一人娘、ロメリア・フォン・グラハムに間違いない。

「あれが、魔王ゼルギスを倒した五人目の英雄。抹消された聖女か！」

オームの言葉に、ザルツクは三年前に起きた婚約破棄の一幕が思い出された。

副隊長の言うように、ロメリアは魔王を倒した五人の仲間の一人だ。しかし旅のさなかアンリ王子の不興を買い、アンリ王子との婚約を破棄され、英雄の列からも外された。

世間は落ち目の伯爵令嬢を冷笑したものだった。

しかし今や彼女こそ、魔王軍に対抗出来る唯一の希望だった。

故郷へと都落ちした彼女は、婚約破棄に嘆くこともせず即座に行動を開始した。そして王国の東の果てと言われるカシュー地方で、魔王軍討伐の兵を挙げた。さらに魔王軍の脅威に対抗するための軍事同盟、通称ロメリア同盟を立ち上げ、王国各地を救って回った。

「すごい、本当に救国の聖女だ」

隣にいたオームが、戦場を駆けるロメリアを見て感嘆の声を上げる。

女の身でありながら戦場に立ち、魔王軍を倒して回るロメリアの姿を見て、民衆はいつしかロメリアを救国の聖女と呼び、讃《たた》えるようになった。

ザルックはその話を聞いた時、少々大仰すぎると思った。だが純白の鎧《よろい》を身に着け、旗を持ち戦場を駆けるその姿は、まさに荒れ果てたこの国を救う聖女にほかならなかった。

まるで神話の頁をめくっているかのような光景に、自然と胸が打ち震えたが、同時に危うすぎると思う。指揮官が最前線で旗を振るうなど、危険すぎる。これでは敵のいい的だ。

「おい、あそこ、弓で狙われているぞ！」

城壁の上で守備兵の一人が声を上げた。指で示す方向には、魔王軍の弓兵部隊がいた。百体の魔族が弓を引き絞り、空に向けて構えている。狙うはあまりにも美しく無防備な聖女だ。

「いかん、逃げろ！」

声が届く訳がないと分かっていても、ザルックは叫んだ。他の兵士達も、逃げろ、避けろと叫ぶが、百本の矢が黒い雨となってロメリアに降り注ぐ。

全員の脳裏に、無惨な死を迎えるロメリアの姿が見えた。

だが誰もが絶望しかけたその時、奇跡が起きた。

降り注いだ矢が突然方向を変え、まるでロメリアを避けるように逸《そ》れていった。百本に及ぶ矢は一本も当たることはなく、ロメリアには傷一つ無い。

「奇跡だ。本物の聖女だ」

ザルツクは感涙で前が見えなかった。

自分だけではない。この光景を見ていた者全てが、同じ思いに満たされた。

ロメリアを見ると、後方を走っていた騎士達がようやく彼女を追い越し、周囲を守るように取り囲んだ。

ひとまずは安心。と思いたいところだが、魔王軍は精鋭揃いである。突然の奇襲に対しても、すでに対応しようとしている部隊があった。

ロメリアの進む先には、防御陣形を整えた重装歩兵百体が盾《たて》を連ねて待ち構えていた。さらに遠く離れた戦場の端では、魔王軍の騎兵部隊が異変に気付き、ロメリア騎士団の後方に回り込み、挟撃する動きを見せていた。

「まずい後ろをとられるぞ！　進路を変えろ！」

ザルツクは声の限りに叫んだ。

このままでは殲滅《せんめつ》されてしまう。重装歩兵との衝突を避けて、進路を変えるべきだ。しかしロメリアの周囲にいる十数人の騎兵達はそのまま直進し、重装歩兵に向かって突撃する。

「ええい！　周りが見えていないのか！」

ザルツクは、ロメリアの周囲を守る騎兵達を非難した。

魔王軍の重装歩兵と言えば、鉄壁の防御力を誇る精鋭部隊だ。倍以上の戦力で当たらねば、はじき返されると言われている。それを二十人にも満たない数では、太刀打ちのしようもない。

ザルックは包囲され、すりつぶされる騎兵達の姿が目に浮かんだ。

しかしロメリアの騎兵達が盾《たて》の列と激突した瞬間、魔王軍の重装歩兵の隊列が、一撃で粉砕された。

「な、何だ！　あの騎士達は？」

ザルックは想像とは逆の結果に、驚愕の声を上げた。

ロメリアの周囲を守る騎兵達が槍《やり》を振るうたびに、城壁のごとき強固な魔王軍の重装歩兵が倒されていく。ただの兵士ではなかった。

「そうか、あれが噂《うわさ》に聞く、ロメリア二十騎士か！」

ザルックは彼らの正体に見当がついた。

ロメリア騎士団がまだ小さな一部隊でしかなかった頃、ロメリアが最初に率いた二十人の兵士達がいた。彼らはロメリアに絶対の忠誠を誓い、その力は一騎当千。ロメリアを守り、あらゆる敵を打ち倒す。最強の盾にして剣と言われている。

「するとあの二人が、赤騎士アルビオンと蒼騎士レイヴァンか！」

オームが熱を帯びた声で、ロメリアの前で敵を薙《な》ぎ払う、赤と蒼の鎧《よろい》を着た兵士を見る。

二十騎士は誰もが卓越した力を持っているが、特に赤騎士と蒼騎士の働きがすさまじい。あの二人こそ、ロメリア騎士団の中でも最強の名を分け合う、アルビオンとレイヴァンだ。

元々の身分は低く、農民や孤児の出身だそうだが、ロメリアの下で戦い幾多の武功を上げてついには騎士の位を得るほどになっている。

新たな英雄の姿を見られたことに、オームを始め兵士達も興奮していた。

だが危機はまだ去っていない。ロメリア達は未だ敵陣の奥深くに位置しており、周りは全てが敵だ。魔王軍の半数はまだ状況を把握出来ていないが、いち早くロメリア達に気付いた魔王軍の騎兵部隊が、後方から突撃して来ている。

「ザルック隊長、あの騎兵は精鋭ですよ」

オームがロメリア騎士団に迫る、魔王軍騎兵部隊を指差す。確かに騎兵の中には、赤い鎧の兵士が何体かいた。

魔王軍は鎧の色を黒で統一している。だが一部精鋭には血のように赤い鎧を身に着けることを許していた。精鋭が率いる騎兵部隊。これは先程のように簡単に倒せる相手ではない。

ロメリア騎士団全員で当たるかと思ったが、魔王軍の精鋭に対して、アルビオンとレイヴァンの二人が前に出る。

「まさか二人で相手をするつもりか？　いくらなんでも無謀すぎる」

隣にいたオームも叫ぶ。

だがアルビオンとレイヴァンは向かいくる敵を前に、悠々と前に進み出た。

対する魔王軍の騎兵部隊からは、十字槍を脇に抱えた一体の魔族が飛び出てくる。

十字槍を持つ魔族が来るのを見て、アルビオンはまだ距離が離れているというのに、槍《やり》で空中を薙《な》ぎ払った。すると槍の穂先から猛火が吹き出し、戦場を赤く照らす。

「魔法か！」

オームが戦場を照らす炎に、驚嘆の声を上げる。

ザルツクも大きな炎に驚いた。赤騎士アルビオンは別名炎の騎士とも呼ばれ、騎士でありながら魔法を使うと言われていた。しかし……。

「見た目はすごいが、敵を巻き込めていないぞ！」

ザルツクは炎に驚きつつも、規模の割に魔王軍を倒せていないことに気付いた。十字槍を持つ魔族も、炎に驚き足を止めているが、負傷した様子はない。

「隊長！　あれを！」

オームが驚きながら戦場の遥《はる》か上空を指差した。

そこには蒼い点があった。蒼騎士レイヴァンが、マントに風を受けて空を飛んでいた。

「ほっ、本当に空を飛んでいる」

誰の声なのか分からないが、兵士の呟《つぶや》きが聞こえた。

蒼騎士レイヴァンは、空を飛ぶと言われていた。ザルツクは戦場によくある流言の類だと思っていた。だが本当に空を飛び、上空から戦場を見下ろしている。

空を飛ぶレイヴァンが身を翻《ひるがえ》したかと思うと、槍を構えて猛禽《もうきん》類の如く急降下する。

炎に目を奪われていた十字槍を持つ魔族は、頭上から襲い来るレイヴァンに気付くことなく、頭を兜《かぶと》ごと槍で貫かれた。

突然上空から飛来したレイヴァンに、魔王軍の兵士達は驚きながらも槍を向ける。だが、レイヴァンは突き殺した魔族の体を蹴《け》って跳躍し、別の兵士の頭に飛び乗る。着地と同時に槍で敵を突き殺し、胸を蹴って再び跳躍する。

その足取りは軽やかで、まるで飛び石でも渡るように、魔王軍の頭上を飛び跳ねる。

「なんだ、あの動きは！　人間技じゃない！」

オームの叫びの通り、レイヴァンの動きは重力を感じさせず、まるで妖精の歩みのようだ。最初に見せた飛翔といい、普通の跳躍ではない。

「そうか、風の魔法で浮いているのか！」

ザルツクは、レイヴァンの跳躍の正体に気付いた。

蒼騎士レイヴァンは風の騎士とも呼ばれ、風を操ると言われている。風の魔法で気流を生み出し、跳躍と同時に風を受けて上昇しているのだ。

頭上から襲い掛かるレイヴァンに、魔王軍は槍を立てて防ごうとするが、上ばかり注意していられなかった。目の前では赤騎士アルビオンが槍を振るい、見事な槍さばきを見せる。

対する魔王軍の赤鎧《よろい》も槍では負けておらず、互角の腕前を見せる。だがアルビオンの槍を防いだ瞬間、その槍《やり》の穂先から炎が吹き出る。炎は身を焼くほどの威力はないようだが、視界を覆い隙が生まれた。アルビオンは隙を見逃さず、槍で魔族の太腿《ふともも》を貫く。

致命傷には程遠い一撃だが、貫かれた太腿から炎が吹き出し、魔族の体を包み込んで焼き殺した。

そして炎の騎士アルビオンは、一撃必殺の魔槍で次々と魔王軍の精鋭を焼き殺していく。

「なんて魔法の使い手達だ！」

ザルツクは舌を巻いた。

魔法を使用するには高い集中力を必要とする。そのため魔法使いは安全な後方から魔法を放つのが一般的だ。魔法で空を飛び、槍と一緒に炎を放つなど、一流の使い手でも難しい。

炎の騎士アルビオン。風の騎士レイヴァン。ロメリア騎士団の中で最強の名を二分する二人には、魔王軍の精鋭でも敵《かな》わない。

そして二人が切り開いた穴に、残りの二十騎士やロメリア騎士団が突撃し敵を殲滅《せんめつ》していく。

恐るべきロメリア騎士団の力だが、魔王軍も負けてはいなかった。突然の横撃に加え、精鋭である騎兵部隊や防御の要である重装歩兵を破られても、戦意を全く失わない。それぞれの部隊が持ち直し、穴が開けられた陣形を修復しロメリア騎士団を包囲しようとする。

「いかん！　包囲されるぞ！　逃げろ！　逃げるんだ！　離脱を図れ」

ザルツクは声の限りに叫んだが、竜の口が閉じるように、魔王軍が包囲を完了させる。

ロメリアは逃げ道が閉ざされたことに気付いていないのか、なぜか戦場の中心で旗を振り、上げ下げしていた。

「ザルツク隊長、このままでは……」

兵士の一人が悲痛な声を上げた。言われずともザルツクにも分かっていた。

いくらロメリア騎士団が強くても、騎士団員は千二百程しかいないのだ。対して魔王軍の数は三千体。魔王軍の兵士は、人間の兵士の倍の戦力があると言われているので戦力比は一対六。これはいくらロメリア騎士団が強くても、覆せるものではない。

「我々も出るぞ。彼らを死なせてはならない！」

「しかし、ザルツク隊長！　今の私達に一体何が出来ます」

副隊長のオームが止める。

確かにポルヴィックの兵士には、ロメリア騎士団を助ける力はないかもしれない。だがたった三百人でも出来ることはあるはずだ。少なくとも城門を開け、彼らを中に引き入れなければならない。救援を求めた者が、それに応じて助けに来てくれた者を見捨ててはいけない。

ザルツクはとにかく助けに行こうとすると、戦場から突如、太鼓や銅鑼《どら》の音が鳴り響いた。

見れば三方の森から、魔王軍を包囲するように四千人程の歩兵が現れた。

「なんだ、あれは？　どこの軍だ？　ロメリア騎士団ではないぞ？」

ザルツクは新たに現れた兵士を見たが、彼らがロメリア騎士団でないことは一目瞭然だった。それぞれが自らの所属を示す旗を掲げている。ザルツクはその旗に見覚えがあった。

「あの槌の紋章は炭鉱都市ザパン。あちらの熊と月の旗は北方オエレス守備隊。ケネット男爵家にドストラ男爵家の旗もあるぞ。これがロメリア同盟か！」

ザルツクは感嘆の声を上げた。

魔王軍の脅威にさらされていた辺境の兵士達が集い、今は魔王軍を包囲し攻撃していた。魔王軍は突如現れたロメリア同盟軍に、完全に後ろをとられ、殲滅《せんめつ》されていく。

ザルツクは辺境の兵士が集う光景にしばし見とれていたが、重大なことに気付いた。

「こうしてはおれん、我々も出るぞ！　者共、続け！」

「え？　ですが勝利は確実です。我々が出る必要は」

ザルツクが武器を掲げたが、オームはなぜ無理をして出るのかと困惑していた。

「馬鹿者、これだけの領地の兵士達が、我々を助けるために来てくれているのだ。たとえ数名でも我らもあの戦列に加わり轡《くつわ》を並べなければ、誇り高きポルヴィックの名を汚すことになる」

ザルツクの言葉に、オームが気付いて頷《うなず》く。

「少数でも構わん。我々も打って出るぞ！」

ザルツクは兵士を率いて、急いで城壁を降りた。

私は白馬に跨《また》がり、林の中を全速で走らせた。

白い甲冑《かっちゅう》を着込み、手に旗を持ちながら、林の中を馬で走るのは辛いものがあった。しかし金糸で鈴蘭《すずらん》の意匠が施されたこの旗は、通称ロメリア騎士団、正式にはカシュー守備隊の象徴でもあるため、落とすわけにはいかなかった。

私が旗を持ちながら林を抜けると、そこは戦場だった。

丘陵地帯には魔王軍の黒い軍勢がひしめき、城塞都市ポルヴィックに攻勢を仕掛けている。その数はざっと見て三千体。魔王が討たれてすでに三年が経《た》っているというのに、まだこれだけの数が王国に残っている。しかもその陣形は見事と言うしかなく、美しくすらあった。

正面から挑めば、撃ち破るのは困難な陣形。しかし林を抜けて接近したので横をとれた。

私が勢いよく馬を走らせると、私に気付いた魔王軍の兵士が、驚いて避けてくれる。

「ロメ隊長！」

「ロメリア様！」

後ろから聞こえた声に、私は一瞬だけ振り向く。背後には二人の騎兵が、魔王軍の兵士を蹴《け》散《ち》らしながら追いかけて来ていた。

燃え盛る炎のような赤い鎧《よろい》を着込んだアルと、空のように蒼い鎧を身に着けたレイだった。

二人共この三年の戦いで成長し、立派な騎士へと変貌していた。

知り合った頃のアルは、生意気盛りといった顔つきだったが。幾多の戦いを経て、今では獅《し》子《し》のごとき風格さえある。そしてレイはといえば、以前は育ちの悪い大根のようだったが、この三年で顔のそばかすも消え、ほっそりとした顎《あご》が凛々《りり》しい美丈夫となっている。

変わったのは見た目だけでなく実力も付け、数々の武功を上げていた。そのため二人は騎士として叙勲され、アルはアルビオン、レイはレイヴァンと名を変えた。

「危ないですよ、ロメ隊長！」

「そうです、ロメリア様。お下がりください！」

二人は私を追いかけながら声を上げる。騎士となり名前が変わっても、私にとってアルはアル、レイはレイだった。

二人の背後には、十数人のロメ隊、通称ロメリア二十騎士と、そして三年の時を経て千人以上に膨れ上がったカシュー守備隊、通称ロメリア騎士団が私に追従し、敵を蹴散《けち》らしている。

「ロメリア様！　本当に危険です！　お下がりを！」

すぐ後ろのレイが叫ぶ。彼の言うことは正しい。いくら魔王軍の隙をついているとはいえ、先頭に立つのは危険だ。

それに神が私に与えてくれた、周りの者に幸運を授ける奇跡の力『恩寵《おんちょう》』も、私自身には効果がないため、運が悪ければ死ぬ。

「もう少し、もう少しだけ進みます！」

私は後ろの二人に向かって叫ぶと、馬の腹を蹴り、さらに速度を上げた。

たしかに危険だが、それでも私が先頭に立つのには意味がある。

私がカシューに赴き、魔王軍を討伐する軍隊を興してはや三年。各地の魔王軍を倒して回っているうちに、気付けば私は聖女と呼ばれるようになってしまった。ロメ隊もロメリア二十騎士と讃《たた》えられるようになり、カシュー守備隊もロメリア騎士団とあだ名されるようになった。私が立ち上げた軍事同盟も、いつの間にかロメリア同盟などと呼称されている。

正直、自分の名前が連呼されるのは恥ずかしいし、聖女と呼ばれるのは断固拒否したい。だが私の名前が人々の口に上り、聖女と崇《あが》められるたびに、カシュー守備隊に入りたいという青年が現れ、同盟に加わりたいという手紙が届くようになった。

今や私はこの騎士団の象徴、認めたくはないが偶像なのである。偶像には偶像の役目がある。望む望まざるにかかわらず、人は求められた役割はこなさなければならない。人々が私を聖女と崇めるのであれば、私は人々の前で聖女として先頭に立たなければいけない。

そのために、この目立つ白い鎧《よろい》や白馬をあつらえたのだ。

しかし人の目につくということは、敵にもよく見えるということだ。案の定、魔王軍は私目掛けて百本の矢を放ってきた。

空を覆い尽くす殺意の塊のような矢が、私に向かって殺到する。だが当たる直前で矢は逸《そ》れ、まるで私を避けるようにあらぬ方向へと飛んで行った。

これぞ神の奇跡！　と思う人もいるだろうが、もちろん違う。『恩寵』の効果は私には適用されない。矢が逸《そ》れたのは風の騎士とも呼ばれているレイの魔法だ。後ろを走る彼が、風の魔法で私を覆い、矢を逸らしてくれたのだ。

だがさすがに目立ちすぎた。レイの魔法も万能ではない。

「ロメ隊長。もうだめです」

時間切れだとアルがレイと共に私を追い越し、ロメ隊の面々が周囲を取り囲む。

私も偶像としての役割は十分こなしたので、守られることを受け入れる。だが私にはまだやることが残っている。偶像としての役割は人に求められた仕事だが、私が望む仕事は、指揮官として戦を勝利に導くことだ。

私は馬に乗りながら周囲を見回し、敵の動きをつぶさに見て、自軍の状況を把握する。

魔王軍の半数は、まだ私達の存在に気付いていない。一方で我らがカシュー守備隊はというと、私が進みロメ隊が広げた穴に入り込み、魔王軍を蹴散《けち》らしている。

突然横から殴りつけたため、状況はこちらに有利。だがこの優位は一時のものだ。数では魔王軍が依然優勢だ。不意打ちの混乱も、いつまでも続かない。戦場を見ていた私は、進む前方と、さらに左前方にいる魔王軍に動きがあることに気付いた。

前方では魔王軍の重装歩兵部隊が方向転換を完了し、盾《たて》を連ねて私達を待ち構えていた。更に左前方では魔王軍の騎兵部隊が私達に対応して動き始めている。重装歩兵で受け止め、騎兵で殲滅《せんめつ》する構えだ。

状況確認と判断が早い。視野の広い隊長が率いているのだろう。

「アル、レイ。前を！」

私は旗を前に向け、重装歩兵部隊を指し示す。

本来なら進路を変えるべきだが、優秀な指揮官と部隊は早めに潰してしまいたかった。

「了解、突き崩すぞ」

アルが小さく呟《つぶや》き、ロメ隊が矢のように隊列を整え突撃する。私達を迎え撃つは、防御陣形を整えた重装歩兵の盾と槍《やり》だ。

互いの槍が触れ合った瞬間、まさに鎧袖一触《がいしゅういっしょく》。魔王軍重装歩兵の戦列が吹き飛んでいった。

アル達ロメ隊が繰り出す槍は、魔王軍の盾を貫き、防御の陣形を粉砕していった。

特に、先頭を走るアルとレイの働きが大きい。今や国中にその名を轟《とどろ》かせる二人は、競うように敵を倒していく。

アルが槍を振り抜けば、魔王軍の兵士が吹き飛び、レイが槍を繰り出せば、瞬く間に数体の魔族を突き殺す。ロメ隊の中で最強を二分する二人の働きは、さすがという他ない。

だが活躍しているのはアルとレイだけではない。巨漢のオットーが巨大な戦槌《せんつい》を振り回せば、それだけで敵が吹き飛ぶ。大振りをするオットーの隙を突こうと魔族が襲い掛かるが、カイルが投げた短剣が喉《のど》に突き刺さる。

個人技では敵《かな》わぬと見て、六体の魔族が槍を揃え連携した動きを見せる。だが同じ顔をした二人の騎士が、魔族の槍《やり》をはばむ。ロメ隊の双子であるグランとラグンだ。二人は馬がぶつかりそうなほど体を密着させ、長い槍を振り回す。

普通なら槍や手足が互いに当たりそうなものだが、グランとラグンは互いの体に紐《ひも》でもついているのか、全く同じ動きを見せる。あれほど密着しているのに、互いの体に触れもしない。

まるで分身でもしているかのような双子の連携に、魔王軍は対抗出来ず打ち倒される。

ロメ隊の主力とも言える六人が開けた穴に、カシュー守備隊が雪崩《なだれ》込み、百体の重装歩兵を殲滅《せんめつ》する。

「アル、レイ。次は左です!」

私はすぐに左を指差した。重装歩兵を手早く始末出来たが、左から騎馬の一群がこちらに向かって来ていた。

数は百体と少ないが、先頭を走る数体の魔族は精鋭の印である赤い鎧《よろい》を着ている。

ロメ隊がすぐに隊列を整えるが、突撃はまだだ。まずはアルとレイが前に出る。

対する魔王軍の騎兵部隊からは、大きな十字槍を持つ魔族が駆け抜けてくる。やって来る魔族を相手にアルが槍を払うと、穂先からは猛火が吹き出し、熱気が私の頬《ほほ》を打つ。

突如生まれた炎に、魔王軍の騎兵部隊も驚いて足を止める。

一見すると大きな炎だが、実は見た目程の大きな威力はない。この炎の目的は、敵の足止めと目眩《めくらま》しだ。

炎が放たれた瞬間、アルの側《そば》にいたレイが愛馬の背を蹴《け》って跳躍し、風を受けて空を滑空していた。

もちろん普通に跳躍しただけで、鳥のように飛べるわけがない。レイご自慢の風の魔法だ。

自身の周囲に気流を生み出し、特別にあつらえた骨組み入りのマントで風を捉えているのだ。

上空で旋回していたレイが標的を捉え、槍を構えて一気に急降下する。その姿はさながら猛《もう》禽《きん》類だ。

一方、炎に驚き足を止めた十字槍を持つ魔族は、頭上からの攻撃に気付かず、兜《かぶと》ごと頭を貫かれて即死する。

突如上空から現れたレイに驚きつつも、魔王軍の騎兵が槍を繰り出す。

三本の槍がレイに殺到したが、貫かれる前にレイは頭を貫いた魔族の体を蹴って再跳躍。風を受けて空を舞う。

鳥の如く空を飛ぶレイに、魔王軍は驚きの声を上げる。さすがの魔王軍にも、空を飛ぶ者はいないらしい。

天を支配したレイが、まるで飛び石を飛ぶように敵の頭上に着地して、頭や胸を貫いていく。

普通の戦場ではまずお目にかかれない、レイの跳躍攻撃。魔王軍の注意が上へと向くが、そこをアルの槍が襲う。

魔王軍の精鋭は、咄嗟《とっさ》に槍を返してアルの攻撃を防ぐが、アルの槍からは炎が吹き出す。

魔族の爬虫類《はちゅうるい》のような顔が、一瞬炎に包まれる。だがこの炎にも敵を焼き殺す力はない。しかし炎で視界を奪った一瞬を逃さず、アルは槍《やり》を返して魔族の太腿《ふともも》を貫いた。

魔王軍の精鋭は、この程度の傷では倒れぬと槍を構える。だがアルが突き刺した傷口は、赤黒く光り炭のように燃え続けている。

足を貫かれた魔族が槍を放とうとした瞬間、熾火《おきび》のような傷口から突如炎が吹き出す。炎は魔族の体を覆い尽くし、焼き殺していく。

これぞアルお得意の炎の槍『火尖槍』の威力だ。突き刺す事が出来れば、必殺の魔槍となる。アルはさらに炎が噴き出る槍を振り回し、次々と赤い鎧《よろい》を着た魔族の肩や足を貫いていく。

『火尖槍』に空からの跳躍攻撃。アルとレイを前に、魔王軍の精鋭でも相手にならない。

敵の主力である赤鎧を打ち倒し、そこにロメ隊とカシュー守備隊が襲い掛かる。私は敵の対処をアル達に任せ、旗を高らかに掲げてよく見えるように振り回した。

周囲を見れば、魔王軍は混乱から立ち直り、私達を包囲しようと動いていた。

カシュー守備隊が開けた穴も、塞《ふさ》ぎにかかっていた。このままでは袋の鼠《ねずみ》、いや竜に飲み込まれた鼠だろう。いくらロメ隊が強くても、いずれ四方から押しつぶされる。

ちゃんと来てよ。

私は心の中で念じ、掲げた旗を倒し、上げてまた倒した。何度か旗を上げ下げした後、周囲の森を見る。……何も起きない！

私は顔では平静を保ったが、内心では動揺した。

「ロメ隊長！」

私の合図にも動きがないことにアルが気付き、どうするかと目で問う。

私は歯嚙《はが》みしながら対策を講じようとした瞬間、周囲の森から太鼓や銅鑼《どら》の音と共に、四千人の歩兵が現れてくれた。

彼らは私が立ち上げた軍事同盟、通称ロメリア同盟に賛同してくれた領主達の軍勢だ。

同盟軍四千人の兵士は、魔王軍を包囲し、背後から一斉に襲い掛かった。

私達に注意を引かれていた魔王軍は、突然現れた同盟軍に、完全に後ろを取られた形となる。

「さぁ、私達も暴れまわりますよ！　グランとラグン、オットーとカイルは歩兵三百人を率いてここに陣形を築いて！　ベン、ブライは北の敵を、グレン、ハンスは東。タースとセイは西だ！　ゼゼとジニは南東、ボレルとガットは南西！　それぞれ歩兵百人を率いて前進！」

私は敵の中で陣を敷き、ロメ隊の面々に命令を下す。

敵に包囲された私達は袋の鼠だが、その魔王軍を同盟軍が包囲している。

魔王軍が私達を討とうとすれば、同盟軍が襲い掛かる。同盟軍に対処しようとすれば、私達が内から圧力をかける。私達は竜に飲み込まれた鼠だが、竜のはらわたを食い破る鼠となる。

命令を受けて、ロメ隊の面々が一斉に動きだす。

巨漢のオットーと身軽なカイルが戦場の中心を支え、槍の達人であり、指揮もこなすグランとラグンの双子が左右を受け持つ。

ベンとブライはオットーに次ぐ巨漢であり、その動きは力強く安定感がある。

アルに対抗意識を燃やすグレンはやや危なっかしいが、落ち着いて視野の広いハンスがいれば安心出来る。

セイは真面目だが、時々融通が効かない。だがいい加減で大雑把《おおざっぱ》なタースがいれば丁度いい。

いつも明るいゼゼが元気よく進み、寡黙《かもく》なジニが追いかける。

ガットは戦場で手柄を立てようと張り切っている。ガットとは同郷で、兄弟が多く面倒見のいいボレルが脇を支えている。

ロメ隊、ロメリア二十騎士とも呼ばれている彼らがいれば、敵陣のど真ん中でも戦える。

だが二十騎士というのは語弊のある呼び名だ。最初二十人いたロメ隊も、激しい戦いにより一人が戦死し、三人が戦線離脱を余儀なくされている。特に亡くなったミーチャのことを考えると胸が痛い。だが彼の分も戦わなければいけない。

「アル！　レイ！　私達も行きますよ！」

「やれやれ、ロメ隊長。もう勝ちは決まったようなものなのに、まだやるんですか」

私の声に、アルが呆れた声を上げる。

「当然です。同盟軍の皆さんが頑張っているのです。同盟を立ち上げた私達が、最後まで戦わなくてどうするのです」

『恩寵《おんちょう》』の効果を考えれば、勝負は決まったと言える。だが戦場では何が起きるか分からない。抵抗を続ける敵の中核に切り込み、勝利を確実なものにすべきだ。

「やれやれ、聞いたかお前ら！　ロメ隊長はさらなる血をお望みだ！　たっぷり流せ！」

アルが槍《やり》を掲げて叫ぶ。

私はそんなこと言っていないが、周りの兵士達はアルの声に同調して気炎を上げる。

士気が上がっているならそれでいいかと、私はため息をつきながらも馬を走らせた。


勝敗の趨勢《すうせい》が決しても魔王軍は最後まで抵抗を続け、戦闘を終えたのは日暮れ前になった頃だった。

血で染まった大地に、夕日がさらに赤を付け足す。まるで血で出来た丘のようだった。

戦いは終わったが、私の仕事はまだ終わっていなかった。むしろここからが本番と言えた。

「アル、怪我《けが》の少ない者を半数選んで魔族のとどめを刺してください。レイは負傷兵の収容に当たってください。それと今更言うことではないかもしれませんが……」

「生きている魔族に注意しろ、でしょ？」

私の言葉をアルが引き継ぐ。

「分かっているなら構いません。せっかく勝ったのに、こんなところで死なないように」

「もちろんですよ、ロメ隊長」

「ではロメリア様、負傷兵の収容に当たります」

私の指示に、アルとレイが一礼してから動きだす。

二人を見送った後に私は周囲を見ると、荷物を体に括《くく》り付けた馬の列が、ポルヴィックに到着していた。魔王軍との戦闘の前に、後方に残したカシュー守備隊の補給部隊だ。武器や食料だけでなく医薬品を積んでおり、さらに怪我《けが》を治癒する力を持つ『癒《いや》し手《て》』を多数引き連れている。戦後処理には彼らの助けが必要だ。

補給部隊を見ていると、荷物をほどいている一団の中から、黒い修道服を身に着けた若い女性が、こちらに向かって走って来るのが見えた。癒し手の一人であるミアだ。

「ああ、ミアさん気をつけてください。そこには窪《くぼ》みが……」

私は走ってくるミアに注意したが僅《わず》かに遅く、穴に足を取られたミアは盛大に転倒し、頭から地面に倒れた。

私は片目を閉じて顔をしかめる。倒れたミアを見ると、一瞬苦しそうにしていたが、即座に起き上がり私を見た。

「ロメリア様。お怪我はありませんか?」

「ええ、貴方《あなた》よりも軽傷ですよ、ミアさん」

私は駆け寄ってきたミアの服を軽く払い、着いた泥や葉っぱをとってあげる。足を見れば膝《ひざ》小僧《こぞう》をすりむいていた。なんというか子供みたいだ。

「大丈夫？　ほら、ミアさん。怪我を治して」

「いえ、こんなの怪我のうちには入りません。それよりも少しでも多くの方を治さないと」

ミアは負傷兵を優先して、自分の怪我の治療を後回しにした。

「分かりました。あとで治療するのですよ？　それでカールマンはどこです？」

私はミアの先輩であるカールマンの所在を尋ねる。

カールマンは癒し手をまとめる立場にある。負傷兵の治療は、彼がどれだけ効率的に動けるかにかかっている。

「カールマン先輩はすでに負傷兵を収容するための、仮設診療所の設営を開始しています。負傷兵が収容され次第、治療に入られる予定です」

ミアがカールマンはすでに働き始めていることを教えてくれる。

「では、ロメリア様。私も負傷兵の治療に当たります」

ミアは一礼して去っていく。入れ替わる形で一人の男性が私の下へやって来た。ボサボサの頭に無精髭《ぶしょうひげ》、薄汚れた緑のローブを着た男性は、なんともだらしない格好だったが、これでも我が軍きっての名軍師であり、私の師であるヴェッリ先生だ。

「先生、お疲れ様です。おかげでポルヴィックが落ちる前に到着出来ました」

私はヴェッリ先生に感謝した。

「今回は大変だった。十日も日程を短縮しろと言われた時は、どうしようかと思ったぞ」

ヴェッリ先生は肩を叩いた。さすがの先生も、今回ばかりは疲労困憊《こんぱい》といった様子だ。

ポルヴィックが救援を求めて来た時、私達は遥《はる》か遠くにいた。救出に向かうには時間が足りず、間に合わせるために、私は通常ではありえない強行軍を命じた。

その強行軍を支えてくれたのが、名軍師であるヴェッリ先生だ。

軍師といえば、策を練って敵を罠《わな》にはめる姿を思い描く人も多いが、実際の軍師は、戦争の前にこそ本領を発揮する。

武器を揃え兵糧を集め、目的の場所と日時に軍隊を移動させる。戦いの場に兵士を連れて行くことが、軍師の仕事なのだ。

一見すると簡単なことのように思えるが、数千人分の武器や食料を手配し、予定通りに進軍させるというのは、信じられないほど難しい。道幅や道路の状態、天候一つで行軍の速度は変化してしまう。さらに飲み水をどこで給水するか？　食事の煮炊きに必要な薪《まき》はどこで手に入れるか？　様々な変数を考慮に入れなければならない。

通常はある程度遅れることを計算して、水や食料を多めに持ち、行軍の行程にも余裕を持っておく。しかし今回だけはポルヴィックが持ち堪えられるか分からず、急ぐ必要があった。

「全ては先生のおかげですよ。到着が半日遅れていたら、どうなっていたことか」

私はヴェッリ先生を讃《たた》えた。

実際ポルヴィックは落城寸前だった。先生は武器を持たず、戦場にも立たなかったが、地図と紙だけで、ポルヴィックに住む全員を救ったと言えるだろう。

「お疲れでしょう。休んでください」

「そういうわけにいくかよ。ここからが俺の仕事だしな」

私はゆっくりしてもらおうと思ったが、ヴェッリ先生は目頭を揉《も》みながら答えた。

「そうですよ、ロメリアお嬢様。この男を甘やかす必要はありません」

突然凛《りん》とした声が聞こえ、声のした方向を見ると、そこには妙齢の淑女が立っていた。髪を後ろでまとめ上げ、濃紺のブラウスにくるぶしまであるロングスカートを身に着けた女性は、私のもう一人の師であるクインズ先生だった。

「なんでお前がここにいる？」

ヴェッリ先生は古なじみであるクインズ先生を見て、気まずそうに顔を歪《ゆが》めた。

私もヴェッリ先生と同じ疑問を抱いた。クインズ先生は確か、カシュー地方にあるミレトの街にいたはずだ。

「ヴェッリが無茶な計画を立てたと聞きましてね、補給物資の運搬を任せられる人がいなかったので、私が出張って監督することにしたのです。ついでに補給の最終便に付いて来ました」

「ああ、だからですか。補給がやけに正確に届いたので、不思議に思っていたのです」

クインズ先生の答えを聞いて、私は納得した。

私の無茶な強行軍を実現するため、ヴェッリ先生はより無茶な計画を立てた。

その方法は、荷馬車を使わないというものだった。

行軍の速度は荷物の速度だ。荷馬車を引き連れた輜重《しちょう》部隊が、行軍の速度を決定する。

しかし今回は輜重部隊の速度に任せていては、絶対に間に合わないことが分かっていた。そのため今回は輜重部隊と本隊を切り分けた。本隊は数日分の食料だけを持って先行し、置き去りにした輜重部隊からは逐次、数日分の食料を馬で輸送させる方法をとったのだ。

荷馬車を切り離した分、本隊の行軍の速度は向上した。だが日増しに輜重部隊との距離が離れていく。もちろんその距離を計算して補給計画を組んだが、一日でもずれれば前に進めなくなる綱渡り。正直、ちゃんと食料が届くのか、毎日が不安で仕方がなかった。

しかし蓋を開けてみれば、後方からの補給は半日と遅れることなく到着した。あまりの正確さに、計画したヴェッリ先生も驚いていたが、その背景にはクインズ先生の尽力があったのだ。

「まったく、いくら時間がないからって、あんな手段をとるなんて。間に合わなかったらどうなっていたことか」

クインズ先生は、呆れ顔でヴェッリ先生を見た。

確かに無茶な方法だったが、クインズ先生はヴェッリ先生のやり方が破綻すると見るや、すぐに後方支援に駆けつけている。他人には無理でも、自分ならヴェッリ先生の計画を支えられると考えたのだ。互いに相手の思考を理解しているからこその、連携と言えるだろう。

「輜重部隊の本隊が到着するのは数日後ですが、最終便で食料と共に医薬品や天幕なども持ってきました。医薬品の分配に当たりましょう。ヴェッリ、貴方《あなた》は負傷兵の取りまとめを」

「へいへい、分かりましたよ」

クインズ先生がヴェッリ先生に指示を出すと、ヴェッリ先生は頭を掻《か》きながら同意した。

「ああ、私も手伝いますよ」

私は手伝いを買って出た。戦争は兵士だけのものではない。後方を支える事務方が必須だ。私自身は戦えないので、事務仕事を手伝うべきだろう。

「何を言っているのです、ロメリアお嬢様こそお疲れでしょう？　少しでもいいのでお休みください。強行軍はさぞお辛かったでしょう」

クインズ先生が私を気遣ってくれるが、全員が同じだけ歩いたのだ。私だけ休むわけにはいかない。

「それに、お嬢様にはお嬢様のお仕事があります。最終便には侍女達と共にお嬢様の身の回りの品も持ってきました。少し休んで身支度を整えてください。お化粧もした方がよいでしょう」

「化粧ですか？」

「ええ、疲労が顔に出ていますよ？　疲れた顔でポルヴィックの歓待を受けるつもりですか？」

クインズ先生が、城壁に囲まれたポルヴィックの街を見る。

ポルヴィックの街は城門が開け放たれ、住人達が負傷兵の収容や治療を買って出てくれている。さらに城門からは、正装に身を包んだ兵士の一団がこちらに向かって来ていた。

そういえば少し前に、ポルヴィックの先触れが来て、あとで正式に使者が挨拶《あいさつ》に来ると言っていた。この後ポルヴィックの貴族と、話し合いをしなければいけない。戦争をした直後であるため、多少の無礼は許されるだろうが、交渉事に疲れた顔で挑むのは良くない。身なりを整えておくべきだ。さすがはクインズ先生。痒い所に手が届く。

クインズ先生の指示に納得していると、ポルヴィックの使者が私の前にやって来た。

「私は、ポルヴィック守備隊長を任されている、ザルックと申します」

ザルックと名乗った使者は、日に焼けた精悍《せいかん》な顔つきの男性だった。

「救国の聖女、ロメリア様でいらっしゃいますか？」

「いかにも、私はロメリアです。しかし聖女はおやめください。ザルック様」

聖女と呼ぶザルックの言葉を、私は否定しておいた。

私達の活動が認知されてきたのはうれしいのだが、聖女と呼ばれるのは勘弁願いたかった。

私はライオネル王国の国教である、救世《きゅうせ》教会《きょうかい》の認定を受けた聖女ではない。聖女と呼ばれるのは教会との軋轢《あつれき》を生むし、何より私が恥ずかしい。

「ではロメリア様。救援に駆けつけていただき、ありがとうございます。まずはポルヴィックを代表してお礼を申し上げます」

ザルックが丁寧に頭を下げる。

「我が主《あるじ》ダナム子爵も、直接お礼をしたいと申しております。また、ささやかですが宴《うたげ》の席を設け、ロメリア様や兵士の皆様を歓待したいと考えています。ぜひ我が主の館にご足労いただけないでしょうか？」

「ありがたくお受けさせていただきます。ですが、少し時間を頂けますか？　負傷兵の収容を済ませたいのです」

私はザルツクの招待に応じるが、少し時間をもらうことにした。貴族を待たせるのは良くないと分かっているが、命がけで戦ってくれた人を放置して、歓待を受けるわけにはいかない。

「もちろんです。我々にもお手伝いをさせてください。守備隊の兵舎を空けますので、そちらをお使いください」

「それはありがとうございます。ぜひお願いします」

私はザルツク隊長の申し出を受け、負傷兵の収容を手伝ってもらう。クインズとヴェッリの両先生には、ポルヴィックへの入場の手はずも整えてもらうよう指示する。

話し合いや指示を終えると、いつの間にか私の側《そば》に金髪と黒髪二人の女性が侍《はべ》っていた。二人共クインズ先生が見つけた侍女で、金髪に巻き毛、顔にそばかすが浮いているのがレイラで、長い黒髪に陶器のような白い肌の女性がテテスだ。

「お話は終わりましたか？　ロメリア様。ではさっそくお着替えいたしましょうね」

「髪をとかして、お化粧も致しましょう」

レイラとテテスはにこやかな笑みを浮かべ、私は反対に顔をしかめた。

「あの、宴《うたげ》には軍装のままで……」

私は控えめに主張したが、二人の侍女は許さなかった。

「貴族の宴に、鎧姿《よろい》で出る令嬢がありますか」

「そうですよ。さぁ、ドレスを着ましょうね。この間グラハム伯爵様が送ってくださったドレスがありますので、あれにしましょう」

レイラとテテスは私を天幕に引きずり込むと、鎧をはぎ取り服を脱がす。二人の侍女が織りなす連携は、戦場を知る私でも疾風迅雷《しっぷうじんらい》と言える手捌《てさば》きだった。あれよあれよという間に、私はドレスを着せられ髪を整えられ、顔には化粧が施された。

気が付けば鏡の中には、着飾った淑女が出来上がっていた。

髪は丁寧にまとめられ、顔には精緻な化粧が施されている。そして肩が大きく開いた白のドレスは、装飾が少ないものの生地の発色がよく、型も色合いも社交界の最先端だ。この髪型と化粧、そしてドレスに文句をつけることは誰にも出来ないと思う。

そう、髪形と化粧、ドレスだけは。

「お似合いですよ、ロメリア様」

「大変お美しい」

レイラとテテスが褒《ほ》めてくれる。

もちろんお世辞だろう。分かっている、分かっているのである。私にこの手のお洒落《しやれ》は似合わない。侍女達はかなり頑張ってくれているが、元が悪いからどうしようもない。

毎日外にいるので髪が痛み、肌は日に焼けている。ドレスも美しいが、肩が広く胸が小さい私には、似合っていなかった。

こういう髪型はかつての仲間である呂姫《りよき》がすれば、艶《つや》のある黒髪がより美しく際立っただろう。ドレスに袖を通すのがエカテリーナなら、豊かな体形がより引き立っただろう。同じ化粧をエリザベートがしたのであれば、誰もが振り返っただろう。

知り合いと比べると、あまりにも私は華がなかった。

鏡に映る自分にため息をつきながら、最後に絹の手袋を身に着けて天幕を出る。

戦場を見れば、負傷兵の収容はほぼ完了しているようだった。仕事を頼んだアルとレイが戻ってくる。

「あれ？　ロメ隊長。どうしたんですか？　女の子の格好なんかして？」

アルが憎まれ口を叩いてくれる。

可愛くないアルの言葉だが、下手なお世辞よりはましだろう。一方、レイを見ると、彼は体を硬直させていた。

私を凝視するレイに、隣にいたアルが肘鉄《ひじてつ》をくらわす。我に返ったレイが慌てて口を開いた。

「そっ、その、大変お美しく」

レイが声を裏返しながら褒《ほ》めてくれる。

しかし私は勘違いしたりしない。レイはいつも褒めてくれるし、身内の欲目というのもある。何より私自身、自分の容姿に自信がないので、過剰に褒められると、素直に喜べない。

「ありがとう。レイ」

私はとりあえず笑って礼を言っておく。

「二人も準備してください。街では歓迎の宴《うたげ》があるそうです。兵士達と共に入場します」

私はアルとレイを連れてポルヴィックに向かう。街の前では、ヴェッリ先生達が入場のために兵士を集めてくれていた。

ロメ隊やカシュー守備隊、そして同盟軍が隊列を組み整列している。

「では、行きましょうか」

私は彼らの先頭に立って号令を下し、兵士達と共にポルヴィックの門を潜った。

入場した私達を出迎えてくれたのは、割れんばかりの拍手と歓声だった。ポルヴィックの住民達が集まり、手を振り歓迎してくれていた。城門や町の建物からは紙吹雪がまかれ、私達に降り注ぐ。

出迎えてくれた住民達は子供や老人、女性が多く、若い男は体に包帯を巻いた怪我《けが》人ばかりだった。住民総出で戦い、まさに陥落寸前だったのだ。それだけに歓迎の嵐となっている。

先頭を歩いていた私は、首だけを回して後ろの兵士達を見た。

兵士達は皆胸を張り、うれしそうにしていた。戦いの苦労が報われる瞬間だから当然だろう。歓迎を受ける兵士達の後方には、自力で立てない重傷者もいた。彼らは荷車や担架に乗せられ歓迎を受けていた。

重傷者を移動させるのは本来よくないのだが、どうしても彼らにこの光景を見せたかった。自分達の行動には、戦いには命を賭ける価値があったのだと。人々を喜ばせることをしたのだと、誇らしい気持ちになってほしかった。

街の広場には食事が用意されており、私は兵士達に休息をとる許可を与えた。兵士達は喜びながら食事にありつく。久しぶりのご馳走《ちそう》に、皆が喜んで舌鼓《したつづみ》を打った。

負傷兵はポルヴィック守備隊の兵舎に運びこまれ、治療を受ける。

一方、私はアルやレイ、ロメ隊の面々と共に、ザルツク隊長に案内されてダナム子爵が待つという館へと向かった。

広場から直進して街の中央部に向かうと、貴族の邸宅が立ち並ぶ区画に出る。さらに直進すると、ポルヴィックの中心に、大きなダナム子爵の館があった。

開け放たれたダナム邸の門を潜り、壮麗な庭を進んで開かれた扉から屋敷に入る。まっすぐ続く廊下を抜けると、大きな広間に出た。

広間には長机と椅子が幾つも並べられていた。机には贅を凝らした料理と酒杯の数々が並び、椅子にはドレスや礼服を着た紳士淑女が揃っていた。

広間の奥には大きな長机が置かれ、その更に奥には見事な透かし彫りの椅子があり、浅黒い顔をした背の小さな中年男性が椅子に座っていた。

「ロメリア様。良くおいでくださいました。私がポルヴィック領主のダナムです」

透かし彫りの椅子に座っていた男性が立ち上がり、名前を名乗る。

「お招きに感謝致します。ダナム様」

「なんの、感謝をするのは私の方です。よく街を、領民を救ってくださいました。ささやかですが宴《うたげ》の席を用意しております。今日は心ゆくまで楽しんでいってください」

ダナム子爵が手を叩くと楽団が演奏を始め、宴が始まった。


宴もたけなわ。広間の中央では机がどけられ、ダンスが開始されていた。

私はダナム子爵の右隣に席を設けてもらい、柑橘《かんきつ》系の飲み物が入った杯を傾けながら、踊る人々を眺める。戦争を生き延びた喜びからか、皆が楽しそうに踊っていた。踊る人々の中にはアルとレイの姿もあった。

「いや、ロメリア様。あの二人はなかなか上手いですね」

左隣のダナム子爵が口を開く。

アルの踊りは何とも豪快で華がある。一方レイは技巧派だ。足運びが鋭い。運動神経がいい人間は、何をやらせても上手いものだ。

「しかしあの二人が着ている服は、王都でも見ない作りをしていますな」

ダナム子爵は、アル達が着ている衣装を見逃さなかった。

返り血の付いた鎧《よろい》姿で踊るわけにも行かず、ロメ隊の面々には持ってきた服に着替えさせたのだ。アルは黒を基調に赤い飾り布が入った服を着ている。一方レイの服には青い飾り布があしらわれており、二人は実に凛々《りり》しい。

「ええ、宴に呼ばれる機会が増えましたので作らせたのです」

「なるほど。あの光沢のある服の布地は、ベリア産の絹と見ましたが？　それにあの服の作り、芸術の国とも呼ばれるパリッスア国の意匠では？」

「お見事、その通りです」

私は頷《うなず》いて答えた。交易の街ポルヴィックの主《あるじ》だけあり、ダナム子爵は見る目がある。

「いやはや、さすが王国の玄関口と呼ばれるカシューですな。アイリーン港を通じて、もはや手に入らないものなど無いのではありませんか？」

ダナム子爵の言葉は、言い過ぎというものだった。しかし三年前と比べると、カシューは確かに大きく発展した。

全ては、ヤルマーク商会のセリュレのお陰だ。

商会の懐刀は辣腕《らつわん》を発揮し、瞬く間に港を造りあげて船を手配した。港は現在ではアイリーン港と名付けられ、東方の織物や南国の果実、世界中の香辛料や珍品で溢《あふ》れている。

今やカシューは、王都に匹敵する経済的繁栄を遂げていた。

「ロメリア様のおかげで、この地では魔王軍の脅威が去りました。交易の街としてポルヴィックもカシューに販路を築こうと考えています。よろしければヤルマーク商会に紹介状を書いていただけないでしょうか？　もちろん、ロメリア同盟にも参加させていただきます」

宴《うたげ》のさなか、ダナム子爵が商談と同盟参加の打診をしてきた。

「ありがたいお話ですが、しかし同盟に参加していただかなくても、紹介状はお書きしますよ？」

発展著しいカシューに販路を築きたいのは分かるが、私は同盟の参加と引き換えにするつもりはなかった。良い商売相手はいくらでも欲しい。

「いえいえ。今や経済的にも最も勢いのある、ロメリア同盟に乗り遅れて、他の領主達の後塵《こうじん》を拝するわけにはいきませんので」

ダナム子爵の言葉に、私は苦笑いを隠せなかった。

通称ロメリア同盟は、魔王軍討伐を目的とした相互互助の軍事同盟だ。しかし現在では経済同盟の側面も併せ持つようになっている。

当初は私が打った苦肉の策であった。

軍事同盟の基本として、脅威にさらされた時には救援に向かう代わりに、同盟に加わった領地は兵士を派遣し、食料や武器、資金を提供する義務を負う。

しかし私が同盟を結ぶ相手は、辺境の土地に住む小貴族ばかりだ。彼らは魔王軍の脅威にさらされており、同盟を支える余力はない。同盟を強固なものにするためには、まずは彼らには力をつけてもらわなければいけなかった。

幸いにも私には、アイリーン港があった。

発展著しいカシューとアイリーン港には、あらゆるものが不足していた。

交易商人が休む宿場町の建設には木材が必要だったし、頑丈な道路や橋の建設には石材がいる。そもそも交易を支えるためには大量の馬が必要だし、その馬が食べる飼い葉も膨大だ。

それに将来を考えれば、港を通じて、海外に輸出する産業も興すべきだった。

私はそれらの資材の発注を同盟に参加した領地に依頼し、輸出向けの商品開発を促した。

「ロメリア同盟に参加して、発展した場所は幾つもあります。それにグラハム伯爵家とも、これを機に新たな関係を結びたいと思っております」

ダナム子爵に実家の名前を出され、私としては顔をしかめるほかない。

とはいえ通称ロメリア同盟は、私の実家であるグラハム伯爵家と無関係ではない。というよりも、大いに関係があった。

私は地方領主達が力をつけるために、産業を生み出してもらおうと考えた。だが産業を興すには何より先立つものが必要だった。

私はクインズ先生とヴェッリ先生に、お父様であるグラハム伯爵を説得してもらい、同盟に参加してくれた領地に産業育成のための投資を促したのだ。

お金の匂いに敏感なお父様は、すぐに資金を投入してくれた。

投資された資金で工房が建設され、同盟に参加してくれた領地では人や物、金が集まるようになり、地方はにわかに活気付いた。おかげで同盟への参加の打診も増えたのだが、しかし援助だけを求めて同盟に参加されても困る。

「ああ、勘違いされても仕方ありませんが、援助を目当てに同盟に参加するつもりはありません。一番に期待しているのは魔王軍に対する対処です」

ダナム子爵が、同盟参加の理由を話す。

「ですがダナム子爵。王国に魔王軍はもうほとんど残っていないのですよ？　もはや同盟に参加する必要はないと思いますが？」

私は同盟の意義が無くなりつつあることを指摘した。

この三年間戦い続けたことにより、魔王軍の討伐は完了しつつあった。特に今日の戦いで三千体もの魔族を打ち取ることが出来た。国内に残っている魔王軍の数は少ない。

「私は近いうちに同盟軍を解散し、兵士達と共にカシューに戻るつもりです」

私が今後の予定を語ると、ダナム子爵はにんまりと笑った。

「さすがロメリア様、よく見えておられますなぁ。魔王軍の討伐が終わったあとも同盟軍を維持すれば、次は王家と対立すると分かっておられる」
ダナム子爵はうんうんと頷《うなず》いた。
内心を言い当てられたことに、私は少し動揺した。
魔王軍を倒して回ったことで、私達は民衆や貴族から後援を受け、大きな力を持つようにな
った。それは魔王軍を倒すためには必要なことだったが、王家からしてみれば危険な存在と言
えた。魔王軍の脅威が去った後も無用な軍事力を保持し続ければ、王家が私達を危険視し、争
いの火種となるかもしれない。だから私はそうなる前に、解散しておこうと考えているのだ。
「ロメリア様がそこまで先を見据えておられるのなら、なおさら同盟には参加しておかないと
いけませんなぁ」
ダナム子爵が、同盟参加の打診をもう一度してくる。
「もう解散するのに、ですか？」
「ですがロメリア様。解散するのは同盟軍であって、同盟そのものは解散しないのでしょう？」
またもダナム子爵に内心を言い当てられた。
確かに私は同盟軍を解散しても、同盟自体は残すつもりだった。
「当初の役目を終えたとはいえ、ロメリア同盟は今後も必要になるでしょう。確かに国内の魔
王軍は掃討《そうとう》が完了したかもしれません。しかしこのアクシス大陸にはまだ多くの魔王軍が残っ
ております。北方に目を向ければ、難攻不落と言われたガンガルガ要塞は魔族の手に落ち、そ

の奥には魔族が拠点として作り変えたローバーンも残っております。魔王軍が北から再度攻勢に出ないとは、誰にも言えないでしょう」

ダナム子爵はなかなかに慧眼《けいがん》と言えた。私も魔王軍が何もしてこないとは思えない。

「魔王軍の再侵攻。あるでしょうか？」

だが私は内心とは逆の言葉を口にした。下手なことを言って『ロメリアは民衆の不安を煽《あお》り、同盟を正当化しようとしている』などと揚げ足を取られても困るからだ。

「北の国境の守りは万全と聞いていますよ？」

私は王国の守りが堅いことを説いた。

事実、王国の防御は堅牢《けんろう》と言える。現在、魔王軍の支配地域に面する国境には、ガザルの門と名付けられた城壁が建設され、ザリア将軍率いる黒鷹《こくよう》騎士団が守護している。

「確かに国境の守りは十分でしょう。しかし世の中に絶対というものはありません。魔王軍の再侵攻があった時、頼りに出来るのは王国ではなく貴方《あなた》だ」

ダナム子爵は、助けに来てくれなかった王国より、私達を買ってくれているようだった。

「それにロメリア様の目的が、国内の魔王軍の討伐だけとは考えていませんよ？」

「ダナム子爵、それは……」

「いやいや、みなまで言いなさるな。これはあまり人には聞かせられない話ですからな」

ダナム子爵は私の言葉を遮《さえぎ》った。

　確かに私は国内の魔王軍だけでなく、アクシス大陸に入り込んだ魔王軍の掃討《そうとう》を考えている。いや、もっと言えば海を渡った魔大陸に軍を進め、囚われた人々を助け出したかった。

　だがこれは国政にもかかわる話であり、一介の伯爵令嬢が口にして良いことではない。

「なんにせよ、ロメリア様に救っていただいた恩は、別の形で返すつもりです」

　含みを持った笑みを、ダナム子爵は浮かべる。

「それは……とてもありがたい申し出ですね」

　私は、注意深く返事をした。

　ダナム子爵の言葉は、確かにありがたかった。国政を動かすには、多くの賛同者が必要となる。後援してくれる人は一人でも欲しい。

「分かりました。では同盟への参加を認め、セリュレさんに紹介状をお書きしましょう」

　私は口約束ながら同盟を結び、紹介状を書く約束をする。

　ダナム子爵と話し込んでいると広間に流れていた曲が終わり、踊っていたアルとレイが、相手を務めてくれた淑女と共にこちらに戻ってくる。

「すばらしいダンスでした、アルビオン様。まだ踊り足りませんわ」

「本当です、もう一曲踊っていただけませんか？　レイヴァン様」

　二人の淑女の熱っぽい声に、アルとレイは軽く笑みを浮かべながら、少し喉《のど》が渇いたと誘いを辞した。

二人は酒杯を受け取り、私の右隣に並んで座った。

「なかなかダンスがお上手になりましたね。アルビオン様、レイヴァン様」

「やめてくださいよ、ロメ隊長」

私が冷やかしてやると、アルが嫌な顔をした。

三年に及ぶ魔王軍との戦いで、アルとレイは騎士として叙勲された。それに伴い二人は名前を改めたのだが、二人は堅苦しい名前が嫌いなのか、そう呼んでやると嫌がるので、私の嫌がらせのネタになっている。

「しかしさすがに疲れました」

アルが呟《つぶや》き、レイもため息をつく。二人は疲労困憊《こんぱい》といった様子だ。

「おや、戦場の英雄が、女性相手に苦労しているのですか?」

私が笑ってやると、アルもレイも顔をしかめた。

「仕方ないじゃないですか。ロメリア様。今のでもう十組ですよ」

「そうです、敵はぶん殴ればいいけれど、女性相手にはそうはいかない」

レイがうなだれ、アルが怖いことを言う。

しかし無理もない。今や二人の名前を知らぬ者はなく、思いを寄せる女性は多い。それにポルヴィックでは男が全て戦いに駆り出され、多くが犠牲となった。そのため若い男が極端に少ないのだ。必然的に兵士達はダンスに引っ張りだこだ。

「それでどうです？」

「どうとは？」

私の問いに、アルが聞き返す。全く鈍い奴だ。

「さっきのダンスの相手ですよ、なかなか可愛い娘さん達だったじゃありませんか」

「相手は貴族の令嬢ですよ。俺達なんかが釣り合うわけがないじゃないですか」

アルは常識的な対応をした。確かに騎士になったとはいえ、数年前まで平民だったアル達が、貴族と結婚するなど、普通はあり得ない。

「いえいえ、そんなことはありませんぞ」

話を聞いていたダナム子爵が切り返す。

「確かにあの二人は男爵家の令嬢ですが、共に軍人の家系です。戦場で名を馳せた貴方《あなた》達なら、歓迎されこそすれ、肩身の狭い思いをすることはないでしょう」

ダナム子爵の言葉に私も頷《うなず》く。

「どうです？　先程の二人など丁度良いでしょう。よろしければ、私が取り持ちますぞ」

なかなかダナム子爵は押しが強い。あわよくばここでアルとレイの二人を取り込んでおこうという狙いもあるのだろう。

「魔王軍の脅威が完全に払拭されぬ限り、身を固めるつもりはありません」

「私もアルと同じです。どんな時でもロメリア様の側《そば》にいます」

しかしダナム子爵の誘いを、アルとレイはきっぱりと断った。

二人はいつもこうだ。言い寄る女性は数多くいるのに、決して付き合おうとはしない。中には良縁と思える女人もいたのだが、かたくなに身を固めないのだ。

色仕掛けに引っかからないのはありがたいが、私としては皆の結婚式に出席し、子供を抱き上げてみたいのだが、その機会はなかなか来そうにない。

「そういうロメ隊長こそどうなのですか？　いい加減身を固められては？」

さっきの仕返しのつもりか、アルが切り返してくる。

「私？　私は無理ですよ、適齢期を過ぎてしまったし、こんな悪い噂《うわさ》が付いた女、引き取ってくれる男性など、見つかるはずもありません」

私は首を横に振った。

私はすでに二十歳を超えてしまっている。それに軍に身を置いているのも問題だ。若い女性が男ばかりの場所にいるというのは、大変外聞が悪い。王都の社交界では、私は男漁《あさ》りをしているはしたない女だと言われているそうだ。

こんな私を嫁になどしたら、相手の方に迷惑がかかる。正直、私はもう結婚出来ないと思う。

「そんなことはありますまい。ロメリア様を嫁にしたい家など、いくらでもありますよ」

ダナム子爵は私の諦念を否定した。

「たとえば、我が家はどうです？　ここにはいませんが、息子が三人います。大きいのと小さいのと丁度いいの、どれでも好きなのを持っていってくれて構いませんよ」

ダナム子爵は息子を商品のように紹介した。私としては笑うしかない。

「王家を敵に回しますよ」

私はやんわりとたしなめる。

婚約破棄の一件以来、王家では私の存在はなかったことにされている。そんな私が兵士を率いて戦い、民衆から聖女だと持てはやされている状況は、王家としては面白くないだろう。

「しかし『ロメリア騎士団』とロメリア様の名前を冠していますが、公式には双方に関係がないのでしょう？」

「それは……そうですがね」

ダナム子爵の言葉に私は頷《うなず》いた。

ロメリア騎士団などと呼ばれているが、実際のところ私には何の権限もなく指揮権もない。

カシュー守備隊の名簿に、私の名前はどこにもなく、カシュー守備隊の隊長はアルビオン、副隊長はレイヴァンということになっている。

公式には私は何者でもなく、無理に言葉にすれば、私は戦場の兵士達を慰問しに来ただけの伯爵令嬢ということになる。

「では別に、ロメリア様が誰と結婚しようが構わないのでは？」

「そういう訳にもいきません。名目上無関係ということになってはいますが、実際に兵士を率いているのは私なのです」

　ダナム子爵の言葉に、私は首を横に振った。

　私を処分するためにカシュー守備隊を罰する。カシュー守備隊を潰すために私の罪を問う。そのような政治的、法的な横槍《やり》を防ぐために立場を分けているが、実際に兵士達は私の命令に従ってくれているのだ。その私が貴族と結びつきを強めれば、王家はいい顔をしないだろう。

「下手な怨みを買うわけにはいきませんよ。それに、教会も私を目の敵にしていますからね」

　私はこの国の国教である、救世教会《きゆうせきようかい》との関係の悪さも指摘しておいた。

　そもそもアンリ王子との婚約破棄の原因が、救世教会公認の聖女であるエリザベートとの不和に起因している。

　聖女エリザベートは魔王ゼルギス討伐の後、アンリ王子と婚約を発表し、その年のうちに盛大な結婚式を挙げた。

　王妃となった現在では王子を二人もうけ、教会との強い結びつきもあり立場も盤石《ばんじやく》。国母と呼ぶにふさわしい存在感を放っている。

　そのエリザベートは私のことを嫌っているし、民衆が私を聖女と呼ぶことを、救世教会は認めていない。本当は魔女認定したいぐらいだろう。

　それに私がカレサ修道院で、無許可に癒《いや》し手《て》を育成していることが問題となっている救世教会の実質的指導者であるファーマイン枢機卿《すうききけい》長によって、ノーテ司祭は破門され、カレサ修道院も潰されてしまった。

ノーテ司祭の教え子達や、各地から参加してくれている癒し手達は、破門覚悟で私に付いて来てくれている者達ばかりだ。

「教会との軋轢《あつれき》は聞き及んでおります。多くの人々を救っているノーテ司祭の破門には、私も憤りを覚えました。この街でも、現在の教会のあり方に異を唱える者は多くおります」

ダナム子爵は教会の批判を口にしたが、これは危険な話題だ。

「子爵、それ以上は」

「おっと、そうですな。これは口が滑りました」

私の制止に、ダナム子爵が慌てて口を塞《ふさ》いだ。

確かに、現在の教会は拝金主義に塗《まみ》れてしまっている。癒し手の治療に高額の寄付を要求し、貧しい者は怪我《けが》人であっても平気で門前払いをする。こうした教会のあり方に異議を唱える人は多く、権力欲の権化《ごんげ》と言われているファーマイン枢機卿長を批判する人が増え始めている。

しかしことは国教にかかわる問題。うかつに口を滑らせるべきではない。

「では話を元に戻しますが、ロメリア様はグラハム伯爵家のご令嬢でございましょう？　伯爵家とつながりを持ちたい家など、いくらでもあるのでは有りませんか？」

「そこが一番の問題ですよ。私など家を出て、好き勝手している放蕩《ほうとう》娘ですからね」

ダナム子爵が実家の名前を出したが、私は実家こそが、関係が一番よくないと言っておく。

アンリ王子との婚約破棄は大いに家名を汚す原因となり、グラハム家にとって私は疫病神のような存在だ。さらに軍隊を率いていることも問題で、親族からはみっともない、はしたないと言われ、勘当《かんどう》すべきだとの声も上がったらしい。

お父様は直接何も言ってこなかったが、内心はよく思っていないだろう。

「しかしグラハム様は、ロメリア同盟に資金を投入しているのでは？」

「確かに、経済面では協力していますが、あれは儲けが出ていますから」

ダナム子爵の言葉に、私は首を横に振っておく。

お父様は金にうるさいので、利益が出ることに協力出来るだけだ。実際、資金援助をして辺境の盟主気取りをしているくせに、王家の顔色を気にして表立って私の活動を認めていない。放蕩《ほうとう》娘の勝手な振る舞いに困り果てているという姿勢でいるのだ。

ひどい二枚舌と言えるが、両方にいい顔をするのは、お父様ならではの政治感覚とも言えるのかもしれない。

「実家とも、お父様ともいい関係とは言えません。私と結婚しても、グラハム伯爵家から甘い汁が吸えるとは、思わないほうがいいですよ」

勘違いされても困るので、私はしっかりと実家との関係を暴露しておく。

「グラハム伯爵家の親子仲に関しては、社交界の噂《うわさ》で、いろいろと聞いておりますよ」

どんな話を聞いているのか、ダナムはしみじみと頷《うなず》く。

「他人の親子関係に口を挟むつもりはありませんが、一人の親として言わせて貰《もら》うと、親の愛情というのは、なかなか子には伝わらぬものです」

「そういうものでしょうか？」

私は他人の腹の中を探るのはわりと得意なのだが、お父様が何を考えているのかだけはよく分からない。

「愛、というものはとかく相手に伝わりにくいもののようですから」

ダナム子爵の言葉に、私は考え込む。

正直、お父様に愛されているのかどうかも分からなければ、自分がお父様を愛しているのかどうかも分からない。

恨みや嫉妬、打算や色欲であれば理解しやすいのだが、愛だけは読めない。

「このように人々を救済し、助けて回る娘を持てて、グラハム様も鼻が高いとは思いますよ。グラハム様が建てられた銅像や出版された本、あちこちの劇団を後援して、興行させている劇を見れば、それは分かりますぞ」

ダナム子爵が言うお父様が作った銅像や本、そして劇と聞き、私は顔をしかめた。

「あれこそ売名と収入が目的ですよ」

私はきっぱりと否定した。

お父様があちこちで盟主面をするのは構わないが、人気取りのために私の銅像を建てて本を出版し、戯曲を作って興行を打つのだけははやめてほしい。

「大体、各地で建てられている銅像ですが、私じゃありませんよ、あんなの」

私は嫌悪感を隠さなかった。

お父様が建てた銅像だが、顔はそこそこ似ているが、体形が全く違う。背は高くなっているし、胸は実物より三割は大きい。そのくせ腰はうらやましいほど細く、足もすらりと長い。なんというか、私が理想とする自分の姿だが、それを銅像にされたくない。

「あれを見た後だと、実物と会っても私と分かりませんよ？」

「そうですか？　なかなか似ていると思いましたが？」

「どこがですか！　それに私を題材に、勝手に恋愛小説を書かれても困ります」

私は最近巷《ちまた》で出版されている、恋愛小説を思い出した。

鈴蘭《すずらん》の君と呼ばれる令嬢が二十人の騎士に見初められ、美しくもはかない恋物語が繰り広げられるという内容なのだが。鈴蘭は私が好きな花で、カシュー守備隊の旗印にも使っている。二十人の騎士もロメ隊の面々にそっくりで、誰を題材にしているのか一目瞭然だ。

「ああ、あの本はポルヴィックでも人気ですよ。今日もロメリア様に署名をして欲しいと言っている令嬢がいますよ」

「やめてください。たまに読者の方に会うのですが、いったい誰が本命なのかと問われて困るのです。本命なんていませんから」

私は困り果て首を横に振った。

「確かに、恋愛事情は脚色が多そうですが、しかし劇はどうです？　あれは事実に近いのでは？」

苦悩する私に、ダナム子爵が最近公開されている劇の話をする。

「何を言っているのです。あれこそ嘘《うそ》の塊です」

私はこちらもきっぱりと否定しておいた。

銅像に小説もひどいが、劇が特にひどいのだ。一度観に行ったのだが、あれは公開処刑だ。誰だ？　これは？　というほど美化と捏造《ねつぞう》がなされている。私が負傷兵に自ら献身的な介護をしたり、民衆を助けるためにたった一人で軍勢に立ち向かったりしていて、恥ずかしくて最後まで観ることが出来なかった。

銅像に小説に劇と、全てが嘘と捏造で出来ている。だが恐ろしいことに、それらすべてが大好評で、劇は連日満員御礼、本は売り切れ続出。銅像は恋人達の待ち合わせの場所となっているそうだ。

ちなみに私の銅像の前で愛を告白すると、永遠に結ばれると言われているらしい。だが当の私は、アンリ王子から婚約を破棄され、結婚どころか浮いた話ひとつない。一体どんな理由でそんな噂《うわさ》が流れたのか。

「勘当《かんどう》同然とはいえ、娘を売り物にしてお金儲けをするのはやめてほしい」

私がお父様に対して憎々しい感情を顔に浮かべていると、隣で見ていたダナム子爵が笑った。

「しかしグラハム様のこうした下地があるからこそ、行く先々で、歓迎を受けることが出来たのではありませんか?」

ダナム子爵の言葉には、頷《うなず》かざるを得ないところがあった。

他所の軍隊が、自分の領内に入ることを嫌う領主は多い。それに女の私に助けられたくないという人もやはりいる。

軍事同盟を立ち上げた当初は、私が女であるが故の反発も多かった。だが本や劇で私達の活動が広まるようになると、反発されるより歓迎されることの方が増えた。

私達の活動を広めるには、これ以上の方法はないと言える。お父様なりに、私のことを思って――。

一瞬だけ、お父様に対する愛情的なものが湧きかけたが、本人よりも美化された銅像や勝手に作られた恋愛小説、捏造《ねつぞう》された劇が思い出され、芽生えかけた愛情は一瞬で消し飛んだ。

ないな。うん。ないない。

どう考えてもあれは金銭目的。人気が上がれば上がるほど、本が売れて演劇の来場者数が増える。それだけのことだ。

私は家族問題に簡単に決着をつけ、考えるのをやめた。

ダナム子爵主催の宴《うたげ》はまだ続くようだったが、私は席を立った。

「すみませんダナム様、今日はもう休ませていただきます」

「おや、もうですか？　もっとお話を聞きたかったのですが」

「申し訳ありません。お付き合いしたいのですが、ここ連日夜を徹しての強行軍でしたので、正直このまま眠ってしまいそうで」

「それは気が付きませんで。寝室をご用意しておりますので、案内させましょう」

「ありがとうございます。しかし休む前に、負傷した兵士達を労《ねぎら》いたいと思いますので」

私は頭を下げて案内を断った。戦闘があった日の夜は、負傷兵を見舞うことにしている。

「それは素晴らしい。まさに本や戯曲に書かれているとおりの聖女ぶりですな」

「いえ、見て回るだけですよ。治療などは癒《い や》し手《て》に任せておりますから」

ダナム子爵の言葉を私は笑って否定した。

カシュー守備隊の人数が少なかった頃は、医療知識がある者が少なく、仕方なく私が治療したこともあった。劇のあの場面は、その頃の伝聞に尾ひれがついた結果だろう。

しかしカシュー守備隊の増員に伴い、戦闘も激しくなり負傷兵の数も増えた。

すでに私一人で治療が間に合う状況ではない。それに私の仕事は、手ずから治療を行う事ではない。優秀な癒し手を数多く揃え、自分自身の手を血で汚す事なく兵士達を救う事だ。

「それではダナム子爵。失礼します」

私が一礼すると、アルとレイも同時に席を立つ。

私が出歩く際には、ロメ隊の誰かが必ず護衛に付いてくれる。あちこちの勢力を敵に回しているので、暗殺への配慮だ。

私は二人を連れて負傷兵が集められた、ポルヴィック守備隊の兵舎を訪ねる。

簡易の診療所となった兵舎では、寝台の上で傷付いた兵士達が横になり、呻《うめ》き声を上げていた。苦しむ兵士達を見ると心が痛んだ。

「ロ、ロメリア様！」

横になっていた兵士の一人が私に気付き、無理をして起き上がる。すると他の兵士達も私に気付き、次々に体を起こす。

「ああ、無理をしないでください。皆さん。怪我《けが》は大丈夫ですか？」

私が尋ねると、兵士達は先程まで苦しんでいた痛みを忘れたように笑顔を見せた。

腹部に血が滲《にじ》んだ包帯を巻いている男は、両腕を振り上げて無事を示し、頭に包帯を巻いている男も笑って答える。

「皆さん、今日はよく戦ってくれました。私が皆さんの勇姿を忘れる事は決してないでしょう。本当に勇敢な戦いぶりでした」

私が兵士達を讃《たた》えると、傷付いた兵士達は喜び、涙を流して喜んでいた。私は一人一人に声を掛け、怪我を労《いたわ》り、勇戦を褒《ほ》め讃えた。

私が手を握り、声を掛けると、兵士達は涙を流して喜んでくれる。だが、彼らの笑顔を見ると心がひび割れていく気がする。

私は聖女と呼ばれることを否定しつつも、兵士の前では聖女のように振る舞っている。周りから聖女に見えるように行動することで、彼らの戦意を鼓舞して士気を高めることが出来るからだ。私は兵士達の思慕や信頼を、利用しているのだ。

人の心を都合よく利用する、自分の行動に反吐《へど》が出そうだったが、今はまだましな方だ。この先もっと辛い試練が私を待っている。

私は負傷兵に声を掛けながら兵舎の奥へと進む。奥に行けば行くほど、兵士達の活気がなくなっていった。代わりに痛みに苦しむ低い呻き声が、地面を這《は》うように充満していた。

奥には重傷者が運び込まれているのだ。

私は重傷者に声を掛けていくと、その中に友人に付き添われた一人の兵士が横たわっていた。私はその兵士の下へ行き、顔を覗き込んだ。

横たわる兵士は血を失いすぎているため顔色が白く、呼吸も浅い。一目で助からないということが分かってしまった。癒《いや》し手《て》達が懸命に治療してくれているが、助からない命もある。この兵士も、生きているのが奇跡という状態だった。

「おい、カナウス。起きろ、ロメリア様が来てくれたぞ、目を覚ませ！」

隣にいる友人が声を掛けるが、もはや友人の声に反応する力も残っていなかった。

「カナウス。カナウス。聞こえますか？」

私はカナウスの横に跪《ひざまず》き、声を掛けた。

すでに死にかけの重傷者。耳が聞こえているのかどうかも怪しかった。だが私が声を掛けると、意識を失っていたカナウスの瞼《まぶた》が僅《わず》かに動き、うっすらと目を開けた。

「ロメ、…ア。さ、ま?」

カナウスが私を見て、弱々しくも声を上げる。

これまでにも、何度も目にしてきた光景だった。

私が声を掛けると、死にかけて意識を失っていた兵士の多くが目を覚ますのだ。

劇作家が書き立てるのも頷《うなず》ける、奇跡的な場面だろう。しかしこれは私が奇跡の力を持っているわけではない。ただ彼らが私を待っていたのだ。死の崖の淵《ふち》で、必死に生にしがみつきながら。

「よく戦いましたね、カナウス。貴方《あなた》の働きを、私は見ていましたよ」

私はカナウスを褒《ほ》めた。

もちろん嘘《うそ》である。広大な戦場で、兵士一人一人の動きを見ていることなど出来るわけがない。死に瀕《ひん》した兵士を喜ばせるための言葉だ。

「あっ、あ……」

カナウスが右手を動かす。私は手袋を外し、その手を取った。

死に瀕したカナウスの手は驚くほど冷たく、力がない。

カナウスは一筋の涙を流すと、次の瞬間、握っていた手がぐっと重くなり、力が抜けたのが分かる。

カナウスが今まさに死んだのだ。私の手が、彼から命を吸い取ってしまったかのように。

「……おやすみなさい、カナウス。ゆっくりと休むのです」

私は死せるカナウスに声を掛け、手を彼の顔にかざし、瞼を閉じさせた。

私はそれから五十三人の死を看取《みと》り、負傷兵の見舞いを終えてダナム子爵の屋敷に戻った。用意してもらった部屋に向かい、人気のない廊下をアルとレイの二人を伴って歩く。屋敷の広間ではまだ宴《うたげ》が続いており、軽快な音楽や笑い声が聞こえて来た。

街の方でも篝火《かがりび》が焚《た》かれ、兵士達が勝利に酔っているのが分かる。

勝利の後というのは不思議だ。勝利を喜ぶ宴の一方で、傷付き苦痛の声を上げ、死んでいく者もいる。

もちろん勝利し、生き延びたのだから喜ぶのは当然だ。生き残った者は、自らの生を喜ぶ権利がある。そして死んでいった者の分まで飲み、死んだ仲間を思いながら唄うのだ。

私は勝利の唄声を聞きながら、戦いで死んでいった者達のために、合同葬儀を行う段取りを考えた。その時、私はまだ戦死者の数を把握していなかったことに気付く。

「そういえばレイ。負傷兵を訪問している最中に、報告書を受け取っていましたね」

私は兵舎でのことを思い出した。あの時は私の手が離せなかったので、レイが代わりに受け取ってくれたのだ。おそらくクインズ先生とヴェッリ先生の手による報告書だろう。

「ええ、その通りです。クインズ様からの報告書です」

「見せてください、処理しておきたい案件がありました」

私はレイに手袋をはめた手を伸ばした。

だが私が手を差し出しても、レイは報告書を渡そうとしなかった。

「レイ、早く寄越しなさい」

「だめです。お疲れでしょう？　それにここ最近、ろくに寝ていないではありませんか？」

私が命令してもレイは報告書を渡さず、逆に働き過ぎを指摘した。

「それは貴方《あなた》達も同じでしょう？」

「私達は鍛えておりますから。それに先程の負傷兵への訪問で、心の方が疲弊しているのでは？」

レイは私の精神的疲労を言い当てた。確かに死者を看取《みと》るのはきつい仕事だ。しかし自分の弱さを、兵士に指摘されたくはない。

「お黙りなさい。いいから寄越すのです。今日中にしなければいけない仕事があるのです」

私は指揮官の権利を主張して命じる。だが忠実なる我が騎士は、報告書を渡そうとしない。

本や劇では私の命令に絶対服従。足に接吻《せっぷん》せんばかりの忠誠を尽くしているというのに、現実ではこの不服従。やっぱり本や劇は嘘《うそ》ばっかりだ。

「それはクインズ先生やヴェッリ先生の報告書です。早く見ておいた方がいいということが分からないのですか？」

私は師でもある両先生の名前を出した。二人の報告は正確であるため、真っ先に目を通すべき案件だ。

「その先生方のお言葉です。ロメリア様はお疲れだろうから、この報告書を見せるのは明日でよいと。あと、全て問題無いので、安心してくださいとも言付《ことづ》かっております」

レイから聞かされる先生達の言葉に、私は顔をしかめる。

「それでも、私にしか分からない仕事もあるのです。早く寄越しなさい」

私は諦めず、レイから報告書を奪おうとしたが、レイは報告書を持つ手を頭の上に伸ばし私から遠ざける。長身のレイにこれをやられると、どうやっても手が届かない。

「こら、レイ。寄越しなさい。おすわり！」

跪《ひざまず》くように命じたが、レイは決して膝《ひざ》を折らなかった。

「アル、貴方からもなんとか言ってやってください」

私は傍観しているアルを頼る。レイに対抗出来るのはアルしかいない。

しかしカシュー守備隊を率いる男は、私から視線を逸《そ》らして顎《あご》を掻《か》いた。

「いやぁ、これはレイの言う通りでは？　休んだ方がいいと思いますよ？」

アルにまで裏切られた。私には味方がいない。

「それにロメ隊長。言いたかないですけど、顔色悪いですよ？　化粧していてそれなら、かなり不味《まず》いでしょう。そんな疲れた体で、正しい判断が出来るので？」

アルにまでこう言われては、反論出来なかった。

「分かりました。ですが、戦死者の報告だけ見せてください。それを知らないうちは、眠れそうにありません」

私は報告書に書かれているであろう、今回の戦いの犠牲者のことを尋ねた。私の指揮で何人が死んだのか。これだけは私が知っておくべき事だ。

「それこそ、寝る前に知らない方がいいと思いますけどね？」

アルは小さく呟《つぶや》いたが、仕方ないという表情でレイを見た。レイも仕方なく報告書を開く。

「七百二十九人です」

レイが短く犠牲者の数を答える。

だが私は数字だけが聞きたかったのではない。私は手を伸ばし、戦死者が書かれた報告書を寄越すように目で指示した。

「これだけですよ」

レイは仕方なく報告書の束のうち一枚だけを渡す。そこに記載された、カシュー守備隊の戦死者は百人程だった。戦死者の多くは地方からついて来てくれた同盟兵だ。今日負傷兵として収容され、死亡した兵士を含めれば、八百人近い損害が出ている。

互角以上の敵を相手に、千人以下の損害にとどめたのだから、大勝利と言えるだろう。

だが人の命は数字ではない。彼らにはそれぞれ人生があるにもかかわらず、私の求めに応じて集い、命を懸けて戦ってくれたのだ。

私は兵士達の死に、その場で目を伏せ黙禱《もくとう》する。

しかし悲しんでばかりもいられない。私にはやらなければならない事がある。とりあえずは二人が言うように、よく休む事だ。明日から働くためにも、今日は休まなければいけない。

「では行きましょう」

私は用意された部屋の前までやって来た。部屋には侍女のレイラとテテスが居るはずだ。

部屋に入ったらお化粧を落とし、ドレスを脱いで柔らかい寝台に横になるだけでいい。寝台で眠るのは久しぶりだ。連日の強行軍では、天幕を持って移動することも出来なかった。柔らかい寝台で眠れるだけで、天国に思える。

部屋まで私に付き添ってくれたアルとレイは、そのまま部屋の前で立ち止まり、帰ろうとはしなかった。

「今日の当番は二人なのですか？」

「はい。途中で他の者と交替します」

私が尋ねると、レイが答えた。私が眠る時には、必ず寝室にロメ隊の誰かが護衛につく。

私を題材にした恋愛小説では、毎夜護衛に付いた騎士との情事が繰り広げられている。だが実際にそのようなことは一度としてなく、寝室に男性が足を踏み入れたことはない。

騎士団を結成してから男だらけの場所に長くいるが、これまで女として身の危険を感じたことはなかった。枕元にはいつも短剣を忍ばせ、不埒者《ふらちもの》がいたら刺し殺す心積もりでいるのだが、未だ使ったことはない。

「そういえば、ロメ隊長。さっきの話ですけど」

私がお休みと言って部屋に入ろうとしたら、アルが話しかけてきた。

「さっき？」

「結婚の話です。ロメ隊長が誰と結婚したとしても、俺が幸せにしてみせますよ」

私はアルの言葉を反芻《はんすう》し、整理して考え直す。

「アル、求婚の言葉にしては、おかしくありませんか？」

私は首を傾《かし》げた。

俺と結婚すれば幸せにしてみせる。というのなら、実に情熱的な言葉だと思うのだけれど、誰と結婚しても俺が幸せにするとはこれいかに？

「俺がロメ隊長と、どうこうなろうなんて思ってもいませんよ。でも、ロメ隊長が誰と結婚しても、俺が幸せにしてみせます」

自信満々にアルが答える。

「具体的には？」

「ロメ隊長の幸せを邪魔するものは皆殺しにして、障害は全て取り除いてやります」

私の問いに、アルが拳を固めて宣言する。

うーん。愛が重い。

「レイ、なんとか言ってやって」

「そうだぞ、アル。お前は間違えている」

冷静沈着なレイは、アルの間違いを指摘した。

「ロメリア様が誰と結婚しても、このレイが幸せにしてみせる。の間違いだ」

レイの言葉に、アルが拳を握りしめながら睨《にら》み返す。

「ほぉー　お前が俺にそんなデカイ口が利けるとは知らなかったぞ？」

「知らないのは君だけで、誰もが知っていることだよ？」

アルの挑発の言葉に、レイが受け返す。まったくこの二人は。

「やめなさい」

今にも殴り掛かろうとする二人を仲裁すると、アルとレイは即座に姿勢を正した。

「はい、やめます」

二人は声を揃えて喧嘩《けんか》をやめた。

全く、この二人は仲がいいのか悪いのか。だが結婚話はこれ以上広げても、不毛な気がする。

「それよりも今回の戦闘で、この国に残った魔王軍の大半を討ち取る事が出来ました」

私は話題を変えるために、今日の戦果を語った。

激戦となったが、それだけにこの勝利は大きかった。今日の戦闘で、ライオネル王国に残っている魔王軍はあらかた倒したと言えるだろう。

「魔王軍の掃討《そうとう》は我々の悲願です。ですが目標達成に伴い、王家が私達の存在を問題視するかもしれません。私は近いうちに同盟軍の解散を考えています。貴方《あなた》達もそのつもりでいてください」

私が解散という言葉を口にすると、アルとレイは顔を見合わせた。

「ロメリア様。前から解散を口にされていますが、本当に解散するのですか？」

レイが不安げな顔で尋ねる。

「ええ、そのつもりです。魔王軍がいなくなった以上、同盟軍を維持する理由がありません。ただ同盟そのものは残します。この国難の時代、貴族達は連帯する必要があります。同盟は結束の良い理由となります」

私は二人に軽く説明した。

通称ロメリア同盟は当初の目的を終え、新たな姿へと変化することだろう。

私としては、この同盟を自分の地盤にしたいと考えている。だが王家に危険視されるわけにはいかない。同盟軍の一時的な解散は必要だ。

「俺達はどうなるので？」

アルがいつもの威勢をどこへやったのか、不安げな顔を見せる。

「ああ、先行きのことを不安に思っているなら安心してください。私達の関係はあまり変わりませんよ。この後はカシューに戻って訓練です。私達が必要になる時まで」

「うへぇ、訓練ですか？　ロメ隊長の訓練きついんですけど」

アルが笑いながらも顔を歪《ゆが》める。

「何を甘えたことを。でも安心してください。私達の力が必要になるのは、きっとすぐですよ」

私はちょっとした予言をして、北の夜空を見た。

この空を越えた遥《はる》か北には、魔族の本拠地といえるローバーンがある。

魔王軍がこのまま黙っているとは思えない。

いやもしかしたら、すでに反撃の手を打っているのかもしれなかった。

第二章

～魔王軍を倒したと思ったら、新たにやって来た～

ライオネル王国、王城ライツの執務室では、英雄王アンリを中心に十人程の家臣が集まり、公務を執《と》り行っていた。

執務室には張り詰めた糸のような緊張感が漂い、居並ぶ文官や武官達は額に汗をかいている。そして家臣の視線を集めるアンリは、部下から渡された報告書を一読し、怒りに手を震わせていた。

「ええい！　なんだ、この報告は！」

アンリは居並ぶ文官武官に対して、怒声と共に報告書を投げつけた。

上げられてくる報告は、どれもこれも気に入らないものばかりだった。

「財政再建を命じたのに、何一つ効果が上がっていないではないか！」

アンリは文官達を睨《にら》んだ。

現在、ライオネル王国の財政は火の車と言えた。税収は減る一方であるのに、国庫金は底を突きかけていた。

だがこれに関してはアンリにも反省すべき点があった。王位を継いだ当初、つい遊びにふけり園遊会や晩餐会《ばんさんかい》を何度も開いて浪費してしまったのだ。財政難を知ってからはそのような浪費は切りつめ、財政改革を指示したが、うまくいっていなかった。

「その……新たに開発した金鉱山が、予想したほど金を産出せず……」

「これ以上の改善をするとなると……財源が足らず、増税をするしか……」

二人の文官が財政再建失敗の原因と、改善策を進言する。

「前にも言ったがそれは出来ぬ。確かに増税こそ財政を立て直す近道だが、財政悪化の原因を解消することがまず先だ。全ては救世《きゆうせ》教会《きよう》が寄付金を取りすぎていることが原因だ」

アンリは増税案を退け、国教である救世教会の問題を取り上げた。

教会は毎年のように大聖堂の改修や増築を繰り返し、それらの費用は莫大な額となっていた。教会はその費用を寄付金で賄《まかな》っており、王国も多額の寄付を行なっている。

「大聖堂の改修も結構だが、こう毎年ではな。それに寄付金の使用も不透明だ。教会は王国から派遣する監査官を、会計に加えることに合意したか？」

アンリは教会との折衝を任せていた文官に問う。

教会が集めた寄付金の使用先は公開されておらず、聖職者による着服が噂《うわさ》されていた。一部教会関係者が私腹を肥やすために、毎年大聖堂の改修や増築をしているとまで言われており、王国の財政再建のためには、教会の内部に切り込む必要があった。

しかし教会との交渉を任せていた家臣は、目を泳がせ脂汗を流す。

「それが、その、神の家は神聖不可侵であると……」

「王家の金を使っておいて、なんだ！　その言い草は！」

家臣の言葉に、アンリは机を叩いた。

「そんなことだから、拝金主義と批判されるのだぞ！」

アンリは怒鳴り、民衆の間で噴出している批判を語った。

魔王討伐以降、救世教会《きゅうせいきょうかい》はその力をかつてないほど強めていた。教会の聖女であったエリザベートがアンリと共に魔王を倒し、さらに結婚して王妃となったことで教会の権威が高まったからだ。その結果教会は信者を大いに増やしたが、新たな信者の中には腐敗した教会の実態を知り、批判する人が出始めているのだ。

王家としては、勢力のある教会を敵に回したくはなかった。だが財政再建と国民の批判を抑えるために、教会の健全化を図りたかったのだが、当の教会にその意識がない。

「ええい、ファーマイン枢機卿《すうきけい》長め！」

アンリは教会の実質的指導者でありながら、拝金主義の権化《ごんげ》と言われているファーマイン枢機卿長の顔を思い浮かべたが、今はどうすることも出来なかった。

「もうよい。それより、魔王軍の掃討《そうとう》はどうなっている」

アンリは、魔王軍掃討を任せている武官に尋ねた。

三年前、アンリはダカン平原でこの国を侵略してきたガレ大将軍を打ち取り、魔王軍を撃破した。しかし損害も大きく、逃げる魔王軍を追うことが出来ず、多くの魔族を取り逃した。

王の座に着いた時、アンリは魔王軍の残党を即座に掃討すると民衆に約束した。しかし公約は未だ果たされてはいなかった。

「掃討軍は今どこにいるのだ？　どれだけ魔王軍の残党を倒した？」

アンリは掃討軍の所在を尋ねた。

掃討軍はアンリが魔王軍を駆逐するために、各騎士団の騎士を集めて設立した部隊だった。

「は、はい。現在掃討軍は北のペシャールに駐留しております」

「待て、ペシャールだと？　確か三十日前もそこにいたではないか。すでにペシャールの掃討は終わっているはずだ」

アンリは武官の言葉に待ったをかけた。すると武官は目を泳がせた。

「それが、その……各騎士団が指揮官の命令に従わず、反発しており……」

「ええい、王国に忠誠を誓う騎士が、王の命令に従わぬとは何事か！」

その報告を聞き、アンリは声を荒らげた。

アンリが結成した掃討軍は、うまく機能していなかった。騎士団の兵士がアンリの任命した指揮官の命令に従わず、動きが遅いためだった。

「またザリア将軍の差し金か！」

アンリは忌々《いまいま》しげに罵《ののし》った。

ダカン平原での戦いの折、アンリはザリア将軍と考えが合わず衝突し、その不和は現在も続いていた。長く軍にいるザリア将軍は、各騎士団にも強い影響力を持っており。掃討軍の機能不全は、ザリア将軍の妨害であった。

「ええい、あの老いぼれめ！　ガザルの門に飛ばしても邪魔をしてくるか」

アンリはまたも机を叩いた。

ザリア将軍の影響力を弱めるために、アンリは将軍と配下の黒鷹《こくよう》騎士団を魔王軍との支配地域に面した北の国境である、ガザルの門へと追いやった。しかし遠い北の地から、ザリア将軍は長い手を伸ばし、掃討《そうとう》軍の行動を妨げていた。

「待て、そういえばポルヴィックが救援を求めていたはずだ。三十日前に救援に向かうよう指示したはずだが……まさか、救援に向かっていないのか？」

アンリは恐ろしいことに気づいてしまった。

ペシャールからポルヴィックまでは十日の距離。指示を出した時に向かっていれば、十分間に合う計算だった。しかし未だ掃討軍はペシャールに居る。それはつまり……。

「はい、救援には向かっておりません」

「なんと！　ではポルヴィックが落ちたということか」

アンリは愕然《がくぜん》とした。

ポルヴィックは堅牢《けんろう》な城壁を持っているが、孤立無援では戦えない。ザリア将軍の妨害があったとはいえ、何も出来なかったことには、王として責任がある。

「あの……陛下……ポルヴィックは無事です。救援が間に合い、陥落を免れました」

文官の一人が進み出て、都市の無事を告げた。

「なんと、誠か？　それは良い知らせだ。なぜ早く教えぬ。どこの騎士団が救ったのだ？　それとも近隣の守備隊が援軍に駆けつけたのか？」

アンリが問うと、尋ねられた文官が視線を逸《そ》らした。

「……まさか、奴か？　奴なのか！」

アンリは文官の仕草を見て、ある答えに行きついた。しかし名前を口にしたくなかった。

王国中が魔王軍の脅威にさらされており、他所に軍隊を派遣する余力があるところは殆《ほとん》どない。例外はたった一つ。

「はい。ロメリア伯爵令嬢率いる、ロメリア騎士団がポルヴィックを救いました」

文官が口にした名前に、アンリの怒りは最高潮に達した。

「おのれ！　ロメ！　ロメ！　ロメ！　またしてもロメリアか！」

アンリは激怒した。

寄進を要求する教会に、命令を聞かない騎士団。腹が立つことばかりだが、中でも一番気に入らないのはロメリアの存在だった。

アンリが苦労して魔王軍との決戦に勝利したあと、ロメリアは突然現れて、魔王軍の残党狩りを始めた。そして今や奴は聖女と呼ばれるまでになっている。

「おのれ！　また奴に勝利の栄光をかすめ取られたのか！」

アンリは喚《わめ》き、三度机を叩いた。

「しかし、結果としてポルヴィックは救われております。これは喜んでよいことかと」

「馬鹿者！　民を救うべきは、我々王国であるはずだろうが！　あんな女に、むざむざ手柄をくれてやるとは！　それに民も民だ、なぜあんな女を聖女だと崇《あが》めるのだ！」

アンリは民の心が理解出来なかった。

魔王ゼルギスを倒し、ガレ大将軍を討ち取り、魔王軍を撃破したのはこの自分だというのに、最近ではロメリアばかり持ち上げ、税が重いと不満の声ばかり上げる。

「えええい、忌々《いまいま》しい。お前達は、何か一つでも問題を解決出来ないのか！　そんなことだからロメリアに手柄を持っていかれるのだぞ！」

アンリが居並ぶ文官や武官達を見るが、国を代表する家臣達は、そろって俯《うつむ》き脂汗を流すばかり。

押し黙る部下に、アンリはさらに口を開こうとしたが、その時、執務室の扉が開かれ一人の女が入ってきた。

白のドレスに銀の宝冠を頭に戴いた女性は、妻にして王妃のエリザベートだった。

「騒がしいこと。外まで声が聞こえましてよ」

「何をしに来た！　エリザベート。今は執務中だぞ！」

入ってくるなりため息をつくエリザベートに、アンリの言葉は余計に鋭くなった。

最愛の妻を見ても、アンリの心は安らぐということがなかった。

結婚してからというもの、エリザベートとの関係も悪くなる一方だった。いつの頃からか度々衝突するようになり、会話が減ってしまっていた。

「お忘れですか？　今日はヒューリオン王国の大使と会談する約束があるのですよ？」

エリザベートに指摘され、アンリはそうだったと思い出す。大国であるヒューリオン王国の大使を待たせるのはよろしくない。だが大使との面会にはまだ時間があったはずだ。

「ん？　呼びに来るのが早いのではないか？」

「確かにまだ時間はございます。その前にお茶でもいかがで？」

「茶などいらん」

「いいえ一服して頂きます。そのようなささくれだった御心で、交渉に向かわれるおつもりですか？」

妻に指摘され、アンリは顔をしかめた。

苛立《いらだ》たしいことに正しい意見だ。眉間《みけん》にしわを寄せていては、交渉はうまくいかない。

「貴方《あなた》達、もう下がりなさい」

エリザベートは、家臣達に退室を促す。家臣達はほっと息をついて部屋を出て行った。

家臣達の逃げるような態度は気に入らなかったが、何も言わずその背を見送っていると、入れ替わりにエリザベートの侍女が茶器を載せた台車を運び入れる。

侍女が茶を淹《い》れようとしたが、エリザベートが手で制して侍女を退出させる。自ら茶器を手に取り、数種類の茶葉を混ぜて茶瓶に入れて湯を注いだ。

「どうぞ、陛下」

王妃は自らが淹《い》れた茶を、アンリに差し出す。アンリは口をとがらせながら茶を受け取った。素直に口をつけたくはなかったが、かぐわしい香りが鼻孔《びこう》をくすぐった。

気が付けば茶に口をつけていた。花のみずみずしい香りに、口に含んだ液体はほんのり甘く、後味は草原のようにさわやかだった。一口飲んだ後、息を吐きながら唸《うな》る。

美味い。

アンリはつい口から出そうになった言葉を押しとどめ、エリザベートを見た。

ここ最近エリザベートは茶を淹れるのがうまくなった。

魔王を倒す旅をしていた時は、料理もろくに出来ず、茶を淹れさせても薄すぎるか濃すぎるかだったが、二年程前から茶に凝りだし、最近では貴族の間でもその腕が評判となり、エリザベートが開く茶会は人気がある。

茶器が置かれた台車を見ると、数十個の小瓶の中に乾燥した香草や薬草がつまっていた。ただ美味いだけではなく、苛立《いらだ》っているアンリの状態に合わせて、茶葉を調合したのだ。

エリザベートの目論《もくろ》み通りアンリはすっかり落ち着き、怒る気もなくなっていた。

「アレンとアレルは？」

アンリは、二人の息子達の事を尋ねた。

エリザベートとの関係は冷めきっているが、子供のことは愛している。妻とは離縁したかったが、王家の体面や教会との関係、何より子供達のためにも、夫婦でいる必要があった。

「お昼寝中です。よく眠っていますよ」

子供達のことを話すと、エリザベートの顔が微笑《ほほえ》む。アンリも子供のことを思うと、釣られて笑みが出てしまった。

「陛下、あまり家臣達を責めては……」

アンリが落ち着いた頃合いを見計らい、エリザベートが先程のやり取りを窘《たしな》めた。

少しだけ気分がよくなったところに言われて、顔をしかめるしかない。

「だがあいつらは何も出来ん。命じたことを、何一つこなせていない。財政難は解消されず、討伐軍も機能不全のままだ」

「ですが嘘《うそ》も申しておりません。あの者達とて、何も不首尾の報告をしたくてしている訳ではないのです」

エリザベートの言葉に、アンリはさらに顔をしかめた。

為政者として、真実を告げる者は貴重だ。嘘の報告をされ、嘘を喜べば、周りの者は嘘しか言わなくなる。耳が嘘で塗り固められていては、もう何が真実か分からなくなってしまう。

「そうだな、それは、分かっておる……」

不承不承ながら、アンリはエリザベートの言葉を認めた。

それに落ち着いた今では、少し言い過ぎたと内省している。財政難も騎士団の不服従も、今に始まったことではない。問題の根は深く、すぐに解消出来るものではなかった。

「だが、ロメリアに関しては君のせいだぞ。私は早期にロメリアを反逆罪で処罰すべきだと言ったのに、放置するよう進言したのは君だ。おかげで奴は国の聖女気取りだ。国民は誰が本物の聖女なのか、忘れているほどだぞ」

「それは、困りましたねぇ」

エリザベートは、さして困った表情を浮かべずに述べた。

「それでいいのか！　聖女は君だろう。ロメリアが憎くはないのか！」

アンリは、平然とするエリザベートの態度が癪《しゃく》に障った。

ロメリア。アンリはその名前を再び聞くことになるとは思っていなかった。

初めは相手にすべきではないというエリザベートの言葉に従ったが、今やロメリアは、魔王を倒したアンリと並ぶほどの賛辞を受けている。とてもではないが許容出来なかった。

「ですがこれで国内の魔王軍はあらかた一掃されました。これで国内は安定し、財政再建のめどが立ちます。ザリア将軍派の勢力を削ることも可能でしょう」

「だが代わりに、ロメリアがでかい面をしているではないか！」

エリザベートの言うように、幾つかの問題は改善されるだろう。だが代わりにロメリアという新たな問題が生まれてしまっている。

「それは別途に対処すればいいだけのこと。魔王軍は一掃され、もう用済みとなったのです」

「始末するのか？」

妻の言葉に、アンリの声も鋭さを帯びる。

「殺しは致しません。状況を整えて法的に処罰するだけです」

「ロメリア騎士団は私兵だ。勝手に軍を越境させている。ロメリアを反逆罪に問えないか？」

「それは難しいでしょう。公式にはロメリアは軍属ではありません」

エリザベートは首を横に振った。

「しかしロメリア騎士団と名乗っているではないか。どう見ても奴の私兵だ」

「周りがそう言っているだけです。正式な所属はカシュー守備隊。指揮官は炎の騎士アルビオンとなっています。反逆罪を問うならば、あの者達を罰することになりますが。陛下はあの騎士達を気に入っているのでしょう？」

エリザベートに指摘されると言葉に詰まった。

ロメリア騎士団の兵士達は、皆が立派な騎士達だ。恐れることなく魔王軍に立ち向かい、そして強くなった。生まれの身分が卑しいことに、口を挟む者もいるが、アンリは気にならない。彼らは努力と実力で、身分の低さを克服したのだ。

「確かに彼らは立派な騎士だ。私の側《そば》に置きたいぐらいだ」

「であれば、罪に問うわけには参りますまい」

「しかしだ、彼らを評価するからこそ、ロメリアから助けてやりたいのだ」

アンリが許せないのはそこだった。

ロメリアは他人の功績を奪う卑怯者だ。実際に魔王軍と戦っているのは彼ら騎士団だ。ただ付いているだけのくせに、その功績を奪い、聖女などとおだてられている。

「グラハム伯爵を罪に問うのはどうだ？　それならば可能だろう」

アンリは名案を思い付いた。ロメリア騎士団がカシュー守備隊であるならば、カシュー地方を治めるグラハム伯爵にこそ責任がある。父を罪に問い、ロメリアも連座させることは可能なはずだ。

「それも難しいでしょう。相手はあの二枚舌のグラハム伯爵です。うまく逃げ切るでしょう」

「ええい、ならどうしろというのだ！」

エリザベートにまた首を横に振られ、アンリは苛立《いらだ》ちの声を上げた。

「ロメリアのおかげで魔王軍の数は減りました。ロメリア達はその役割を終えたのです。騎士団と同盟の解散を要請し、応じなければ、王家に対して叛意《はんい》ありとして討てばよろしい」

「なるほど。確かに、それなら大義名分は通る」

アンリはエリザベートの進言に大いに頷《うなず》いた。

聞けば聞くほど良い話だった。アンリはエリザベートの顔を見た。

最近はあまりうまく行っていなかったが、妻の顔は相変わらず美しかった。

「エリザベート、君のような妻を持てて、私は幸運だ」

アンリは手を伸ばし、妻の頬《ほほ》に触れた。そういえば撫《な》でてやるのも久しぶりだった。

頬に触れると、氷のように固められた顔が不意に氷解し、頬に赤みが差す。

「いえ、私は……陛下の御力になりたかっただけです……」

エリザベートは俯《うつむ》き、手を組んでもじもじと体を揺らし、まるで少女のような仕草をする。

「し、しつれいします」

エリザベートは顔をそむけたまま、恥ずかしいのか部屋を出て行った。

その後ろ姿が可愛く、今日は久しぶりに一緒に寝るかと、アンリは考えていた。


アンリ王の執務室を辞した後、エリザベートは部屋の外で待っていた侍女のマリーと共に城内にある自分の部屋へと向かった。

城の中を歩き中庭を横切る。庭園では美しい花が咲き乱れ、お茶会用のテーブルや椅子が並べられていた。

エリザベートは花の香りを嗅ぎながら庭園の横に設けられた自分の部屋に入る。部屋に戻ると壁中に備え付けられた棚がエリザベートを出迎えた。正面の棚の中にはいくつもの茶器が収められていた。その横の棚にはガラス瓶が並べられ、百を超える数の乾燥した茶葉や薬草に香草が揃っていた。

植物の匂いが充満する部屋に入るなり、エリザベートは軽やかな足取りでソファーに腰を下ろした。顔には花が咲いたような笑みが浮かび、今にも唄いだしそうなほど上機嫌だった。

「大変ご機嫌麗《うるわ》しいようで」

エリザベートの後に付いて入室した侍女のマリーが、にこやかな主《あるじ》を見る。

「そぉ？　いつもと変わらないつもりだけど？」

エリザベートは嘘《うそ》をついた。

マリーの指摘の通り、エリザベートは浮かれていた。しかしその理由が、久しぶりに夫であるアンリ王と、夫婦の会話があったからなどとは言えなかった。

「浮かれるのも結構ですが、明日のお茶会の準備がまだ終わっておりませんよ？」

マリーにそう告げられ、エリザベートは顔をしかめた。

「いやなこと思い出させないでよ」

「でしたら、気分転換にお茶でも淹《い》れましょうか？」

「よして頂戴《ちょうだい》。毎日毎日、人にお茶を淹れているのよ、お茶なんてもう見たくもない」

エリザベートはマリーに本音を漏らした。

社交界においてエリザベートが開く茶会は有名である。揃えられている茶器や茶葉が一級品であるだけでなく、相手に合わせて茶器や茶葉を選び、絶妙なもてなしをするエリザベートの知識と技術が評価されているからだ。

しかし当の本人は、茶を好いてはいなかった。それでもエリザベートがお茶会を開くのには理由があった。

「明日のお茶会には、誰が来るのだったかしら？」

「庭園で開かれるお茶会にはヨーレ伯爵夫人にルフ子爵、クトル司教が来られる予定です」

エリザベートの問いに、マリーが明日の出席者を教えてくれる。

「ああ、あの人達はいいわ。どうせお茶の味なんて分からないんだし。それよりも別室で行われるお茶会の方は誰が来るんだったっけ？」

エリザベートは別の来客のことを尋ねた。

王妃が主催するお茶会は、主に庭園で開かれるものが知られている。だがその裏で、特別な来客は、別室に案内されることはあまり知られていない。

「別室には、シュライク公爵にカレラン伯爵、ワトキンス枢機卿《すうききょう》が招かれる予定です」

マリーが述べた三人の名前は、王国では無視出来ぬ人物だった。

シュライク公爵は富豪としても知られ、財界に強い繋《つな》がりを持っている。カレラン伯爵はかつて将軍職に就き、幾つもの騎士団を率いて戦争に赴いた英雄である。ワトキンス枢機卿は破門されたノーテ司祭の兄弟子に当たり、教会内部にも確固たる地盤を築いている人物だった。

いずれも財界や騎士団、教会に強い影響力を持つ人物とされていた。

「そうだったわね。あの三人には、なんとしてでも王家に味方してもらわないと」

エリザベートは頭の痛い問題に、顔をしかめた。

「シュライク公爵に出資して貰《もら》えれば財政が再建出来る。カレラン伯爵が王家の陣営についてくれれば、騎士団の幾つかが味方になってくれる。ワトキンス枢機卿《すうきけい》にはノーテ元司祭の破門を解くように動いてもらい、教会に対する民衆の不満を抑えてもらわないと」

ため息をつきながらエリザベートはお茶会で話し合わなければいけない内容を語った。

エリザベートが好きでもないお茶会を主催するのはほかでもない、王国の有力者を集めて会談し根回しをするためだった。

アンリ王の政策がうまくいかない中、それでも王国が運営出来ているのはエリザベートの根回しの結果と言えた。今やエリザベートはお茶会を通じて、王国の裏事情を差配する調整役となっていた。

「大変ですねぇ。毎日毎日、話し合いばかりされて」

侍女のマリーが気遣ってくれる。

「仕方ないわ。あの子達のためですもの」

エリザベートは大きく息を吐いた。

二年前にアンリが王位に就いた時、王宮は危機的状況にあった。

長く続く魔王軍との戦いで王国の財政は破綻し、アンリ王がダカン平原でザリア将軍と衝突したため、騎士団も機能不全に陥った。聖女エリザベートがアンリ王と結婚したことで教会は勢力を増したが、力をつけたことで逆に王家と対立するようになってしまった。

アンリ王の政権は非常に危うい状況にあり、生まれてくる我が子のために、エリザベートは手を打つ必要があった。しかし女が軍事に口出しすることを嫌う男性は多い。政治や内政に手をつけようとすれば、アンリ王がいい顔をしない。

そこでエリザベートが考えたのが、国の有力者と会談して国政の間を取り持つことだった。

その点でお茶会という口実は丁度よかった。身分にかかわらず、誰を招いても不思議ではない。それに茶は緊張を解きほぐす効果がある。繊細な話し合いをする前に胸襟《きょうきん》を緩めておけば、何かと話がうまく進みやすかった。

「お茶会だけれど、シュライク公爵にはドーレ産のカットの効いた茶器をお出しして。茶葉の配合は、苦味の強いカモル産の茶葉を主体にする。カレラン伯爵は軍を率いて南方大陸に進軍した経験があったわね、香り付けに南方大陸の果物を使いましょう。果物を数種類用意しておいて。ワトキンス枢機卿は、腰を悪くしておいでだから、体が温まる茶葉を調合しましょう」

エリザベートは事前に記憶していた、招待客の過去と現在の情報を思い出しながら、最適のもてなし方を考えて指示を出す。

「どぉ？　何点ぐらい？」

エリザベートはマリーに尋ねる。

「九十点といったところでしょうか。特に南方の果実を香り付けに使うのは良い考えかと」

「師匠にそう言ってもらえるなら、成功しそうね」

マリーの答えを聞きエリザベートは満足した。マリーはエリザベート付きの侍女だが、ただの侍女ではない。エリザベートに茶の基礎を教え、今も影で支える参謀役であった。

「資金があれば財政再建はなんとか出来ると思う。ザリア将軍に対しても、勢力を切り崩していけばいい。問題はお父様、いえ、ファーマイン枢機卿《すうきけい》長よね」

エリザベートは育ての親の顔を思い浮かべた。

財政再建は難しい問題だが、解決可能な問題だった。ザリア将軍との対立は注意しなければいけないが、こちらとしても容赦せずに対策すればいい。頭が痛いのがファーマイン枢機卿長への対応だった。

ファーマイン枢機卿長はエリザベートの育ての親でもあり、孤児だったエリザベートを聖女として見出だしてくれた恩人である。エリザベートと王家から見れば間違いなく味方だ。だがそれゆえに対応には気を遣わなければいけない。

敵は倒せばいいが、問題を起こす味方は倒すわけにはいかない。味方を味方のままとして、問題を解決する必要がある。

アンリ王の言う通り、確かに教会は寄付金を取りすぎている。しかしその事で、ファーマイン枢機卿長と衝突したのは失敗だろう。

育ての親としてファーマイン枢機卿長をよく知るエリザベートは、かの御仁がいかに強欲であるかを知っている。自らの利権を侵す者を許さず、競争相手をことごとく葬り去ってきた。下手に怒らせれば、どんな悪辣《あくらつ》な手を使ってくるか分からない。

それに教会は、エリザベートも知らぬ極秘の暗殺部隊を持っていると聞く。場合によってはファーマイン枢機卿長による、アンリ王の暗殺などということもありえた。

もしアンリ王が亡くなれば、アレンとアレルのどちらかが王位を継ぎ、王妃である自分が摂政となるだろう。一見するとよいことにも見えるが、この事態は絶対に避けたかった。

なぜなら、暗殺で作られた政権は、必ず暗殺によって塗り替えられるからだ。

自分自身が暗殺されるのは、百歩譲って構わない。だが二人の子供達が政争に巻き込まれる可能性は、一片たりとも許容出来なかった。

ファーマイン枢機卿長がアンリ王を害そうとすれば、たとえ育ての親とはいえ許すことは出来ない。その場合は全力をもって、ファーマイン枢機卿長を排除するしかない。

「王妃様、ロメリア伯爵令嬢はどうされるのですか？」

マリーはエリザベートが意図的に避けていた問題を言及する。

エリザベートは顔をしかめただけで、答えなかった。

ロメリアの処遇も確かに問題だった。

アンリ王には解散案を進言したが、この目論見《もくろみ》はロメリアに見抜かれている。

エリザベートが放った密偵の報告では、ロメリアは同盟の解散を口にしているらしい。むしろすでに解散している可能性すらある。

そうなればもはやロメリアを処罰する方法はなくなり、どうすることも出来ないだろう。

ロメリアの周囲は、アンリ王がその実力を認めるほどの騎士が守りについている。暗殺はまず不可能。政治的にやり込めようにも、グラハム伯爵が娘を守っていて手が出せない。

アンリ王でなくても忌々《いまいま》しい状況だった。

エリザベートは苛立《いらだ》ちを押さえ、息を吐いた。

手が出ない。だがそれが一番良いのかもしれない。

ロメリアが目障りとはいえ、それは個人的な感情である。ロメリアが王国に害をなすとは思えない。周りが担ぎ上げようとするかもしれないが、易々と担がれるような女でもない。

ただ、ロメリアのことを思うと、どうしようもない心のざわつきがある。

その感情をアンリ王は怒りに変換していた。だがエリザベートはただの怒りに出来ないでいた。もしロメリアと再会すれば、この感情の正体が分かるかも知れなかった。

……やめよう。

エリザベートは思考を切り上げ、考えるのをやめた。

ロメリアのことを考えていてもろくなことはなかった。差しあたっての問題はザリア将軍とファーマイン枢機卿《すうきけい》長だった。魔王軍の脅威が払拭された現在、この二人の対処に全力で当たり足場を固めるべきだ。体制さえ整えれば、強いのはこちら。ロメリアの問題は、こちらが優位になった時に対処すればいい。

エリザベートはそう結論づけた。思考を切り替え明日のお茶会の準備に取り掛かろうとした時、部屋の扉があわただしくノックされ、勢いよく開かれた。

部屋に入ってきたのは、エリザベートが情報収集に使っている密偵だった。

「騒々しい、一体何事です！」

エリザベートは密偵を叱責しながらも、報告の内容を予想した。

慌てた様子から、凶報を持ってきたことが分かったからだ。

ザリア将軍の謀反《むほん》。ファーマイン枢機卿長の暴走。反教会派の蜂起。何を言われても驚かぬよう、最悪の事態を想定した。

「王妃様！　それが！　王国領内に新たな魔王軍が出現しました！」

「何ですって！」

事態はエリザベートの予想を、さらに超えていた。


ローエンデ王国。それは、かつてアクシス大陸の北にあった大国の名前である。

北方の広大な半島を支配していたこの国は、周囲を切り立った岩礁に守られていた。深い山々は鉱山資源をもたらし、三方に広がる海は豊かな漁場となり、王国を支えていた。

北の厳しい大地は精強な軍隊を作り上げ、ローエンデ王国の重装騎兵は大陸中の国々を踏みしだき、北の荒波にもまれた海軍は無敵艦隊と称されていた。

王国は活気に満ち、栄華を極めていた。十三年前、魔王軍が現れるまでは。

突如現れた魔王軍に、ローエンデ王国は当初まともに相手をしなかった。初めて見る魔族を、未開の蛮族、もしくは魔物の類いと見たからだ。

だが未開の蛮族のはずの魔王軍は、強力な剣や鎧《よろい》で武装し、高度な戦術を駆使しローエンデ王国の重装騎兵を打ち破った。魔物の類いが造った船は風に逆らって動き、無敵艦隊と呼ばれた船をことごとく沈めた。

栄華を誇ったローエンデ王国は、魔族の足に踏み砕かれ、炎に包まれ灰となった。そして現在ではローバーンと名を変え、魔王軍の竜の旗が翻《ひるがえ》っている。

魔王軍大陸侵略軍にとって最大の拠点、ローバーン鎮守府。

その鎮守府長官である魔族のガニスは、今や並ぶ者無き地位にいると言ってよかった。

最初に魔王軍が滅ぼし、橋頭堡《きようとうほ》として築き上げたローバーンは、すでに橋頭堡の役割を越え、魔王軍の大陸侵攻を支える一大拠点に変貌していた。

この十三年で築き上げられた壁は高く長城となり、倉庫には兵糧が貯えられ、工房からは絶えず武具が生み出されていた。

多数の人間を奴隷とすることで、労働力も十分に確保し、生産力は日々向上している。さらに入植していた魔族の移民を兵士として訓練することで、兵員回復能力も持っている。

しかも魔王が討たれて三年、本国である魔大陸からは一度として連絡はなく、ガニスより上位の地位にいた大将軍は、人間共との戦いに敗れてことごとく戦死した。

これによりガニスより上位の者は、全ていなくなったのである。

だがガニスは、ほぼ頂点と言ってもいい地位にいながら、自らを憐《あわ》れんでいた。

「皆様お集まりになられましたかな？」

ローバーンの会議室では、白い衣を着た小柄な魔族が、しわがれた鳥のような声を上げた。

この小さな魔族の存在こそ、ガニスが自らを憐れむ理由であった。

ガニスも出席するこの会議には、各部署の幹部が集められていた。

それぞれが高い地位にいる将軍や官僚達であり、彼らを統括する者こそ、このガニスである——はずだった。だが主だった者を呼びつけ、この会議を開いたのはガニスではない。また皆の視線を集めているのも自分ではなく、先程発言し、この会議を招集した小さな魔族に注がれていた。

「それで一体何の用だ？　ギャミ特務参謀？」

ガニスは顔をしかめながら、小柄な魔族に尋ねた。

魔族にしてはあまりに小柄なその男は杖を持ち、顔は子供のようにシワひとつなかった。魔族としては異形《いぎょう》、醜いとさえ言える姿をしている。だが誰よりも存在感を放っていた。

「もちろん、人類に対抗するための会議ですよ。一体足りないようですが、よいでしょう」

ギャミは会議室で空席となっている巨大な椅子を一瞥《いちべつ》した後、会議を始めた。

「現在、人間共の各王国に侵攻していた六つの方面軍が壊滅しました。連中は力を蓄えつつあります。奴らの軍隊がこのローバーンに押し寄せるのも、時間の問題と言えましょう」

ギャミは魔王軍が置かれている現在の状況を確認した。まるでローバーンを、いや、魔王軍の行末を語っているかのような口ぶりだが、ギャミの階級は千竜将《せんりゅうしょう》。千体の魔族を指揮する立場でしかなく、これはガニスの副官、その部下ぐらいの地位でしかない。

その程度の地位の者に、ローバーンの主《あるじ》だった幹部を集める権限などありはしない。しかし誰もギャミに異議を唱えることが出来なかった。

この場にいる誰もが分かっていることだが、ローバーンは、いや、この大陸に残っている魔王軍の全ては危機に立たされていた。

魔王ゼルギスが人間に討たれ、本国からの補給も途切れた。こうなった以上、残された兵力だけで、このローバーンを守り抜かなければならない。

しかしこの窮地にあって、頼りになる者はローバーンに殆《ほとん》ど残っていなかった。

大陸侵略軍はその名の通り大陸を侵略し、人間共の国々を魔王軍の支配下に置くことを目的としている。そのため最強の軍隊と最高の将軍が集められていた。だが歴戦の将軍達は手柄を求め、こぞって侵攻に加わり、精鋭部隊をことごとく連れて行ってしまった。

後方を支えるローバーンには、ガニスをはじめ優秀な軍政官は数多くいたが、残った魔王軍をまとめあげ、人類に対抗出来るような将軍は少なかった。

「言われんでも分かっておる。人間共の反抗に備えて、壁を高くし、兵士を鍛え上げている」

ガニスがギャミを睨《にら》むと、小さな特務参謀はへつらい笑みを浮かべた。

「もちろんガニス様の働きは存じております。しかしそれでも、我らの防衛力はまだ充分とは言えません。人間共の軍隊に対抗するには、ローバーンの総力を以って当たるほかありません。移民としてこの地にいる全ての魔族を兵士として鍛え上げ、武装させる必要があります。建設中の長城もさらに高くしなければいけません。訓練はもとより、武器に防具、兵糧、軍馬。その全てが足りません」

「そんなことは分かっておる！　だがどれほど急いでも、その全てを行うのは不可能だ」

ギャミの言葉に、ガニスは机を叩いた。

ガニスをはじめ、幹部達は日々努力し、ローバーンの戦力を高めている。だがギャミが言った要求を全てこなすには、どれほど努力しても時間が足りなかった。

「承知しております。私は軍備を整えるためには、時間を稼ぐ必要があると言いたいのです」

「ならば、どうやって時間を稼ぐと？」

ガニスは油断せずに問う。

このギャミという男は侮れない。小さな体を見て分かるように魔族としては最弱だが、この男の頭脳は魔王ゼルギスすら恐れたと言われている。ガニスとしても遠くへ追放するか、いっそ殺してしまいたかった。だがこの危機的状況の中では、その頭脳に頼るしかない。

「それについて、このギャミが一計を案じました。このまま放置すれば人間共が力を蓄える一方です。かといって大軍を率い、再侵攻することも出来ません。そのため少数の戦力で敵の後方、食料供給地や生産施設を叩き、弱体化させるべきと考えます」

「筋の通った話だが、どうやってだ？　少数の兵力では国境すら越えられぬぞ？」

ギャミの言葉に、ガニスは疑問を呈す。

人間共はすでに国境を厳重に封鎖している。少数の偵察兵なら潜り込めるだろうが、部隊となるとそうはいかない。

「越境の方法についてはご安心ください。すでに準備は整ってございます」

「……そうか！　『あれ』か。しかし本当に使えるのか？」

ギャミの自信ありげな言葉に、ガニスは思い当たるものがあった。

以前からギャミが作り上げようとしていた一つの部隊があった。作り上げるのに恐ろしいほどに資金と時間を必要とする実験部隊で、とても実際に運用出来そうにないものだった。

しかし魔王ゼルギス肝煎《きもいり》りの計画でもあり、ギャミは魔王直筆の命令書を振りかざし、資金や資材、兵士を奪っていった。

「ご安心ください。私が作り上げた部隊ならば、千体程の兵力を越境させることが可能です」

「千体だと？　たったそれだけの兵力で何が出来る」

ギャミの自信満々の答えに、ガニスは笑うしかなかった。

人間共も馬鹿ではない。当然だが後方の食料供給地や生産施設には守備兵が置かれている。千体やそこらの戦力では、砦《とりで》一つ落とせない。

「確かに、千体では砦一つ落とせないでしょう。であれば、砦を落とさなければよろしい」

ギャミは兵力不足の問題を簡潔に解決した。

「敵の後方を襲撃する部隊は、徹底的に敵との交戦を避けます。砦や要塞を攻めず、討伐部隊が繰り出されれば、追いつかれる前に分散して逃げます。そもそも敵に捕捉されないよう、常に移動し続け、略奪と襲撃、道路や橋の破壊工作を繰り返します」

「待て、そんな作戦、聞いたこともないぞ！」

ギャミが提示した作戦に、ガニスは声をあげて待ったをかけた。

これまでガニスは、戦争を双六《すごろく》のようなものと考えていた。終点である敵の本拠地に向けて進軍し、途中にある拠点を一つ一つ攻略していく。これまでずっとそうやって来た。しかしギャミが考案した戦術はそれを根底から覆していた。

「この攻撃部隊は、低きを流れる水のように、敵の戦力を避けて弱い場所だけを攻撃します。浸透戦術とでも名付けますかな」

ギャミは笑いながら答えた。

浸透戦術。初めて聞く戦術に、会議室にいた誰もが動揺していた。だがガニスには、その作戦がいかに効果的なものか理解出来た。

ローバーン鎮守府の長官であるガニスにとって、戦争とは生産と輸送であった。

後方でどれだけ大量の物資を生み出し、前線にいかに素早く届けるか。その効率性が勝敗を分けるとガニスは考えている。

そして効率を生み出すのは安全である。

敵に襲われる心配がないからこそ、生産性は向上していく。橋や道路が破壊されず、輸送部隊が襲撃されないからこそ、素早く物資を輸送することが出来るのだ。

もし畑が焼かれて工房が破壊されれば、一から種を植え、設備を作り直さなければならない。それだけでも多くの資源と労力を必要とするし、しかもその間は生産が止まってしまう。

橋や道路が破壊されれば、何日も遠回りせねばならなくなる。輸送部隊が襲撃されれば、護衛部隊を編成せねばならず、余計な出費に頭を悩ませることになる。

後方で軍政を任される者にしてみれば、悪夢のような戦術と言ってよかった。

「基本方針としては敵とは交戦せず、討伐部隊が現れれば、少数の部隊に分かれて逃走します。そして事前に決めた集合地点で集結し、周辺の通商を破壊及び集落を襲撃します。これを方面軍が侵攻していた六カ国に対して行います。人間共の国力を削ることが可能でしょう」

ギャミが作戦の概要を話す。

確かに嫌がらせにしては悪くないだろう。決定打にはならないが、人間共が反攻に出るのを、幾分か遅らせることが出来そうだった。

「だが侵入するにしても、どの部隊を送り込むと言うのだ」

ガニスは送り込む部隊がないことを挙げた。

敵地に潜入するのだから、生きて帰れる保証はない。それにギャミが言った戦術をとるのならば、部隊は少数に分散し、事前に決められた場所で再集結することになる。部隊を預かる指揮官には、高い独立性と高度な作戦遂行能力が求められる。これは熟練の精鋭部隊でなければ遂行出来ない作戦だ。

「時間を稼ぐ必要は分かるが、そのために精鋭は投入出来ぬ」

ガニスは首を横に振った。

戦力を充実させるための時間稼ぎに、精鋭を使っていては本末転倒だからだ。

「分かっております。であればこそ、皆様を招集したのです。今回の作戦のためにダリアンの監獄を開ける許可をいただきたい」

ギャミの発言に、会議室はにわかに騒がしくなった。居並ぶ幹部達がざわつき、中には恐ろしさのあまり息を呑《の》む者もいた。

「ダリアン監獄を開けるだと！　貴様、ゲルドバ将軍を解き放つというのか！　それがどれだけ危険な事か分かっていないのか！」

ガニスとしても到底許容出来ず、驚きと怒りのあまり席を立った。

魔王軍大陸侵略軍は魔族の版図を広げるためのものだが、一方で反乱を起こす可能性がある危険分子の魔族を、本国から遠ざける意味合いもあったのだ。

特にダリアン監獄に囚われているゲルドバは、魔王も手を焼いたほどの男。あの者を解き放てば、下手をすればローバーンが戦火に晒《さら》されるかもしれなかった。

「もちろん危険は承知しております。監獄にいるゲルドバ様を捕らえたのは私ですから」

ギャミの言葉に、ガニスは黙るほかなかった。

三年前に魔王の死の噂《うわさ》が広がった時、ギャミがまず行ったのが、不穏分子の逮捕だった。ギャミの行動は素早く、ゲルドバ達が反乱の計画を練る前に捕縛し、その殆《ほとん》どを捕らえた。もしギャミの行動が遅ければ、ローバーンはゲルドバの手に落ちていたかもしれない。誰よりもゲルドバの危険性を理解しているのがギャミと言えた。

「確かに危険な連中ではございますが、浸透戦術を遂行する能力は保持しております」

ギャミは、自ら捕らえた者達の危険性を理解しつつも、その実力を高く評価していた。

「確かに連中は精鋭だ。だが、危険ではないか？」

「もちろん危険ではあります。ですが現在、同じ魔族同士で殺し合っている余裕はありません。かといってダリアン監獄に捕らえ続けるわけにもいきません。人間共が攻めてきた時に、連中に脱獄されれば後顧の憂いとなります。ならばローバーンからさっさと追い出し、有効活用するのが得策。本国から追い出された者達です。せいぜい役に立ってもらいましょう」

ギャミは冷酷な効率性を示した。

ガニスには、なぜギャミがそう言えるのかが分からなかった。魔王が最も恐れ、追放した不穏分子こそ、何を隠そうギャミだと言われているからだ。

ガニスはギャミを睨《にら》んだ。

同じく放逐された者達を、捨て駒として利用する。やはりこの男は危険だ。この男にとって敵も味方も意味はなく、すべては状況を作り出す部品でしかない。

ガニスとしては、最大の不穏分子であるこの男を、今すぐ殺してしまいたかった。しかしこの難局を乗り切るには、この男に頼るほかない。

「分かった。お前の言う通り、ダリアン監獄を開けよう」

「ははぁ、ご英断恐悦《きょうえつ》至極《しごく》にございまする」

ガニスが許可を出すと、ギャミは大仰に頭を下げた。

その仕草はなんとも慇懃《いんぎん》無礼《ぶれい》だった。ガニスはまた自分の哀れさを感じた。

ローバーンを支配し、魔王軍の頂点に近い立場にいながら、遥《はる》か格下の者の言うことを聞いてしまっている。ギャミを嫌い危険視しながら、一方で頼りにしており、殺すことも出来ない。

なんと情けないことか。

「だがギャミよ、連中がお前の言うことを聞くか？　ゲルドバ将軍はお前を憎んでいるぞ」

ガニスは、ダリアン監獄に閉じ込められている魔族の顔を思い出した。

浸透戦術を遂行出来るのは、確かにゲルドバしかいないだろう。だがそもそもゲルドバを監獄に放り込んだのがギャミである。自分を捕らえた男の命令を、素直に聞くとは思えない。

「なに、大丈夫です。交渉に関しましては、あのお方にお願いしましたので」

ガニスはギャミが匂わす男に、心当たりがあった。

現在ローバーンには強力な将軍は殆《ほとん》ど残っていなかった。だが、全くいないわけではない。とびきりの武将が残っていた。それも魔王を名乗ってもおかしくないほどの男が。

「それで、あの方はどこにおられる？」

「さて、どこでしょうな？　この会議には出ていただくようお願いをしたのですが」

ガニスの問いに、ギャミが会議室に置かれた特大の椅子を見る。

本来なら、あそこに座っているはずの男が、どこにもいなかった。

その時、会議室の扉が突然開かれ、兵士が息を切らせて入ってきた。

「たっ、大変です！　ガ、ガリオス閣下が！　ダリアン監獄を開かれました！」

ギャミさえ驚く凶報が、会議室を貫いた。


兵士の報告を聞き、ガニスは守備隊五千体を引き連れて、即座にダリアン監獄に急行した。

ダリアン監獄に囚われている囚人の数は二千体程。数の上ではガニス達が優っているが、油断は出来なかった。ダリアン監獄に捕えられているゲルドバとその部下達は精鋭揃い。かき集めた守備隊五千体では少々心もとなかった。

ガニスは馬を走らせ、ローバーンの郊外に建てられた巨大な円筒状の監獄に到着した。そして兵を率い監獄へと突入する。ガニスは看守達が殺され、血みどろとなった状況を予想したが、監獄の前にある広場では、驚くべき光景が広がっていた。

「なっ、なんだ、これは！」

ガニスはただ驚きの声を上げた。監獄の広場では、なんと酒宴が開かれていた。

解放された囚人達が酒樽を前に酒を酌み交わし、笑いあっていた。酒盛りの中には監獄を守るべき看守達の姿もあった。すでにだいぶ酒が回っているのか、あちこちで高笑いが聞こえ、腕相撲や取っ組み合いでの力比べが行われている。

完全装備のガニス達が絶句していると、乱痴気騒ぎ《らんちき》の中で、一際大きな声が聞こえた。雷鳴のような笑い声の方向を見ると、そこには声以上に大きな存在がいた。

座っていてなお山脈の如き巨体を誇り、その巨軀《きょく》から発せられる存在感は、幾多の魔族に囲まれても隠れることがなかった。この男こそ、ダリアン監獄を開いたガリオスであった。

「ガ、ガリオス閣下！　これは一体！」

「おお、ガニスじゃん」

ガニスが樽で酒を飲むガリオスに近寄ると、事件の犯人は気さくな声を上げた。

「どうしたんだ？　お前らも飲むか？　飲んで行けよ、な」

完全武装したガニス達を見ても、ガリオスは一向に気にせず酒を勧めた。

「あっ、いえ、はい」

酒を勧められ、ガニスは断れず、杯を受け取るしかなかった。

ガリオスは亡き魔王の実弟であり、その立場はガニスを、いや、魔王軍さえも超えていると言ってもよかった。しかし高貴な出自でありながら、誰とでも対等に付き合う器の大きさがあり、その巨体と相まって不思議な魅力となっていた。

「なぁ、ゲルドバ。こいつら混ぜてやっても別にいいよな」

ガリオスが視線を前に向けると、その先には酒杯を掲げる巨軀《きょく》の魔族がいた。

赤銅色の体色を持つその魔族は、体中に傷が刻まれ、幾多の戦場を潜り抜けた証となっていた。この魔族こそ、ダリアン監獄最強の囚人であるゲルドバであった。

ゲルドバを見て、ガニスは持っていた槍《やり》を握りしめた。ゲルドバも杯を片手に腰を浮かす。

一瞬の膠着《こうちゃく》。だが先に緊張状態を解いたのは、驚くことにゲルドバだった。

「ふん、やらぬよ。我らを解放したガリオス閣下の顔もあるしな」

ゲルドバは上げかけた腰を下ろし、座り直し、手に持っていた杯を飲み干す。無頼の徒であるゲルドバだが、ガリオスには敬意を払っていた。

「おっ、なんだ、やらねーの？　やるんだったら俺が両方を相手したのに」

戦いをやめた二人に対して、ガリオスがあけすけにものを言う。

五千体の兵士を率いるガニスと、魔王にも弓を引いたゲルドバを相手に、ガリオスは一歩も引かないどころか笑っていた。

だがそれは虚勢ではない。ガリオスがその気になれば、ここにいる全員でかかっても、勝てないかもしれなかった。その力は魔王も認めるほどであり、間違いなく魔王軍最強の男。魔王亡き今、血筋と実力、どれをとっても魔王にふさわしい男と言えた。

「さすがガリオス閣下。敵《かな》わぬなぁ。閣下が王となり仕切るのなら、軍門に下ってもいい」

ゲルドバは、ガリオスに敬意の眼差しを見せていた。ガニスもガリオスを見る。

野心高きゲルドバも、ガリオスの実力を認めている。やはり今の魔王軍をまとめられるのはこの男しかいないだろう。だが――。

「それは、やめたほうがよろしいですなぁ」

しわがれた笑い声がこだましたかと思うと、杖をつく矮軀《わいく》が現れた。ギャミである。

「貴様！　ギャミか！　この魔族の恥さらし、魔王軍の血を吸う寄生虫め！」

ギャミの姿を見るなり、ゲルドバが顔を歪《ゆが》めて吐き捨てた。

「これはゲルドバ様。お久しぶりです。お変わりないようで、いえ、少し太られましたか？」

ギャミは自分で監獄に放り込んでおいて、のうのうと言い放つ。

「貴様！　この俺を罠《わな》に嵌《は》めた恨み、忘れてはおらぬぞ」

武勇猛々《たけだけ》しいゲルドバは、実力の無い者を認めない。小賢しい策を張り巡らすギャミを、最も嫌っていた。今にも摑《つか》みかからんばかりの勢いだ。

ガニスは立場上ギャミを守らなければいけないが、内心ではゲルドバと同意見だった。

「ガリオス閣下！　閣下ほどのお方が、なぜギャミのような者を側《そば》に置くのです」

ゲルドバは理解不能だと首を横に振った。

それは魔王軍でも大きな謎とされていた。ギャミは杖をつく姿の通り、純粋な力では兵士どころか、そこらの子供にも負けるだろう。頭だけが頼りの男である。

そんなギャミを相手に、怪力無双にして勇猛果敢、竜の生まれ変わりとも言われているガリオスとでは、あまりにも不釣り合いと言えた。しかしこの二体、なぜかよく一緒にいるのだ。

「ガリオス閣下は、この男に利用されているのです」

ゲルドバがギャミに指を突きつける。するとギャミは笑った。

「慧眼慧眼《けいがん》。まさしくその通りでございます。私はいつもガリオス閣下を利用しております」

ギャミはガリオスの目の前で、利用していることを公言した。

「ガリオス閣下。いつも利用されていただき、ありがとうございます」

抜け抜けと言い放ち、ギャミは自身の数十倍もあるガリオスに頭を下げる。

「ん？　ああ、いいよ別に。俺も利用しているし」

ガリオスは怒りもせずギャミを許した。

「さすがはガリオス閣下。器が大きすぎて、私など丸ごと入ってしまいますな」

ギャミが笑い、ゲルドバを見た。

「ところで先程のお話ですが、ガリオス閣下を王に担ぎ上げるということですが、それはおやめになったほうがよろしいかと。このお方は竜の生まれ変わりにございます。竜を担ぎ上げることなど誰にも叶いますまい。せいぜい私のような小虫が利用するのみ。ねぇ閣下。もしローバーンの全軍を自由に動かせるとしたら、閣下はどうなさいます？」

「ん？　決まってるだろ、全軍で強そうな国を片っ端から攻めて回る。勝ったらすぐに次の国を狙う。人間共の国がなくなるまで続ける」

計画性というものを完全に投げ捨てたガリオスの発言に、ギャミが笑い、ガニスは唸《うな》った。王に担ぐと話したゲルドバも、これには閉口する。

「大丈夫だ。俺が先頭に立てば、国の一つや二つ、簡単に取れる」

「ええ、そうでございましょうねぇ、閣下以外は全員が死ぬと思いますが」

あっけらかんと話すガリオスに、ギャミも笑いながら答える。

「なんだよ、死ぬことを恐れていて戦士とは言えねーだろ。もっと俺を戦わせろ、お前に利用されてやるから、強い敵を俺に寄越せ」

「はいはい、この作戦がうまくいけば、強い敵と戦えるでしょう」

　ギャミはガリオスを竜に例えながらも、子供のようにあしらう。

「さて、ゲルドバ様。ガリオス閣下もこのように言っておられますので、貴方《あなた》にも私が考えた作戦に、ご助力お願いしたい」

「……俺に何をしろというのだ？」

　ギャミのことは嫌いだが、聞くしかない状況にゲルドバは苛立《いらだ》ちながらも尋ねた。

　そこでギャミは敵地に侵入し、敵と戦わずに敵の食料供給地や生産施設を襲撃する、浸透戦術を披露した。

「面白い作戦だな。確かに我らなら可能かもしれん。だが我々を見捨てないという保証は？　作戦を遂行した後、邪魔な我らを敵地に置き去りにしない保証はどこにある？」

　投獄されていたゲルドバは、自分が危険分子と認識されていることを理解していた。用済みとなった後、使い捨てにされないように警戒することは、当然の懸念と言えた。

「保証に関しては、私を信じて……とはいきませんか？」

「もちろん信じない。世界の全てを信じたとしても、お前だけは信じない」

　ギャミの言葉に、ゲルドバはつまらなそうに答えた。

　これにはガニスも笑うほかなかった。

　悪魔の口先を持って生まれたようなギャミを、信じることなど天使だって出来まい。

「やれやれ、信用がありませぬなぁ。ではガリオス閣下を信じていただきましょう」

ギャミは隣にいる巨体を見た。

特務参謀だけではなく、ゲルドバとガニスの視線を集めたガリオスは、難しい話は分からんと酒を飲んでいた。

「作戦が遂行される限り、決してゲルドバ様を見捨てない。この約束を閣下の名の下で結ばせていただきます。私が約束を履行しなければ、ガリオス閣下に訴えてください。閣下、私が約束を破れば、どうなされますか？」

「ん？　そりゃゲンコツだ。嘘《うそ》つくような奴はこれにかぎるだろ」

ガリオスが拳を握り締めた。自慢の拳はギャミの頭部よりも大きく。小柄なギャミがその拳を受ければ、卵のように潰されてしまうだろう。

「……なるほど、お前の言葉など信用出来ぬが、閣下が保証するとなれば話は別だ」

ゲルドバは頷《うなず》いた。ガリオスは嘘をつかない。最強の力を持ち、どんな時でも自分の意志を通せるガリオスは、嘘をつく必要がないからだ。

「ガリオス閣下の名の下に、お前の約束を信じよう。ではその見返りは？　お前の言う通りに戦えば、そのあとで何をくれるというのだ？　城の一つでもくれるのか？」

ゲルドバは報酬の話に移った。

城を寄越せとはなかなかに強請《ゆす》ってくる。しかしそれだけ危険な作戦でもある。

「城などとセコいことは言いません。国を一つ差し上げましょう」

その言葉はゲルドバだけでなく、聞いていたガニスも驚いた。驚かなかったのは話に飽きて酒を飲んでいるガリオスだけだ。

「国？　国だと？」

「はい、人間共の国々を荒らし回って下されば、ゲルドバ様とその軍隊には、報酬として所領を与え、その統治の一切をお任せいたします。これでいかがですか？」

驚くゲルドバに、ギャミは言質《げんち》を与えてしまう。

「ちょっと待て！　そのような話、聞いていないぞ！」

ローバーンを預かるガニスにも、これは寝耳に水の話だった。

「ええ、もちろんです。国を与える許可など、ローバーン長官には出せないでしょう？」

ギャミはガニスの権限ではないと話す。

「確かにそうだが。だがそんな権限は貴様にもなかろう。それが出来るのは、魔王様だけだ」

ガニスはギャミの越権行為を追及した。いくらローバーンを救うためとはいえ、これは許されることではない。

「いいえ、権限ならあります。これをご覧ください」

ギャミはこともなげに言い、一枚の書状を手渡した。

書状内容を見てガニスは驚く。そこには恐るべきことが書かれていた。

「全権、委任、状だと！」

それは魔王様直筆の全権委任状だった。玉璽《ぎょくじ》の押印もされた本物の書状だった。

「馬鹿な！　なぜこんなものが。ギャミお前は、これを魔王様から頂いたというのか？」

「はい、もう十何年も前のことになりますが、遠征の前日に魔王様直々に頂きました」

「馬鹿な！　どうしてこんなものを魔王様は！」

ガニスは信じられなかった。本国の目の届かぬところにこのような書状があれば、指揮系統が混乱して争いの種になってしまう。

「魔王様は私を信頼して渡されましたが、さて、どうですかな？　私の勝手な想像でございますが、これと同じ物があと六枚出てきても、私は驚きませんよ」

ギャミの言葉に、ガニスは落雷に打たれた気持ちだった。

もし魔王が六体の大将軍にも同じような書状を与えていれば、大将軍達は自分こそが魔王の信任を受けたと、争ったに違いない。魔王は大将軍達を潰し合わせる計画を練っていたのだ。

「まぁ、魔王様の思惑はさておき、ここにこれがある以上、私には権限があります。もちろんガニス長官や、他の将軍の方々を蔑《ないがし》ろにするつもりはありませんが、作戦のための許可はいただきたい。よろしいですかな？」

ギャミの言葉に、ガニスは仕方なく頷《うなず》いた。

「と、いうことです。ゲルドバ様。これでいかがですかな？」

「……お前達の事情など知らないが、報酬は国一つか。悪くはない」

ゲルドバは提示された報酬に満足していた。

「で、我らは後方の攪乱《かくらん》と破壊工作をすればよいのだな」

ゲルドバは作戦の目的を再確認する。

「はい、ただ、攪乱ついでに人類の戦力を削っていただきたい。特に有力な将軍などを始末していただければ、願ったり叶ったりでございます」

ギャミの言葉にガニスは頷《うなず》いた。

強力な将軍の首は、千人の兵士に匹敵する。特にいち早く危険を察知し、行動に出るような指揮官は早めに始末したい。

「私が作った地図と一緒にこちらの人相書きをお持ちください。殺しておきたい人間共です」

ギャミが紙の束を渡す。

「人類の戦力を削りたいのは分かるが、数の少ない我らにそれをしろと言うのか？」

ゲルドバが目を細める。

勇猛果敢ではあるが、ゲルドバは馬鹿ではない。ギャミがついでのように付け加えた要求に対して、軽はずみな返事はしなかった。

「もちろん人類の戦力を削るための策は、別に用意するつもりです。ただ、その人相書きの中にいる人物を見つけた場合はご連絡を。倒せとは言いませんが、引き付けていただければ賞金を出します。またゲルドバ様が首を取られた場合は、賞金は倍額お支払いしましょう。これでどうですかな?」

「……まぁいいだろう」

賞金と聞き、ゲルドバは頷いて人相書きを確認する。

「ん?　女も入っているのか?」

人相書きを見ていたゲルドバが手を止め、一枚の紙を見せる。

確かに、そこには人間の女の顔が描かれていた。

「ええ、その女は特に殺しておきたいものです。見かけた場合は、事前の計画を無視してでもその首を取る方向で動いていただきたい」

「そんなに危険な女なのか?」

ゲルドバが顔をしかめる。その人相書きを見て、ガニスも首をひねった。確かに強そうにはとても見えない。

ロメリア・フォン・グラハム。

人相書きの下には、女の名前が書かれていた。

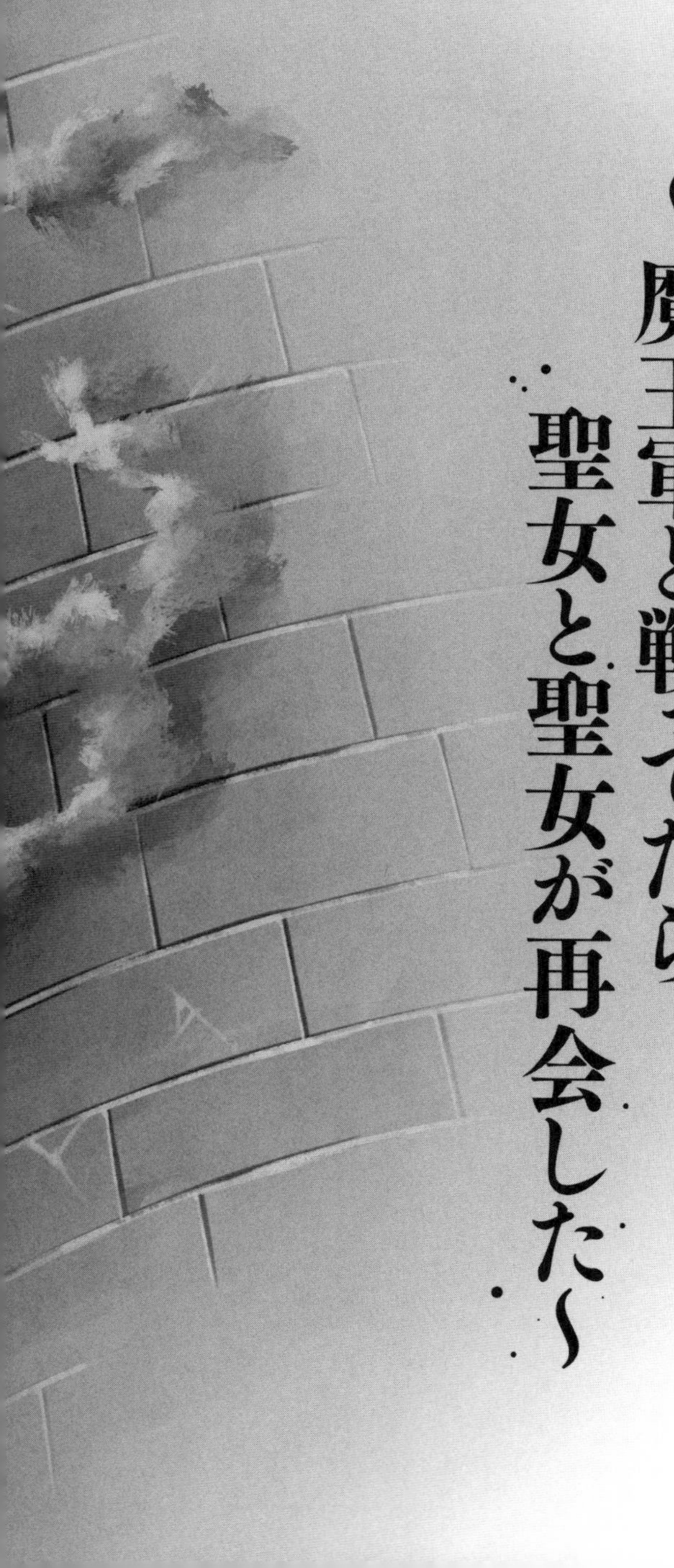

第三章

～魔王軍と戦ってたら、聖女と聖女が再会した～

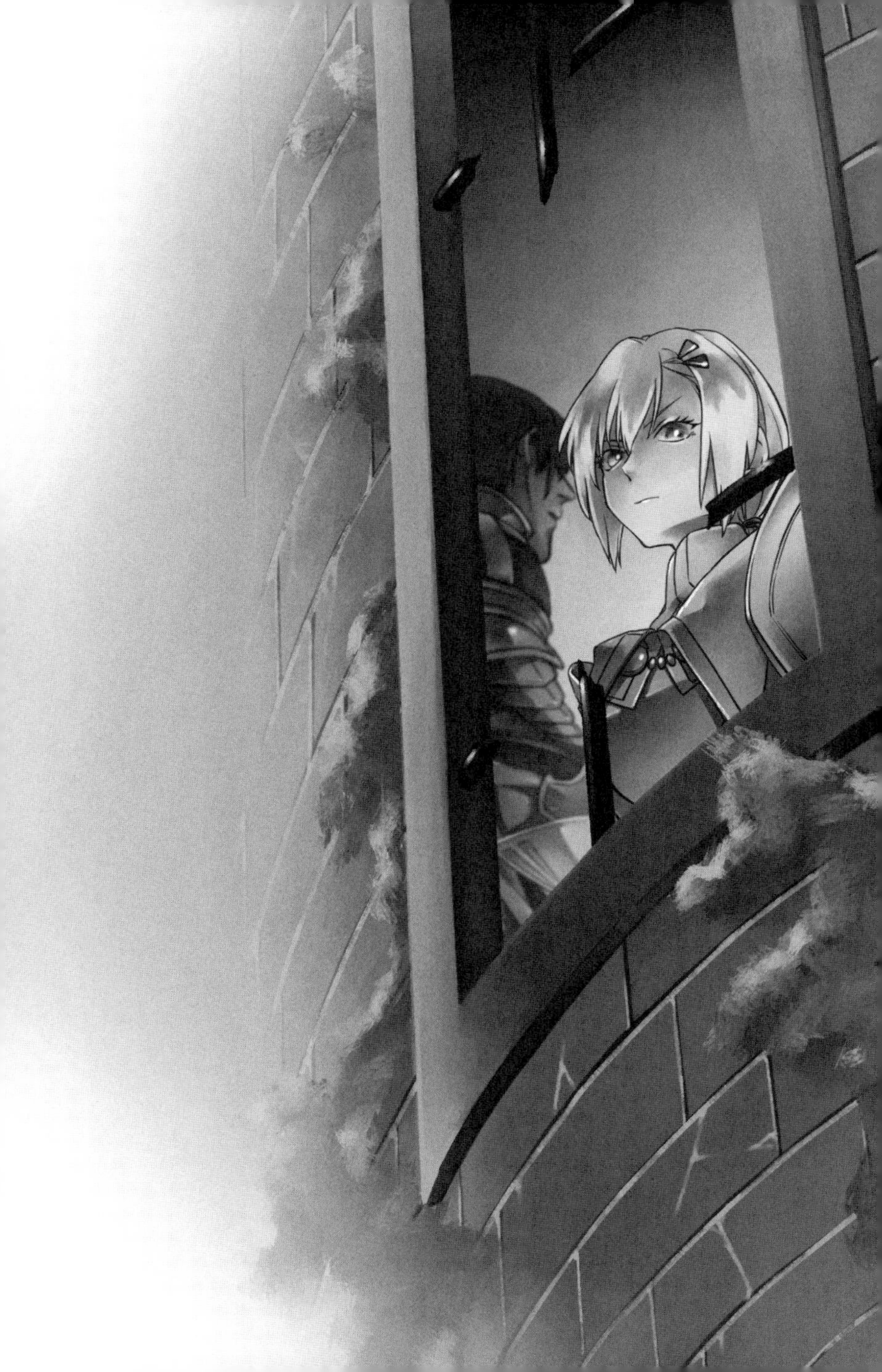

ライオネル王国王城ライツの執務室では、エリザベートがアンリ王と共に緊急の会議に参加していた。

議題はもちろん、突如現れた魔王軍に対する対策である。

「会議を始める前に事実確認だ。本当に魔王軍が現れたのか？」

アンリ王はまず、魔王軍出現の報告が誤報でないことを確かめた。

「はい、アンリ王。情報に間違いありません。南方にあるフラム地方の村が襲撃されました。討伐に向かったフラム地方の守備隊五百人が、魔王軍の姿を目撃しております」

武官の一人が机の上に地図を広げ、王都より南に魔王軍を示す黒い石を置いていく。

「まて、南方のフラムだと？　北ではないのか？」

アンリ王は報告に待ったをかけた。

これはエリザベートにも驚きだった。魔王軍の本拠地であるローバーンは北方の半島、かつてはローエデン王国があった地に築かれている。魔王軍が北から来るのならばともかく、エリザベート達がいる王都より南に出現するのはおかしかった。

「どういうことだ？　北の国境であるガザルの門はどうなっている？」

アンリ王は国境の状況を尋ねた。

魔王軍の支配地域に面している北の国境には、再侵攻に備えてガザルの門と呼ばれる城壁が建設され、ザリア将軍率いる黒鷹《こくよう》騎士団が防衛についている。新たな魔王軍が出現したということは、黒鷹騎士団が敗れ、ガザルの門を突破されたことを意味する。それ故にアンリ王は緊急の会議を開き、エリザベートも出席したわけだが、どうも様子がおかしかった。

「それなのですが、北の国境に異変はありません。現在、確認の早馬を走らせていますが、襲撃を知らせる狼煙《のろし》や鐘、伝令の鳥などはガザルの門から届いてはおりません」

別の武官が、国境に異常がないことを告げる。

「ではどこからやって来たというのだ！」

アンリ王の問いに、答えられる者はいなかった。

「陛下、今はどこから来たかを話すより、対処の方を優先させましょう」

エリザベートはうなだれる家臣達に助け舟を出した。

「むっ、そうだな。確かに南方は重要だ。すぐに討伐に当たらねばな」

エリザベートの言葉に、アンリ王も頷《うなず》いた。

王国の南は肥沃な土地が広がっており、穀物の一大生産地であった。これまで国内を魔王軍の残党に荒らされてはいたが、それでもなお余裕があったのは、王国の食料庫とも言える南が被害を免れていたからだ。

「先程、フラム地方の守備隊が魔王軍を目撃したと言っていたが、その後どうなった？」

アンリ王が問うと武官が答えた。

「はっ、はい。守備隊は五百体から千体程の魔王軍を目撃したとのことです。しかし、魔王軍は守備隊を見るとすぐに後退したとのことです」

「なんだ、少ないではないか」

武官の報告を聞き、アンリ王は拍子抜けしたように声を上げた。

周りの家臣達も、少ない敵兵に安堵《あんど》の息を漏らす。

「その程度の敵であれば、三千人もいれば十分でしょう。さっそく王都周辺の守備隊を集め、討伐部隊を編成します」

「いえ、待ってください。先程の報告ですが、五百体以上の魔王軍は、同じく五百人の守備隊を見て交戦せずに後退したのですね？」

討伐部隊の編成にかかろうとする武官に、エリザベートは待ったをかけた。

「は、はい。守備隊は魔王軍を追跡したようですが、魔王軍には逃げられたようです」

「ふん、魔王軍は臆病なようだな」

武官の報告を聞き、アンリ王は鼻で笑った。しかしエリザベートはそうは思わなかった。

エリザベートは軍事に明るいわけではない。だがこれまで多くの茶会で交渉や密会を重ねたことで、相手の意図を読む目だけは鍛えられた。

そのエリザベートの目には、魔王軍の動きに底意地の悪さを感じた。

「陛下、討伐には総力を傾けるべきです。兵数も最低で五千人は必要でしょう」

「多く見積もっても千体程度の魔王軍に、そこまで必要か？」

エリザベートの言葉に、アンリ王は首を傾《かし》げる。

「相手がまともに戦ってくれるのであれば、三千人もいれば十分でしょう。しかし敵は討伐部隊を見て、逃げるかもしれません」

エリザベートは、机に置かれた地図を指差した。地図の上には黒い石が配置されている。先程武官が置いたもので、魔王軍が出現した個所を示すものだ。

「今回現れた魔王軍は、普段守備兵のいない場所に攻撃を仕掛けています。そして守備隊と遭遇しても交戦せずに後退しています。敵がこれを徹底した場合、討伐部隊を見ても交戦せず、分散して逃げる可能性があります。そうなれば殲滅《せんめつ》するには包囲網を敷くしかありませんが、こちらが網を広げれば、魔王軍は集結して、手薄となった場所を狙うかもしれません」

エリザベートの言葉に、アンリ王を始め家臣達は舌を巻いた。

「それは……確かに、もしそうなれば、討伐に手を焼くな」

エリザベートの言葉に、アンリ王も頷《うなず》いた。

「だがそれが事実なら、討伐部隊の指揮官は、並みの将軍では務まらぬぞ」

アンリ王が顔をしかめる。

魔王軍は現場の指揮官に、かなり自由な裁量を与えているのだろう。対応するためには、こちらも優秀な将軍に、大きな権限を与える必要がある。

だが経験豊富で優秀な将軍は、多くがザリア将軍の派閥に取り込まれている。彼らに大きな裁量を与えれば、謀反《むほん》を起こされる可能性があり、魔王軍より危険と言えた。

「討伐隊を任せられる将軍がいないぞ」

アンリ王は顔をしかめて唸《うな》ったが、エリザベートは微笑《ほほえ》んだ。

「いいえ、部隊を任せられる者はいます。それも今この場に」

エリザベートがアンリ王を見ながら話すと、家臣達は、一体誰だと視線を彷徨《さまよ》わせる。

「……そうか！　私に出陣しろと言うのだな」

視線の意味に気付き、アンリ王は笑顔を見せた。

「陛下！　それはなりません！　危険すぎます！」

武官の一人が、アンリ王の出陣を止めに入った。

「だが私が行くほかあるまい。それとも、代わりとなる将軍がいるのか？」

アンリ王の言葉に、武官は黙らざるを得なかった。

「王国の要である南方が脅かされたとあっては、もはや放置は出来ん。私自らが軍を率いて成敗してくれる。これで誰が英雄か、民も思い出すことだろう。なぁエリザベート」

「はい、陛下のご威光に、多くの者がひれ伏すことでしょう」

機嫌よく話すアンリ王に、エリザベートも同意する。

「よし、ではさっそく軍の編成に当たれ。親衛隊を動員せよ！　これは勅《ちょく》である」

アンリ王が親征の勅を発する。勅が発せられた以上、家臣は従うほかない。

「伝令！」

アンリ王が早速部隊の編成を指示しようとすると、執務室に伝令の兵士が駆け込んでくる。

「東にも、魔王軍が現れたとのことです！」

伝令の報告に、落ち着きかけていた執務室は、にわかに慌ただしくなる。

「なんだと、場所はどこだ！」

アンリ王が問い返す。

「それが……グラハム伯爵領とのことです」

伝令が躊躇《ちゅうちょ》しながら答えた。

グラハム伯爵領と聞き、アンリ王の目が険しくなる。逆に家臣達の目を泳がせた。

「これは、我々が対応しなくても……」

「そ、そうですな、グラハム伯爵領には優秀な騎士団がいることですし」

家臣達は王家とロメリアの関係を考え、東には派兵しない方向で話をまとめようとした。

「いいえ、フラム地方に兵士を出す以上、グラハム伯爵領にも兵士を送るべきです」

家臣達とは逆に、エリザベートは討伐隊を送るべきだと話した。

「エリザベート、本気か？」

「私とてロメリアを救うのは本意ではありません。ですが派兵せねば、民に『王妃はロメリアに嫉妬したのだ』と言われてしまいます」

アンリ王の言葉に、エリザベートはため息交じりに答えるしかなかった。

王家とロメリアの間に確執があることは、すでに広く知られている。だがそれはあくまでも噂話《うわさ》。婚約破棄の一件以来、両者の間に争いや問題は起きていない。しかしここで兵士を送らなければ、対立が明確なものとなってしまう。内心はどうあれ対外的には動くべきだ。

「確かに……グラハム伯爵家も我が家臣だ。助けないわけにはいかない」

アンリ王も顔をしかめた。

「しかし任せる将軍がおらんぞ」

先程解決した問題が再度浮上してしまい、アンリ王が頭を悩ませる。

「……分かりました。東には私が行きましょう」

エリザベートの言葉に、アンリ王を始め家臣達が全員驚く。

「待て、それは駄目だ。お前が戦場に行くなど認められない。子供達をどうするつもりだ」

アンリ王が止めたが、エリザベートは首を横に振った。

「ですがこれも必要なことです。南を陛下が親征される以上、東にもそれなりの人物を送らなければいけません。その点、私が行けば顔は立ちます」

エリザベートの言葉にアンリ王は眉をしかめた。すでに勅《ちょく》を発してしまった以上、親征を取り消すことも出来ない。

「それに、民にも誰が本物の聖女なのかを、思い出してもらわなければいけませんからね」

エリザベートのこの一言で、国王と王妃の出陣が決まった。

魔王軍の出現があった二日後、エリザベートは親衛隊で構成された騎兵千人、歩兵四千人を率い東へと軍を進めていた。

そして行軍すること五日、グラハム伯爵領に入り、日も暮れたということで野営することとなった。

慣れない環境に、エリザベートは馬車の中でため息をついた。

せめて愛しい我が子であるアレンとアレルの顔を見ることが出来れば、この疲れも吹き飛ぶのだが、危険な戦場に子供を連れて行くわけにはいかなかった。

愛しい我が子に会えないことにもう一度ため息をつくと、馬車の扉が軽くノックされた。

「王妃様。ギュネス将軍が軍議を開くとのことです。ご出席願えますでしょうか？」

親衛隊の兵士が、軍議の開始を告げた。エリザベートは馬車を降り、先程設営された天幕の中へと入る。

天幕には机が置かれ、その周囲には壮麗な鎧《よろい》を着た親衛隊の騎士達が揃っていた。

上座の右側に立っているのが、この部隊の実質的指揮官であるギュネス将軍だ。将軍の右隣りにいるのが重装歩兵部隊を率いるレドレ千人隊長、そのさらに隣がバーンズ副隊長。そしてギュネス将軍達の対面に立つのが、主力とも言える重装騎兵部隊を率いるコスター千人隊長とセルゲイ副隊長だ。さらに魔法兵を多く抱えるスローン千人隊長、弓兵部隊を主力とするルイボ千人隊長、機動力のある軽歩兵を率いるフレド千人隊長が並んでいた。

エリザベートの姿を見て、将軍と隊長達が一斉に頭《こうべ》を垂れる。

彼らは王家に忠誠を誓う親衛隊だが、それ以上に、エリザベートに厚い忠誠を寄せていた。ここにいる殆《ほとん》どの者が、エリザベートに取り立ててもらった者達だからだ。

当初は親衛隊からザリア将軍の影響力を排除するための人事だったが、このような形で功を奏するとは思わなかった。

「皆の者、楽にしてよい。ではギュネス将軍、軍議を始めよ」

エリザベートが上座に置かれた椅子に座り声を掛けると、ギュネス将軍が頷《うなず》く。

「まずは現在分かっている状況を、レドレ」

ギュネス将軍が、レドレ千人隊長に報告を促す。

「はい、グラハム伯爵領に入り込んだ魔王軍は五百体程との報告が入ってきております。南方のフラム地方を侵している魔王軍も、同程度であるとの報告が届きました。国内に入り込んだ魔王軍の総勢は千体と考えられます」

レドレ千人隊長は、机の上に広げられた地図に、魔王軍を示す駒を置く。

「南方は陛下に任せるとして、グラハム伯爵はどのように対応しているのです?」

レドレの報告に頷いた後、エリザベートは尋ねる。

「はっ、当初は討伐部隊を送り込んだようです。ですが王妃様の推測通り、討伐部隊を見るや魔王軍は分散して逃走し、その多くを逃がしました。包囲網を敷こうとすると、魔王軍は集結し、手薄なところを破られ、逆に被害を増やしたとのことです」

レドレの報告を聞いて、エリザベートは唸《うな》った。

予想していたことだが、魔王軍は一番厄介な戦法を選択してきた。やっていることは野盗のそれと変わらないが、統率が取れ、計算された行動をする野盗だ。

「それで、レドレ千人隊長。グラハム伯爵はその後どう対応したのです？」

「はい、王妃様。グラハム伯爵は討伐を諦め、守備兵を各地に分散して、被害を防いでいるようです」

「堅実な一手ね。それで、ロメリアはどう動いている？」

エリザベートは肝心なことを尋ねた。

王都を出陣してから入ってきた情報だが、魔王軍がこの国に出現した時、ロメリアはすでに同盟軍を解散し、ロメリア騎士団を率いてカシューに帰還している最中だった。

帰郷の途中でグラハム伯爵領に魔王軍が出現したことを知ったロメリアは、ロメリア騎士団千人程を率いて魔王軍の討伐に向かったと報告が入っている。

「はい、討伐に向かったロメリア騎士団ですが、魔王軍を取り逃がしたそうです。ただ――」

「どうした？　早く申せ」

言葉を区切ったレドレに、エリザベートが続きを問う。

「魔王軍を取り逃がしたロメリア騎士団は部隊を分け、大部分を周辺の村や都市の防衛に当てたようです。そして自身は三百人程の部隊を率いて、魔王軍を追撃したようです」

レドレの報告に、エリザベートだけではなく聞いていたギュネス将軍も驚いていた。

「本当か？　信じられぬ。魔王軍は五百体だぞ。それでは逆に殲滅《せんめつ》されてしまう」

ロメリアの暴挙ともいえる行動に、ギュネス将軍が首を横に振る。

「は、はい。実際その通りで、追撃を仕掛けた後、集結した魔王軍の攻撃を受け、現在は逆に追撃され、グラハム領の南にある、バラドと呼ばれる森の中を逃走中のようです」

レドレ千人隊長は、バラドの森と書かれた地図の上にロメリア騎士団を示す白い駒を置き、その後ろに魔王軍を示す黒い駒を置いた。ロメリアが進む先にはセメド荒野が広がっている。

「ロメリア嬢は、戦術もろくに知らないようだ」

ギュネス将軍が敗走するロメリアを鼻で笑った。

「王妃様、どうされますか？　行軍を急ぐべきでしょうか？」

ギュネス将軍がエリザベートを見る。居並ぶ隊長達も問う瞳で見る。

急げばロメリアの救出に間に合うかもしれない。しかしわざと遅れ、ロメリアが魔王軍に討たれるのを待つことも出来る。

確かに魅力的な提案である。だが彼らは戦局を、ロメリアという女を読み違えている。

「いいえ、急いだほうが良いでしょう。ロメリアが魔王軍を倒してしまう前に到着しないと、一体何のために我々が出陣したのか、分からなくなりますから」

「ロメリア騎士団が魔王軍を倒す？　ですか？」

エリザベートの言葉に、ギュネス将軍は首を傾《かし》げんばかりだった。

「ロメリアの敗走ですが、わざと負けて追わせているのですよ。今回の敵の厄介なところは、追いかければ分散して逃げるところです。しかし今は逆に、集結して追いかけている」

エリザベートの言葉を聞き、ギュネス将軍と隊長達がはっとする。

「今頃魔王軍の背中を、分散させたロメリアの部隊が集結して追いかけていることでしょう。さらにグラハム伯爵領の部隊を動員し、周囲に包囲網を築いているはずです。魔王軍は追いかけているつもりですが、頭から罠《わな》に入っているだけです」

エリザベートの説明を聞き、ギュネス将軍や隊長が唸《うな》る。

「ロメリア伯爵令嬢は、そこまでの戦術眼を持っているのですか！」

「あの子の考えそうなことよ」

エリザベートは言いながら過去のことを思いだした。

魔王討伐の旅をしていた最中のロメリアはそうだった。とにかく効率重視、実現可能な最速の方法をまず模索する。その行動は大胆にして合理的。窮地になればなるほど、よほど大胆に行動する。それがロメリアだ。おそらくセメド荒野で魔王軍を待ち構え、挟撃するつもりだ。

「ロメリアが敵を倒してしまう前に追い付かなければ、我々も急ぎましょう。私も騎乗して付いて行きます」

エリザベートは、自身も馬に乗ることを宣言する。

周りは止めたがエリザベートは譲らず、強行軍が決定した。


グラハム伯爵領の南にあるバラドの森を、鈴蘭《すずらん》の旗を掲げる騎馬の列が行軍していた。

私は馬で移動しながら、小さくため息をついた。

「お疲れですか？　ロメリア様」

私の右隣で、空のように蒼い鎧《よろい》を着たレイが馬に乗り、ため息をついた私に尋ねる。

「最近は襲撃続きで、夜もゆっくり休めていませんからねぇ、ロメ隊長も辛いでしょう」

左隣からも声が聞こえ、炎のような赤い鎧を身に着けたアルの姿がそこにあった。

確かに私は疲労していた。

ようやく国内の魔王軍の掃討《そうとう》に成功し、同盟軍を解散してカシューに戻っている最中だった。やっとゆっくり出来ると思ったのに、どこからか、グラハム伯爵領に魔王軍が突如出現した。私は一緒に帰還していたカシュー守備隊の面々と共に、魔王軍討伐に向かった。

しかし現在は敵の反撃を受け、騎兵三百人を連れて追われる身だ。魔王軍の追撃を受けてすでに二日。食料も残り少なく、ゆっくり休むことも出来ない日々が続いている。

だが私の疲労は、何も追撃してくる魔王軍の圧力だけではなかった。

「アル、レイ。少し近いのでは？　少し離れなさい」

私は挟むように並走する、アルとレイを見た。二人の息遣いさえ聞こえるほどの至近距離で、圧迫感がものすごく、なんとも息苦しい。

「申し訳ありませんが、そのご命令を聞くわけにはいきませんね、ロメ隊長」

「いかにロメリア様の御命令とはいえ、これ以上離れるつもりはありません」

アルもレイも私の命令を聞く気はないと、頑《がん》として譲らなかった。

「もう少し手元に兵力を残してくれれば、ここまで気を遣う必要はなかったんです」

「そうです。せめてロメ隊をもっとこちらに配置していれば」

アルとレイが私の判断を批判する。

確かに現在、私の手元の兵力は少なく、手足となるロメ隊もアルとレイの二人しかいなかった。かつてないほど無防備だが、これが正解なのだ。

「仕方ないでしょう。敵は大軍であれば逃げてしまうのです。長々と追いかけっこをやっていればいたずらに被害が増えます。少数で誘い出し、追撃してくる魔王軍を討つしかありません。そのためには、別動隊を任せたグラン達の戦力を充実させないと」

私は魔王軍の戦術に対する策を語った。

敵と戦いわざと敗れて敗走し、魔王軍を誘い出す。そして後方に配置したグラン達と共に魔王軍を挟撃する。これが私の描いた作戦だ。確実な殲滅《せんめつ》のためには、後方の別動隊にこそ戦力を集中させる必要があった。

「グラハム伯爵に手紙を出し、各都市を防衛する兵力を動員して、包囲網を敷くように頼んであるのでしょう？　我々が無理をする必要はないのでは？」

「確かにヴェッリ先生とクインズ先生をお父様の下に送り、包囲網を敷くように依頼しましたが、今回出現した魔王軍は、少数で敵地に潜入してきた精鋭です。一筋縄ではいきません」

レイが無理をする必要はないと言うが、この敵は私達が相手をすべきだ。

「素晴らしい戦術眼で、このまま死んだらただの阿呆ですけど」

アルが憎まれ口を叩く。確かに、偽の敗走をしていて本当に敗北したら、間抜けというほかない。

「私だって死ぬつもりは――」

ありませんと言おうとした時、進む先の木の梢《こずえ》が僅《わず》かに動き、一体の魔王軍の兵士が現れる。木の上に潜んでいた兵士は、弓を引いて矢を放った。

私に向かって放たれ矢は眼前にまで迫り、矢尻の形さえはっきりと見える。

だがその矢は、目の前を走った銀光の一閃《いっせん》が薙《な》ぎ払った。

目だけを右に向けると、側《そば》にいたレイがいつの間にか抜刀していた。神速の刃は目で追うことも叶わず、遅れてやって来た風圧が私の前髪を撫《な》でていく。

「敵！　襲！」

左隣にいたアルは、魔王軍の襲撃を報せながら槍《やり》を投げる。投げられた槍は狙い違わず木の上で矢を放った魔族の腹を貫く。

アルの言葉に兵士達が戦闘体勢に入る。ほぼ同時に、森の中に潜んでいた魔王軍の兵士が飛び出す。その数は四体。突如現れた魔族は、全員が私に刃を向ける。

「させるか！」

アルが剣を振るって魔王軍の兵士を斬り捨て、レイが私を守り、決して敵を寄せ付けない。

少数の敵兵士は即座に討ち取られ、味方に被害は出なかった。

「やっぱりこいつら、ロメ隊長を狙っていますね」

アルが剣についた血を振り払いながら、倒した魔族を見下ろす。

「それも今日で三度目です。遅延行動にしては多すぎでは？」

レイが襲撃の多さも言及した。

確かに追撃されてから二日、頻繁に接触を受けている。行軍を遅らせるための襲撃はある程度計算に入れていたが、回数があまりにも多すぎる。これでは襲撃というより、私に対する刺客だった。どうやら魔王軍の中で私は、殺したいほど人気のようだ。

「私達を追いかける理由が増えたのですから、好都合と思いましょう」

私の言葉にアルとレイは顔をしかめる。

「ロメリア様」

後ろから声がして振り向くと、三人の兵士がやってくる。シュロー、レット、メリルの三人だった。

「シュロー、後方はどうですか？」

私は偵察に出していたシュローに、後ろの様子を尋ねる。

「はい、魔王軍は距離を詰めてきています。このままでは今日の昼には追いつかれます」

シュローの報告を聞き頷《うなず》く。やはり魔王軍はどうあっても私を殺すつもりのようだ。

だがこれは少し問題だった。事前の計画では、あと一日は敵を引きつける予定だった。別動隊のグラン達が追いつくにも時間が必要だし、お父様に頼んだ包囲網もまだ完成していない。

「先程また襲撃を受けたと聞きました。やはり我々も前方警戒に行きましょう」

メリルが後方の見張りではなく、前を守ると提案する。

「いえ、貴方《あなた》達は後ろをお願いします。敵に追いつかれるかどうかが重要ですので」

私は首を横に振り、メリル達を前に出さないことに決めた。私の身を守ることが第一としたアルとレイも、配置換えには言及しなかった。

私の命令にメリルは顔を歪《ゆが》め、右手で左腕を握った。メリルの右手の先に左腕はなく、短い袖が揺れていた。

この三年の戦いの負傷だ。メリルは傷を負い、左腕を失う大怪我《けが》を負った。隣に立つシュローは左足がなく、義足を付けている。レットも両の手首を失い、義手を装着していた。

本来なら年金を受け取り、後方で兵士の育成でもしてもらいたいのだが、シュロー達は戦場から離れることをよしとせず、義手義足を装着して、私に付いて来てくれている。

「ロメリア様。我々も戦えます。どうか兵士として仕事をください」

両手が義手のレットが膝《ひざ》をついて懇願する。レットの義手には刃が仕込まれてあり、常に敵を倒す心構えは出来ていることは知っている。

「いいえ、ダメです」

私はレットの懇願にも首を横に振った。

「しかし！　私達は！」

シュローが食い下がるが、私は冷たい目で三人を見た。

私の視線を受けて、シュロー達は何も言えなくなり、引き下がっていった。

「ロメ隊長」

一部始終を見ていたアルが私に声を掛けるが、私はそれ以上言わせるつもりはなく、ひと睨《にら》みして黙らせた。

シュローやアルが言わんとすることは分かる。兵士として死にたいのだろう。指揮官としては、彼らに死に場所を与えてやるべきなのかもしれない。

だがそれは兵卒の思考で、男の考え方だ。

私は彼らがどれほど望もうと、楽な死を与えるつもりはない。

「……進みますよ。しばらく進めば小川があるはずです。そこで小休止します。馬にたっぷりと水を飲ませ、水筒の水を補給しておいていください。そのあとはバラドの森を出ます」

「森を出た後はどうするので？　予定ではあと一日は時間を稼ぐ必要があるんですよね？」

アルが今後の予定を尋ねる。

当初の予定では、バラドの森を抜けた先にあるセメド荒野で魔王軍を待ち受け、挟撃する予定だった。しかし敵に追いつかれてしまった。あと一日をなんとかして稼がなければいけないが、正面からぶつかれば敗北は必至だ。

「では、遺跡めぐりといきましょうか」

私の言葉に、アルとレイは顔を見合わせた。


魔王軍特務遊撃隊と名付けられた部隊を率いるゲルドバは、赤銅色の鎧《よろい》を着た五百体の歩兵と共に森を進み、ロメリアとかいう女を追撃していた。

戦術上の都合で騎兵がおらず、ゲルドバ自身も騎乗せず、兵士と共に歩んでいる。

少し格好がつかない形だが、もう慣れたものであった。

ゲルドバはダリアン監獄から解放されてから、ギャミの策に乗りすでに五つの国を荒らし回っていた。そしてこのライオネル王国が六国目だった。

ゲルドバの歩みは軽い。実のところゲルドバはギャミが考えた浸透戦術を気に入っていた。

ギャミを認めるのは腹立たしいが、これまでの戦いでゲルドバは百近い村を焼き、万を超える人間を殺してきた。だが人間共の国にこれほどの被害を与えながらも、ゲルドバの兵士にはほとんど損害がない。大戦果と言えた。

徹底的に敵の戦力と戦わず、後方の無防備なところを襲撃する。やっていることは盗賊の類と変わらないのだが、効率の良い作戦ではあった。それに少数で大軍を手玉に取るというのも、ゲルドバの好みであり、悪い気はしなかった。

しかも運よく、ギャミが賞金を懸けたロメリアとかいう女が見つかった。

事前の取り決めでは、賞金首を見つけた場合は無理をして戦う必要はなく、ギャミが別の策を講じることになっていた。

だが相手は女である。別動隊を待つ必要もなかった。それにゲルドバが首を取れば、賞金は倍額という約束もある。賞金で兵士達を労《ねぎら》いたかった。

「ゲルドバ将軍」

歩みを早めるゲルドバに、偵察兵が駆け寄って来る。

「どうだ、やはり敵は来ていたか？」

「はい、将軍の推測通り、人間共は我々に対する包囲網を作り上げていました。ですが包囲網はまだ完成していません。あと一日は猶予があります」

ゲルドバが尋ねると、予想した通りの答えを偵察兵が返した。

ロメリアとかいう女が指揮する部隊は、騎兵三百人でゲルドバに挑み、現在は敗走していた。一見すると軍才がない行動に見えるが、ゲルドバは自分が追わされていることに気付いていた。このままでは前後を敵に挟まれ、分散して逃げれば網にかかり殲滅《せんめつ》されてしまうだろう。

それ故にゲルドバは行軍を急がせつつ、襲撃部隊を何度も送り込み、相手の歩みを遅らせた。これにより一日の時間を稼いだ。

ゲルドバはギャミが寄越した地図を取り出し、再度周辺の地形を確認した。

地図によると、このまま進めばやがて森がなくなり、岩山がある荒野に出るはずだった。

恐らく人間共は、包囲網を作り上げてこの荒野で待ち構え、前後を挟撃する作戦だったのだろう。だが包囲網が完成する前に追い付くことが出来た。

事前の作戦が崩壊した以上、人間共は荒野を馬で突っ切り距離を稼ぐだろう。だが荒れ地を抜ける道は細い隘路《あいろ》しかなく、馬での通行は不向き。

歩兵で騎兵に追いつくのは骨が折れるが、隘路に追い込めれば追いつける。

ゲルドバは勝利を目算して、兵士達と共に森を抜けた。

だが森を抜けたゲルドバが見たのは、馬で荒野を駆け抜ける敵軍の背中ではなく、岩山を登る人間共の姿だった。

「ん？　なんだ、あれは？」

ゲルドバは人間共が登る山頂を見た。

岩山の頂には石が積まれ、砦《とりで》のようなものがあった。しかしギャミの地図には、ここに砦があるなど記されていない。

「ゲルドバ将軍！」

先行して敵を追跡していた偵察兵が、ゲルドバの姿を見て駆け寄って来る。

「なんだ、あの砦は！」

「はい、どうやら古い遺跡のようです」

ゲルドバが問うと、周囲を調べていた偵察兵がすぐに答える。

「遺跡、遺跡か！　なら駐屯《ちゆうとん》する部隊などはいないのだな？」

「はい、人の気配は全くありません。かなり古いもののようです」

「なるほど、奴らはここで時間を稼ぐつもりか」

偵察兵の報告を聞きながら、ゲルドバは頷《うなず》く。

隘路で戦う不利を避けたのだろうが、これはこちらにも好都合だった。

ゲルドバの部隊は、槍兵と弓兵はいるが騎兵がいない。逃げる敵を追いかけるのは、機動力の点で不安があった。しかし砦《とりで》に籠《こも》るのであれば、その不利がなくなる。ゲルドバ達も攻城兵器を持っていないが、遺跡となった砦であれば、そんな物は必要ない。

ゲルドバは岩山を仰ぎ、砦を眺めた。

見たところ、砦の遺跡はなかなかに堅牢《けんろう》な造りをしていた。砦中央に大きな楼閣《ろうかく》が建てられ、荒野の全体を見渡せるようになっていた。砦の周囲は北の後方が切り立った崖となっており、近寄ることすら難しい。西も傾斜がきつく登りにくい。門がある正面の南と、東の斜面は緩やかで登りやすそうに見えるがそれが罠《わな》だ。守備側は南と東に戦力を集中すればいい。

何も考えずにこの砦に手を出せば、いたずらに損害が増えるだろう。籠城しながらも攻め手の戦力を削る。攻撃的な砦と言える。

だがそれも、砦が万全の状態であればの話だ。

廃棄されてどれほどの年月が経《た》っているのか、正面を守る門の扉は朽ちてなくなり、西の壁は崩れている。東の壁も穴だらけだ。どこからでも攻めることが出来る。

敵は崩れた石や柱を移動させ、扉のない門や穴の開いた壁を塞《ふさ》ごうと努力しているが、焼け石に水だろう。それに修繕を待ってやる理由もない。

「よし、お前ら、城攻めだ。女の首を取った者には褒美《ほうび》をやる。しっかり働け！」

ゲルドバは部下を激励する。褒美と聞いて兵士達は笑い、牙を見せた。

すぐさま城攻めの陣形が整えられ、兵士達が盾《たて》を連ね、弓兵が砦に狙いをつける。

ゲルドバ自身は少数の兵士と共に、正面と東側がよく見える位置に移動する。ゲルドバ達が準備を整えると、砦の方でも動きがあった。壁の上に蒼い鎧《よろい》を身に着けた兵士が弓兵を率いて砦の上を固めた。開け放たれた門の奥には、赤い鎧の兵士が槍《やり》を構えている。

さらに砦の中央に建てられた楼閣には、花の紋章があしらわれた旗が立てられ、三人の兵士に守られた、白い鎧を着た女の姿が見える。賞金首であるロメリアとかいう指揮官だ。

ゲルドバは楼閣の上に立つ女を見た。逆に女もこちらを見返す。どうやら向こうは楼閣で指揮を執《と》るようだ。確かにあそこなら三方を見渡せるだろう。

「面白い、指揮でこのゲルドバに挑むつもりか！」

牙を見せてゲルドバは笑った。

「いいだろう。お前ら、我らが軍団の威力をとくと見せてやれ！　正面！　百、進め！」

ゲルドバの号令の下、正面に配置された百体の兵士が盾を連ねて前進する。

こちらの兵士が前進を開始すると、壁の上に陣取る敵が矢を射かけてくる。幾本もの矢が降り注ぐ。何体かの兵士が矢に貫かれ倒れる。しかし大半は盾で防ぐことが出来、損害は軽微。

「弓兵三射、放て！」

ゲルドバの号令に従い、後方に配置した弓兵が砦に射掛ける。だが壁の上で弓兵を指揮する蒼騎士が槍を振るうと、突如突風が吹き、百近い矢が逸《そ》れてしまう。

正面の門に向かって進む兵士は、矢や風に負けじと門にまでたどり着く。だが中に入ろうとした瞬間、開け放たれた門から炎が噴き出し、殺到した兵士達を焼き殺す。

「おのれ、魔法か！」

ゲルドバは突然吹き荒れた突風と、門から吐き出された炎を見て唸《うな》る。

敵に魔法兵がいることは分かっていた。二人しかいないようだが、強力な魔法を使う。

一方ゲルドバの部隊に魔法兵はいない。ギャミに奪われてしまった。魔法兵がいればまた違った戦術が取れるのだが、ないものを考えていても仕方がない。

「怯《ひる》むな！　魔法などそう連発出来るものではない。数で押せ！」

ゲルドバは部下を叱咤《しった》する。

「西に百！　崩れた壁を登れ！　東に三十！　南寄りに開いた穴を攻めろ。東にさらに二十！　北寄りに開いた穴を攻撃しろ！　さらに東に十！　お前達は北寄りの穴を攻撃すると見せかけて、壁に接近した後は、壁に沿って北に回り込み、北の壁をよじ登れ！」

ゲルドバは西を大雑把《おおざっぱ》に攻めて陽動とし、東を本命と見せつつ、北に兵士を回り込ませることにした。

楼閣《ろうかく》にいる女から、こちらの動きは丸見えだが、壁にまで近付けば兵士の動きは見えない。安全と思い込んでいる、北からの攻撃は想定していないだろう。

ゲルドバの指示に従い、西からも攻撃が開始され、少し遅れて東からも兵士が進む。

人間共はやはりは正面の南と壁が崩れている西に戦力を割り振り、東はそれほど数がいないようだった。しかし開いた穴を守る程度の戦力は配置している。

東の壁に接近したゲルドバの兵士達は、指示通り壁沿いに北に回り込む。

「よし、正面にさらに五十。矢を射掛けろ。注意を引き付けるのだ！」

ゲルドバの命令に、新たに五十の兵士が繰り出され、矢が一斉に放たれる。

今度はこちらの矢が届き、壁の上にいる弓兵が身を隠す。上からの攻撃がなくなったことで、盾《たて》に身を隠していた兵士達が一斉に進み、正面の門を突破しようと殺到する。

「ふん、たわいもない。もう落ちそうだ」

門に取りついた兵士達を見て、ゲルドバは笑い。周りにいた兵士達も頷《うなず》く。

「北からの攻撃を本命としたが、正面からでも落とせそうだな。ギャミがこだわる女というから、どれほどの者かと思ったが、どうということはなかったな」

ゲルドバは側《そば》にいる兵士に声を掛けた。

ギャミはこの女を見つけた場合は、必ず報告しろと言っていた。何か考えがあるのだろう。

一応発見したと手紙は送っておいたが、騒ぐほどの相手ではない。

「ゲルドバ様。落ちますよ」

兵士の一人が、正面の門にまで接近した兵士達を見る。

門はすでに多数の兵士が取り付き、よく見えないぐらいだ。

だが落城間近と固唾《かたず》を呑《の》んだ瞬間、正面の門で爆発が起き、ゲルドバの兵士達が一斉に吹き飛んだ。

「魔石か！」

突如起きた爆発に、ゲルドバは怒りの声を上げた。

人間共が爆裂する魔道具を使用することは、ゲルドバも知っていた。魔王軍でも似たような物を持っているし、驚くには値しない。だが自分達が守る門もろとも吹き飛ばす奴がいるとは思わなかった。

「怯《ひる》むな、押せ！　正面はもうがら空きだ！」

ゲルドバは爆発に怯む兵士を叱咤《しった》した。

門に接近していた兵士は吹き飛ばされてしまったが、その爆発で門の前に積み上げられていた、柱や石も吹き飛んでいる。かえって攻めやすくなった。

障害物が無くなったことで、ゲルドバの部下達が果敢に攻めるが、その開いた入り口から、炎のような赤い鎧《よろい》を着た騎士が現れる。

籠城中でありながら、自ら進んで出てきた赤騎士に、ゲルドバの兵士達が一斉に襲い掛かる。だが赤騎士が槍《やり》を左右に振るうと、ゲルドバが鍛え上げた兵士達が、紙のようになぎ倒されていく。

「なかなかやるな！　弓だ！　弓で射殺せ！」

ゲルドバが声を上げ、後方の弓兵が十数本の矢を放つ。だが赤騎士は動じることなく、上から来る矢は身を屈め、低い矢は飛んでかわし、向かい来る矢は槍でもって叩き落とした。

幾本の矢が放たれても赤い騎士にはかすり傷一つなく、周囲の地面に折れた矢が散らばるのみ。

見事な戦いぶりに、兵士達が思わず下がる。

「ええい、何をしておる。お前達はそれでもこのゲルドバの配下か！」

ゲルドバは部下の不甲斐なさに叱咤する。

だがあと一息というところで押し返されはしたが、敵の注意は正面に向いたと言える。本命である北からの攻撃の良い援護と言えた。

ゲルドバは作戦の成功を確信していたが、不意に背筋を寒気が襲った。

急に視線を感じ、ゲルドバが顔を上げると、楼閣《ろうかく》に立つ女と目が合った。

笑った？

ゲルドバの目に、楼閣にいる女が微笑《ほほえ》んだように見えた。

女との距離は遠く、表情など分かるはずもない。だがゲルドバは相手が笑ったことを確信した。

「しまった！　弓兵が少ない！」

ゲルドバは即座に自分の不覚を悟った。先程からこちらの矢が届き、敵の弓兵を完全に抑えていた。だがよく見れば違う。壁の上にいる敵の弓兵の数が明らかに少ない。

しばらくすると壁の上に動きがあり、減っていた弓兵が壁の上を走り戻ってくる。一方、北の壁を攻撃するように命じていた部下達の気配がない。すでに壁を登り、内部に侵入していてもおかしくはないはずだが、敵に変化がない。おそらく壁を登っている最中に、上から矢を射られたのだろう。

「こ、このゲルドバが、知恵比べであんな小娘に負けたというのか」

兵士の優劣は仕方がないとしても、用兵で上を行かれたことが、ゲルドバは信じられなかった。

「おのれ！　正面は矢を絶やすな、あの赤い騎士を釘付けにしろ。東にさらに五十の兵を送れ！　西は何をしている！」

ゲルドバは叱咤《しった》する。ここからでは正面と東しか見えず、西の動きは把握出来ない。だが百も兵士を繰り出して、未だ砦《とりで》に取りつけないとは思えなかった。

「そ、それが、蒼い騎士が、空から攻撃しています」

西の戦況を伝えに来た兵士が、動揺しながら報告する。

「空からの攻撃だと。何を馬鹿なことを言っている。さらに西に五十だ。あんな穴だらけの砦にいつまでかかっているつもりだ！　さっさと突き崩せ！」

ゲルドバは怒鳴り、兵士を叱咤する。

だが日が傾き、夕暮れになってなお、砦を落とすことが出来なかった。

太陽が地平線に差しかかり、砦を攻めていた魔王軍の兵士達が後退していく。

私は鈴蘭《すずらん》の旗の下で、大きく息を吐いた。

結果を見れば砦を守りきれたが、敵将の采配は際立っており、辛勝と言ったところだ。

「大丈夫ですか？　ロメリア様？」

傍《かたわ》らにいた隻腕《せきわん》のメリルが、私を気遣ってくれる。本当は座り込みたいぐらい疲弊していたが、兵士の手前疲れている姿を見せることが出来なかった。

「ええ、大丈夫です。貴方《あなた》達も、よく働いてくれましたね」

私は周囲で護衛してくれたメリル、シュロー、レットを見る。

三人は戦いの最中、楼閣《ろうかく》の上を走り回り、私が出した命令を兵士達に伝えてくれた。

「いえ、私達はアルやレイのように敵を倒せず、何も出来ませんでした」

「シュローそんなことはありません。それは間違いです」

私はシュローの考え違いを否定した。

「私は貴方達を信頼しています。貴方達なら安心して仕事を任せられる。だからずっと手元に置いておきたい。三人共、これからも私を支えてください」

「ロメリア様」

私の言葉にレット達が俯《うつむ》き涙を零《こぼ》す。

三人は死に場所を探しているが、私にとって三人はかけがえのない戦力だ。本人達の満足のために、使い捨てにするつもりはない。

三人が涙をぬぐっていると、そこに元気な声が飛び込んできた。

「ロメ隊長！　お疲れ様で～す！」

一日中戦い通したというのに、アルが楼閣《ろうかく》を駆け上がってくる。

「おっと、俺が一番乗りか？　レイに勝った！」

アルが、訳の分からない競争の勝利を誇る。

「もう来ているよ、二番目」

頭上から声が降り注ぎ、見上げると楼閣の屋根にレイが腰を掛けていた。どうやら宙を飛びやって来たらしい。

「飛ぶのはズルだ。ちゃんと階段を登れ、そうすれば俺が勝った」

何を争っているのか、アルが口をとがらせる。

「喧嘩《けんか》はやめなさい。それより二人共、よく頑張ってくれましたね」

私はアルとレイも忘れずに労《ねぎら》う。アルが正面から来る敵を押し返し、レイが西の敵を跳躍攻撃で阻んでくれたおかげでだいぶやりやすかった。

「それほどでも。と言いたいところですが、この砦守《とりで》りやすいですね。ここで粘り続ければ、敵を殲滅《せんめつ》出来るのでは？」

アルが馬鹿げたことを言う。

「出来るわけがないでしょう？　今日一日凌《しの》ぐのが精一杯ですよ」

「何故です？　この調子なら明日も持ちこたえられそうですけど？」

私の言葉にアルが首を傾《かし》げる。

「何故って、井戸がないからですよ。この砦には飲み水がありません」

「え？　井戸ならあるじゃないですか」

アルが楼閣から下を見下ろすと、確かに砦の内部には井戸があった。

「あれは枯れています。水は一滴もありません」

私は使える井戸がないことを教えてやった。ここに来て最初に確認したので間違いない。

「アル。貴方《あなた》知らないのですか？　このセメド砦の悲劇を」

私が尋ねると、アルは首を傾げた。

この地名の由来にもなった有名な砦の逸話だが、アルは知らないらしい。

「いいですか、五百年前のことです。救世《きゅうせ》教《きょう》会の信徒千人が、蛮族の襲撃に遭いこのセメド砦に立て籠《こ》もったのです。堅牢《けんろう》な砦に守られ、信徒達は蛮族の攻撃を跳ね返していたのですが、その時、突如地震が起きたそうです。砦は地震に堪えましたが、地震の後、井戸が枯れてしまったと言われています」

私は、子供の頃に聞いた話をそらんじる。

「水がなくては戦えません。立て籠《こも》った救世《きゆうせ》教会《きようかい》の信徒達は、哀れ蛮族に皆殺しにされてしまったという悲劇です」

私は目を閉じ、ここで殺された信徒達に黙禱《もくとう》を捧げた。

「ということで、この砦《とりで》で持ち堪えることは出来ません。精々守れて一日だけです。私達にとっては、それで十分ですが」

「ああ、だから来る前に水を補給したんですね」

アルが今頃気付く。

森を出る前、小川で給水を行い、馬にもたくさん水を飲ませておいた。一日二日なら水筒の水で何とかしのげる。

「敵の夜襲があるかもしれませんので、交代で休んでください。明日の朝日が昇る頃にはお父様に頼んだ包囲網が完成し、後方のグラン達が来るはずです。それに合わせて私達も攻勢に出ます。各員しっかりと休息を取るように」

私が命令を下すと、アルとレイが頷《うなず》いた。

しかし、頼みの援軍は、一日経《た》っても二日経っても来なかった。

セメド砦の遺跡に立て籠《こ》もり、二回目の朝を迎えた。

私は味方がいるはずのバラドの森を見た。朝日を浴びた森の先からは、煙と共に火の手が上がり、大きな山火事となっていた。

昨日から続く山火事は衰えることなく燃え盛っている。火事の反対側からは、三本の狼煙《のろし》が上がり、グラン達が連絡を取ろうとしてくれていた。

狼煙の符牒《ふちょう》は「敵襲」「数、五百」とあった。

山火事は偶然起きたものではない。魔王軍の遅延行動の一環だった。

どうやら新たに五百体の魔王軍が出現し、足止めをしているらしかった。グラン達は山火事を迂回《うかい》してこちらへ進軍してくれているが、狼煙の示す通り、魔王軍の攻撃を受けて進めないでいるらしい。

私はため息が出そうになるのを堪えた。

指揮官が気落ちしていては士気に関わる。例え嘘《うそ》でも余裕がある仕草を見せねばならない。

「味方は来ませんか」

楼閣《ろうかく》に登ってきたアルが、山火事が続く森を見る。その傍《かたわ》らにはレイとシュロー、メリル、レットもいた。

「ええ、どうやら魔王軍にも隠し球があったようです」

私は自分の想定の甘さを悟った。

敵を目の前の五百体のみと考えてしまった。しかしまだ他にも魔王軍がいたらしく、バラドの森で味方を足止めしていた。

確か事前の情報で、南方のフラム地方にも魔王軍が五百体程、出現したと聞いていた。フラム地方からバラドの森までは馬を走らせても数日はかかるが、どんな魔法を使ったのか、魔王軍は五百体の兵士を、馬より早く移動させたらしい。

頼みの味方は来ず、一日耐えればいいだけの砦《とりで》は、今や私達を閉じ込める棺桶《かんおけ》となっていた。飲み水が無いため、兵士達は喉《のど》が渇いている。これでは満足に戦えない。

山の麓《ふもと》を見ると、包囲する魔王軍の軍勢が見える。彼らも傷付いているが、まだこちらよりも数が多い。飲み水は潤沢、食料も十分。このまま籠城すれば今日を凌《しの》ぎきれないだろう。

魔王軍の陣形は攻城戦の構えを見せつつも、私達が砦から飛び出てくれば、即座に包囲出来るようにコの字型の陣形を敷き待ち構えている。

私達が籠城を選択すればよし、我慢出来ずに飛び出てくればなおよし。どちらを選択しても分の悪い勝負となる。

さて、助かる確率が高いのは……。

魔王軍の陣形を見下ろしながら、私は思考を巡らせると、不意に北風が髪を撫《な》でた。

これまでやや微風といった風しか吹いていなかったが、今日は北からの風が強い。

「……よし、この風が援軍です。馬を準備してください。打って出ます」

私は風を背に受けながら、出撃することを決断した。

「食料は全て食べ切ってしまって構いません。ただし水は節約して、残った分は馬に与えてください」

「おっ、ひとつ派手に暴れてやりますか」

アルが打って出ると聞いて、右の拳で左手を叩く。

「派手に暴れるのは構いませんが、派手に散ろうなどとは考えないように、やるからには勝ちに行きますよ」

兵士達が勘違いしないように、私はアルに釘を刺しておく。

私にとって勝利とは生存であり、死は敗北だ。必ず生き残る方法を目指す。

「分かっています。ロメリア様を守るため、死んでも死にません」

レイが胸に手を当てて答える。

ちょっと言っている意味が分からないが、その意気はよしとする。

そして一時間後、生き残った二百四十七人の兵士が揃う。

「皆さん、よく聞いてください」

私は鈴蘭《すずらん》の旗の前で、整列する二百四十七人に話しかける。

「これから私達は、敵陣の解囲を試みます。敵の激しい抵抗が予想されます。ですが私は死ぬつもりはありません。私が先頭を行きます。皆さんは決して足を止めず、私の後を付いて来てください。私に付いて来ることが出来れば助かります」

私は機動戦に出るつもりだった。

敵の防御陣形に隙はない。だが機動力を駆使して陣形の中で暴れ回れば、綻びは生まれるはずだ。隙が出来る時まで、足を止めずに動き続けることが出来れば私達の勝ち。逆に動きを止められれば負けだ。

「難しいことだとは思いますが……」

私がそこまで言うと、兵士達の間から笑い声が漏れた。

「なんです？」

言葉を遮《さえぎ》られた私は隊長のアルを見ると、彼も笑っていた。

「いや、ロメ隊長。それいつものことです。いつもロメ隊長が勝手に前に出て、俺達が付いていってるじゃないですか」

アルに指摘され、なるほどと思ってしまった。そう言えばそうだ。いつも私が先頭に立ち、皆がその後を追いかけて来ていた。

「そうか、いつも通りといえばそうですね。ではいつも通りいきましょう。では皆さんこの旗に付いて来てください」

私はいつも掲げている鈴蘭《すずらん》の旗を見せた。

旗を見た兵士達はまた笑う。笑っていられる間は大丈夫だろう。

「よし、ではいきましょう！」

私は馬に跨《また》がり号令した。


砦《とりで》がある岩山の麓《ふもと》に布陣したゲルドバは、二日経《た》っても落ちぬ砦を見上げていた。

打ち捨てられ百年以上は経っている砦である。本来なら一日で落とさなければならなかった。ゲルドバ達の後ろには敵が迫り、挟撃を受けてしまうからだ。

だがギャミは、この国の南方を襲撃していたゲルドバの兵士達五百体を、勝手に移動させて森で足止めをさせていた。

兵士達はゲルドバの時間を稼ぐために森に火を放ち、山火事を壁として人間共と戦っている。兵士達の抵抗は、今日の夕方まではもつだろう。だがそれ以上は無理だ。敵と激しく交戦している兵士達は逃げることも叶わず、殲滅《せんめつ》されてしまうだろう。

勝手に兵士達を移動させ、死地へと追いやったギャミに怒りを覚えるが、一日で砦を落とせなかった自分の責任でもある。犠牲となる兵士達の為にも、なんとしてでもロメリアの首を取らなければならなかった。

ゲルドバに残された時間はあと一日しかない。だが、今日は砦を落とせるはずだった。

あの廃棄された砦《とりで》にはおそらく水がない。精彩を欠く敵の動きを見ればそれは分かる。井戸が無い所に砦が築かれることはないから、大昔になんらかの事情で枯れてしまったのだろう。

敵に飲み水がない。これはほぼ勝利が確定したと言ってもよい状況だった。

飲み水が無ければ、兵士は満足に戦うことが出来ないからだ。

敵が砦に入る前に小川で給水していたのは知っている。だが積み込める水の量は、せいぜい二日分だ。馬に飲ませる事を考えれば、すでに枯渇しているだろう。

馬を殺して血を飲むという手もあるが……。

ゲルドバが砦を見ると、敵に動きがあった。敵は馬に乗り、正面の門から二列縦隊で飛び出てきた。

先頭を走るのは、花の紋章の旗を持った亜麻色の髪の女。ロメリアだ。

「ロメリアァァァァ！」

ゲルドバは知らぬうちに女の名を叫んでいた。

人間の、それも女の名を覚えるなど自分でも信じられなかった。だがこれほどまで、自分を手こずらせた人間はいない。必ずこの手で殺し、その首を取らなければ収まらなかった。

「重装歩兵、前へ！　絶対に敵を突破させるな。体で止めろ！　弓兵、敵の突撃に合わせて一斉射、引きつけろ！　選抜部隊！　お前達は赤騎士と蒼騎士を狙え。奴らが部隊の柱だ。それさえ封じれば勝てる！」

ゲルドバは指示を下しながら、赤銅色の鎧《よろい》に、巨大な槍《やり》を構える二十体の兵士を見る。ゲルドバが率いる兵士の中でも、腕の立つ者ばかりを集めた精鋭だ。こいつらならば、あの二人の騎士とも互角に戦えるだろう。

「くるぞぉ、構えろ！」

山の斜面を、落石のように駆け下りてくる騎兵部隊を見る。ゲルドバの瞳は、先陣を切る亜麻色の髪の女に注がれていた。

「弓兵、正面前方、構え！」

ゲルドバが右手を掲げる。弓兵が矢をつがえ引き絞る。だがゲルドバは手を下ろさず、放ての号令はまだ出さない。

引き付けて、引き付けて、今だ！

「放……！」

ゲルドバが右手を振り下ろし、命令を下そうとした瞬間。先頭を走るロメリアがくるりと方向転換し、左に曲がり進路を変えてしまった。

「って！」

命令を発しようとしていたゲルドバは、手を止めることが出来ず、弓兵が矢を放つ。

矢が大きく空に弧を描き、疾走《しっそう》する騎兵に向かう。だが遅い、すでに敵は方向転換をしている。

放たれた矢は、進路を変えた騎兵の最後尾に降り注ぎ、数人に矢が当たったのみ。矢を受けた兵士は、痛みに耐えながらも馬にしがみ付いて駆け抜けていく。

左に折れた敵騎兵は、そのまま左側面を塞《ふさ》いでいる左翼部隊と激突する。

「左翼、そのまま耐えろ！　選抜部隊は前に進め！」

ゲルドバは選抜部隊に命令を下す。選抜部隊が走りだした直後、左翼と交戦していた騎兵が、また進路を変える。

赤騎士が敵をなぎ倒し進路を開き、蒼騎士が後続を補佐する。

方向転換にかかった敵兵は、選抜部隊が追いつく前に左翼から離脱する。

「弓兵、構え！」

ゲルドバは再度弓兵に弓を構えさせた。だがどこを狙うかは指示を出せないでいた。

左翼から離脱した敵は、次は右翼に向かって進んでいるが、方向を転換し正面部隊を狙うこともありえる。

「正面、いや、右翼部隊前方、狙え。放て！」

ゲルドバは敵が右翼に襲い掛かると見て、右翼の前方に矢を放つように命じる。

だがその直後、またしても敵は進路を変え、今度は正面部隊に突撃を開始する。

狙いを読み違えた矢は、地面に突き刺さるのみ。

ゲルドバは騎兵の先頭で旗を振り、指示を出すロメリアを見る。亜麻色の髪の女もまたゲルドバを見ていた。

おのれ、あの女。戦場の全てが見えているとでもいうのか！

ゲルドバは唸《うな》った。

指揮官が下す命令には、どうしても時間差が発生してしまう。

発せられた命令を隊長が聞き、兵士に指示を出し、兵士達が従い行動に移す。命令の効果が出るのは、命令があってから少し後のことだ。

兵士達の練度が高ければ、ある程度解消出来るが、時間差が無くなることは永遠にない。

指揮官にはその時間差をある程度考慮し、敵の動きを予想して、先回りをする形で命令を下す能力が求められる。

その未来予測の能力が、あのロメリアという女は卓越していた。

あの女の眼差しは、まるで戦場全てを見抜いているかのようだった。

矢を避けた敵騎兵部隊は、正面の部隊を攻撃した後、また左翼へと転進する。

「ええい、左翼と右翼は十歩前進！　戦場を圧迫しろ、予備隊は砦《とりで》との通路を封鎖しろ。包囲して陣形で押しつぶせ」

ゲルドバは両翼を前進させ、戦場を狭くした。

徐々に小さくなる戦場の中で、騎兵を率いるロメリアは蛇のように暴れまわる。左翼、右翼、また左翼と攻撃を繰り返すが、どうあがいても袋の鼠《ねずみ》だ。

「選抜部隊、備えろ！　敵が足を止めたら、飛び込め！」

ゲルドバは、虎の子の選抜部隊に突撃を命じる。

「全軍前進、圧殺しろ！」

ゲルドバは一気に軍を前に進め、四方からロメリア達を押しつぶそうとする。だがこの時、左翼部隊の連動が他の部隊から僅《わず》かに遅れる。その僅かな遅れが隙となり、一筋の空白地帯が生まれてしまう。

まずい！

それは一瞬の出来事だった。ほんの僅かな時間にだけ生まれた隙。

ゲルドバは左翼が遅れたことに気付き、穴を塞《ふさ》ぐべく命令を出そうとしたが、命令を放つより早く、ロメリアがその隙間に馬を滑り込ませた。

生まれた隙は一瞬。そして突破されるのも一瞬だった。

隙間に馬を滑り込ませたロメリアに続き、騎兵部隊がゲルドバの敷いた包囲網を突破した。

やられた！

包囲網から抜け出たロメリア達を見て、ゲルドバは自らの不覚を悟った。

無秩序に見えたロメリアの攻撃は、左翼を多く攻撃していた。左翼は他よりも疲弊し、前進が遅れたのだ。全てはこの隙を生み出すため、この一瞬をロメリアは狙っていたのだ。

「おのれ！　ロメリアァァァア」

ゲルドバは指揮官でありながら走り、ロメリアを捕まえようと追いかけた。だが馬を相手に徒歩で追いつけるはずもなく、小さくなる背を見送ることしか出来なかった。

「あと少し！　あと少しというところで！」

ゲルドバは叫んだ。

あとほんの僅かで、ゲルドバの手はロメリアに届いていた。しかし亜麻色の髪は、ゲルドバの手からすり抜け、二度と手の届かないところにまで走り去ろうとしていた。

ゲルドバは諦めきれず、慟哭《どうこく》と共に手を伸ばす。

だがその時、ゲルドバが伸ばした手が一本の髪を摑《つか》んだのか、包囲を突破したロメリアの馬が、突然体勢を崩して転倒した。

落馬し地面に投げ出されたロメリアは、全身を地面に打ち付けていた。

ロメリアを追っていたゲルドバは、目の前に降って湧いた幸運に歓喜した。

いや、これは幸運ではない、必然だった。

砦《とりで》に井戸はなく、馬はほとんど水を飲めていない状態だった。それなのに全力疾走《しっそう》させ、何度も方向転換をしていたのだ。馬が耐えられなくなったとしても不思議はない。

ゲルドバは腰の剣を抜き、ロメリアに向かって走る。

落馬したロメリアが、起き上がって周囲を見回す。ロメリアが駆け寄るゲルドバに気付き、さらに首を返して走り抜けた自分の兵士達を見た。

走り抜けた騎兵部隊は、主人が落馬したことに気付いて全軍で戻ってくる。だがゲルドバの方が近い。機動力の差はあっても、ゲルドバの方が先にロメリアにたどり着く。

ゲルドバは剣を掲げ、ロメリアに迫る。ロメリアは何をしようというのか、右手をただ伸ばしていた。

捉えた！

ゲルドバは掲げた刃を女に向けて振り下ろした。鮮血が宙を舞った。

不条理だな。

私は空を仰ぎ見ながら思った。

アル達を引き連れて、敵の包囲網を揺さぶり、なんとか隙を生み出して脱出に成功したというのに、馬が突然転倒して地面に投げ出された。

全身を強打し、息も出来ず、ただ空を見上げる。

私のすぐ側《そば》では、馬が口から泡を吹き喘いでいた。

馬には本当にすまないことをしたと思う。水もろくに飲ませず、走り回らせたのによく頑張ってくれた。足が折れていないことを願うばかりだ。

私は目だけを動かして、周囲を確認した。

とりあえず見える範囲で、落馬したのは私だけらしい。他の馬も限界だろうに、運良くもっている。それはいいことなのだが、ちょっとだけ腹立たしい。

そもそも『恩寵《おんちょう》』が不公平なのだ。

周りにいる人には幸運や好調を授けるのに、私には何も与えてくれない。私自身は人並み程度に幸運で、普通に不運なだけなのだが、周りが幸運であるため、相対的に私がドジを踏んでいるように見える。

時間と共に落馬の痛みが引き、体が少し動く。なんとか身を起こして、再度周りを見る。

後方を見ると赤銅色の体色をした魔族が、私の名前を叫びながら走ってくる。おそらく敵の指揮官だろうが、魔族に名前を呼ばれるとは、なんだか不思議な気分だった。

反対側を見ると、私の落馬に気付いたアルやレイ、そして兵士の全員が戻ってくる。

「馬鹿、戻るな！」

私は手を伸ばして叫んだ。

敵の方が早い。もう間に合わない。戻ればアルやレイ達も敵に捕捉される。私の馬が倒れたように、皆の馬が限界だ。馬が潰れる前にこの場所を離脱することこそ正解だった。

「ロメ隊長！　今行きます！」

「ロメリア様！　ロメリア様！」

だがアルとレイ、そして兵士達は宝物を落としたような顔をして戻ってくる。

私に迫る魔族が剣を振り上げる。やはり向こうの方が早い。これは死ぬ。

どうしようもない死の状況が見えてしまった時、視界の端に何かが見えた。

剣を掲げる魔族の左後方から、一頭の馬が駆けてくる。その背中には一人の女性が乗っていた。髪を後ろにまとめ、白い衣と王妃を示す宝冠を載くその顔は、かつての仲間である聖女エリザベートに見えた。

もちろん幻覚に決まっている。落馬の際に、頭を打ったことが原因だろう。今や王妃となったエリザベートが、私を助けに来るはずがないからだ。

しかし幻覚のエリザベートは、真っ直ぐ私を見据え、馬から身を乗り出し、右手を差し伸べていた。私は右手を伸ばしかけたが、すぐに引っ込めた。幻覚に手を伸ばしても意味はないと思ったからだ。

「ロメリア！　来い！」

だが幻覚に一喝され、反射的に右手を伸ばした。

目の前では魔族の刃が迫る中、私が伸ばした右手を幻覚のエリザベートが摑《つか》む。

幻覚は力強く私を引き寄せ、死の刃から救い出した。

「エッ、エリザベート？」

私は馬にしがみ付きながら、エリザベートを見た。

もう幻覚とは思えなかった。目の前にあるのは現実だ。しかしそれでも信じられなかった。

「ロメリア、無事？」

エリザベートが振り返り私を見ると、なぜか驚いていた。

そういえば先程から左頬《ほほ》が熱い。どうやら敵の刃がかすめていたようだ。だが喋《しゃべ》れるし、目も無事。大した傷じゃない。

私は馬の背をよじ登り、エリザベートの後ろに跨《また》がる。

「エリザベート、貴方《あなた》どうしてここに？」

私が改めて尋ねると、エリザベートは何とも微妙な顔をした。

「それは……まぁ、アンタの泣き顔を見たかったから。かな？」

なんだそれはと思ったが、今は口論などしている暇がなかった。何せ周囲には魔王軍の兵士が残っているのだ。

「エリザベート。来てくれたのはうれしいけれど、早く逃げよう」

私はすぐにこの場を離れるように言った。

エリザベートが来てくれたおかげでなんとか助かったが、アルやレイ、兵士達は私を助けるために戻ってきてしまっている。

このままでは再度戦闘となる。しかも指揮も陣形もない状態でぶつかるから、血みどろの乱戦となり、勝敗や生死は単純な運任せになってしまう。

「はぁ？　何を言ってるの？」

私が危険性を指摘すると、エリザベートは振り向きながら呆れた顔を見せた。

「私が一人で来ているわけがないでしょ」

エリザベートの視線が、私の後ろに注がれる。私も振り向くと、そこには何人もの騎兵が疾《しっ》走《そう》していた。それもただの騎兵ではない。全員が煌《きら》びやかな鎧《よろい》を身に着け、大きな馬に跨《また》がっていた。掲げられた旗を見ると、真紅の布に獅子《しし》が描かれている。王家直属の親衛隊だ。

千人にも及ぶ親衛隊の騎兵部隊が、私を追撃して来た魔王軍に襲い掛かった。

陣形もない状況で、多勢の騎兵突撃を受けては魔王軍の精鋭といえ、ひとたまりもなかった。私達を苦しめていた魔王軍は次々と討ち取られ、殲滅《せんめつ》されていった。

「初めは五千人で来ていたんだけれどね、バラドの森で足止めされそうだったから、騎兵だけで森を迂回《うかい》して、隘路《あいろ》からやって来たの。残り四千人はバラドの森を抜けてくるから、そのうち合流出来るでしょう。まぁ、急いで合流する必要はなさそうだけど」

前にいるエリザベートが教えてくれる。

しかし王国の討伐軍が来るかもしれないと思ってはいたが、まさかエリザベートが親衛隊を率いてやって来るとは思わなかった。

「ロメ隊長、無事ですか！」

「ロメリア様！　お怪我《けが》は？」

私にアルやレイが駆け寄り、カシュー守備隊が集う。さらに親衛隊の将軍や隊長と思しき人達も、エリザベートの周囲を固める。

「ロメリアァァァ！」

安堵《あんど》の息をつく私に、戦場を貫く声が聞こえた。目を向けると、私の頬《ほほ》を斬り裂いた魔族が、剣を片手に憎悪の目で私を睨《にら》んでいる。

敵の姿に、アルやレイ、そして親衛隊が即座に周囲を固める。

アル達や親衛隊に囲まれた魔族は、それでもなお不敵に笑った。

「イナイテッワオダマ、ハイカタタ。ルレクテッウヲキタカノシタワ、ガマサスオリガ。ルイテッマヲノルクガエマオ、デコソノクゴジ」

魔族の指揮官は、私に剣を突き付けながら、彼らの言語であるエノルク語で話す。

周りにいる親衛隊の兵士達が、討ち取ろうと動くが、その前に赤銅色の魔族は手に持つ剣を自らの首に当てた。

「ヨミトクト、ヲマザニシノクゾマラレワ」

私を追いかけてきた魔族は、笑いながら剣を引いて、自らの首を自分の手で斬り落とした。

笑ったままの首が宙を飛び、私とエリザベートの前に転がる。胴体からは血が噴水のように飛び出し、雨となって降り注いだ。

「なんて言ったの？」

エリザベートが背後の私を見る。

私が魔族の言語、エノルク語を話せることを知る者は少ない。だがエリザベートは、どうせアンタのことだから分かるんでしょと、当然のような目で見ている。

「戦いはまだ終わっていないって」

私は敵が話した一部だけを伝えた。

「終わっていないねぇ」

エリザベートが戦場を見る。

戦場では親衛隊が魔王軍を殲滅《せんめつ》していた。指揮官も自決し、この戦いの決着はついたと言っていい。

戦いの決着がついたのならば、私達の関係にも決着をつけるべきだろう。

私は馬を降り、エリザベートに対して改めて正対した。

正直複雑な気持ちだった。アンリ王子との婚約破棄の一件もそうだが、エリザベートとは旅の最中何度も衝突した。良い思い出もあったが、悪い思い出も多かった。彼女に対しては言葉に言い表せない感情が胸にある。それはエリザベートも同じだろう。

互いに見つめ合う二人を見て、エリザベートを守る親衛隊が緊張する。アルやレイも緊張に反応して身を屈めた。この場にいる誰もが、私達の確執を知っているのだ。

「……お久しぶりです。エリザベート王妃」

私はエリザベートに軽く微笑《ほほえ》みかけた後、膝《ひざ》を折り臣下の礼を尽くした。

確かに私達の間には問題がある。だがそれでも私は王国に忠誠を誓う貴族の一員であり、エリザベートはまごうことなき王妃である。過去にこだわり、争いを生むつもりはない。

私が臣下の礼をとると、親衛隊の緊張がほぐれる。

「ここは戦場です。ロメリア伯爵令嬢。面《おもて》を上げられよ」

頭《こうべ》を垂れる私に、エリザベートも馬から降り、鷹揚《おうよう》な態度をとる。

彼女が内心どう思っているかは不明だが、これで互いの立ち位置は決まった。

「本当に久しぶりですね、ロメリア」

エリザベートが私に手を差し伸べる。

「はい。そしてありがとうございました。王妃のおかげで命拾いしました」

私もエリザベートの手を取り、立ち上がる。

「なに、王家が民を助けるのは当然のことです」

「しかし王妃様。ここは危険です。まだ戦いは終わってはおりません。すぐに安全な場所に避難してください」

私はこの場所の危険性を口にした。あの魔族の言う通り、戦いはまだ終わっていない。

今回の魔王軍は水のように動き、防御の薄い後方を脅かしていた。おかげで南方の穀倉地帯は被害を被った。しかし敵の狙いは破壊工作だけではない。私をつけ狙っていたことからも分かるように、討伐のために出動した兵士や将軍を討つことで、王国の戦力を削ることも狙いの一つなのだ。

しかし、ここにいた魔王軍の目的は破壊や妨害であり、敵の殲滅《せんめつ》は副次的なもののはず。戦力を削る専門の部隊が、別にいるはずだった。

「きっと敵はまだ戦力を残しています。それはすぐにでもやって来るでしょう」

「それは、本気で言っているのですか？」

私の予想を笑ったのは、エリザベートのすぐ側《そば》にいた騎士だった。立派な鎧《よろい》を身に着けていることからして、この部隊を率いる将軍だろう。

「魔王軍の戦力ですと？　そんなもの、何処にいると？　もしや森で貴方《あなた》の騎士団を足止めしている小勢のことですか？」

「ギュネス将軍」

エリザベートは制止の声をあげた。

ギュネス将軍は、女の私が軍略を語ったことが許せないのだろう。

「いいえ、森の敵ではありません。もっと多くの敵がここに向かっています」

私はさらなる敵が来ることを予想した。昨日、魔王軍は南方を襲撃していた部隊を僅《わず》かな時間で移動させた。あれで魔王軍の移動方法に見当がついた。

私の予想が正しければ、新たな敵は、すぐそこまで来ている。

「ですからどうやって？　北の国境であるガザルの門は封鎖されているのですよ。どうやって侵入し、何処にいると言うのです？」

ギュネス将軍が貴方は何を言っているのだと、首を傾《かし》げた。

「それは……」

私が口を開きかけると、エリザベートの横にいた兵士の一人が遠くを見ながら目を細めた。

直後、その瞳は驚きに見開かれる。その隣にいた兵士も、異変に気付き口を大きく開けた。

周囲にいた兵士達も次々に何かに気付き、私の背後、北の空を指差す。

北、それは魔王軍が拠点を置くローバーンがある方角だった。

私は遅かったかと息を吐いた。

振り返らずとも、何が見えるのかは予想出来た。

魔王軍との国境に面したガザルの門は固く封鎖され、空を飛びでもしない限り突破することは叶わない。

ならば答えは一つ。

「敵は空を飛んで来た」

私の背後では、巨大な翼を持つ竜が、空を覆い尽くしていた。

第四章

～魔王軍が空からやって来た～

エリザベートは空を覆う竜を見てため息をついた。

「なるほど、こんなからくりでしたか」

封鎖された国境を突破せず、どうやって国内に入り込んだのか？　理由を考えるより先に、対処するべきだとしたのはエリザベートである。しかしこんな方法だとは思わなかった。

空を飛ぶ翼を持つ竜。翼竜とでも言うのだろうか？　その数は千、いや、千三百頭程。翼竜の背中には馬のように鞍が取り付けられ、二体の魔族が前後に並んで乗っていた。前に乗る魔族は軽装で手綱を握っている。一方、後ろに乗っている魔族は武装していた。

一頭の翼竜が荒野に着陸し、武装した魔族が翼竜から飛び降りる。手綱を握る魔族は騎手らしく翼竜からは降りない。騎手を含めなければ、魔王軍の戦力は千三百体ということになる。

「エリザベート様、お引きください。ここは危険です」

「ギュネス将軍、勝てませんか？」

撤退を進言してきたギュネス将軍に、エリザベートは問い返した。

「戦力は向こうが上です。この状況では勝利は確約出来ません」

ギュネス将軍は素直に認めた。

「ロメリア伯爵令嬢の言う通り、これは釣り出し戦術です。我らを誘い出し、戦力を削るのが敵の本来の目的。なれば敵に策があり、戦力も充実。ここで戦うことは得策とは言えません」

「ロメリア、貴方《あなた》はどう思います」

ギュネス将軍の言葉に頷《うなず》きながら、エリザベートは側《そば》にいたロメリアに尋ねた。ギュネス将軍には悪いが、彼女の力も使わねば、この窮地は逃げきれないと考えたのだ。

「我々はすでに敵に捕捉されています。このまま撤退は難しいでしょう。それよりもバラドの森の手前に移動し、陣を張るべきです」

ロメリアは、未だ山火事が続く森の手前を指差した。

「あんな場所に陣を張るだと？　後ろは火の海だぞ！　逃げ場がないではないか！」

「確かに逃げ場はありません。しかし味方が一番早く来るのもあそこです。見てください」

ギュネス将軍の言葉に、ロメリアは森を指差した。森の切れ目からは、武装した兵士の一団が出て来るのが見えた。

「あれは？　味方か！　ロメリア騎士団か！　むっ、我らが親衛隊もいるぞ！」

ギュネス将軍が、現れた兵士達が持つ旗を見る。

そこには確かに鈴蘭《すずらん》の旗を掲げたロメリア騎士団が八百人と、さらに深紅に獅子《しし》の旗を掲げたレドドレ千人隊長率いる親衛隊重装歩兵千人が出てくる。

「山火事を突っ切ってここまで来たのか」

エリザベートは、全身煤《すす》だらけのロメリア騎士団と親衛隊に感心する。

「来たのはレドドレの千人だけか。残り三千人はまだ森か」

ギュネス将軍が唸《うな》るが、危険を冒して山火事を踏破することが正解とは言えない。ここは千人の味方が増えたことを喜ぶべきだろう。

「親衛隊とカシュー守備隊を合わせれば三千人。戦力的には互角です。それに山火事を背にして布陣すれば、山火事を踏破してくる親衛隊と、すぐに合流出来ます。それまで持ち堪えることが出来れば、我々が勝ちます」

ロメリアが山火事を背にして戦う利点を話す。

「しかし、王妃様を危険に晒《さら》すわけには……」

「ギュネス将軍。そんな心配はしなくていい。私は逃げるつもりはありませんよ」

迷うギュネス将軍に、エリザベートは逃げないことを宣言する。

「しかし王妃様」

「ここで逃げるのも危険です。敵が私達を誘い出したのなら、逃がさない策も用意していると見るべきです」

エリザベートが魔王軍の行動を予想すると、ギュネス将軍も否定できなかった。

「分かりました。ですが、もしもの時は山火事の中を歩いてもらいますぞ」

ギュネス将軍はその言葉だけを残し、親衛隊をまとめ、移動の準備に入る。

「我々も移動しましょう。アル、レイ準備を」

ロメリアの言葉に、赤と蒼の鎧《よろい》を着た兵士が頷《うなず》く。おそらく炎の騎士アルビオンと風の騎士レイヴァンだろう。

「シュロー、メリル、レットは負傷兵を集めて」

さらにロメリアは義足、隻腕《せきわん》、義手の兵士に命じる。

「ロメリアお待ちなさい」

移動の準備を始めるロメリアを、エリザベートは止めた。

「なんでしょう？　王妃様？」

振り返ったロメリアが尋ね返す。その頬《ほほ》には魔族に切り裂かれた傷があった。

すでに出血は止まり軽傷だということは分かるが、女の子が顔に負傷したというのに、無頓《むとん》着《ちゃく》すぎる。あれでは痕《あと》が残ってしまうだろう。

エリザベートは改めてロメリアを見た。その顔には、頬の傷を気にした様子もなければ、目の前にいるエリザベートを気にした様子もなかった。

そう、ロメリアは三年前のことを恨んでいないのである。女としての体面を、あれほど傷付けられたというのに、顔の傷と同じくまったく気にしていないのだ。

それが何とも腹立たしく、つい苛立《いらだ》ってしまう。しかし相手が気にしていないことを気にしているのだと考えると、なんだか馬鹿らしくなってきた。

エリザベートはため息を一つついて右手を差し出し、ロメリアの左頬にかざした。白い光が右手からあふれ出し、頬の傷を照らす。光が収まった時には、左頬の傷は消えていた。

「……あっ、あり、が、とう？」

ロメリアは戸惑いながら礼を言った。

エリザベートはもう少しましな礼が言えないのかと顔をしかめる。だが直後、ロメリアの背後にいた兵士達が膝《ひざ》を折り、全員がエリザベートに向けて頭《こうべ》を垂れた。

「エリザベート王妃。ロメリア様の傷を治していただき、ありがとうございます。カシュー守備隊を代表して、お礼を申し上げます」

騎士アルビオンが臣下の礼をとり、感謝の口上を述べる。

「良いのですよ。私が間に合わなかったせいで、傷が残ったとされたくはありませんから」

エリザベートは鷹揚《おうよう》に応えながら、見習いなさいとロメリアに一瞥《いちべつ》を向ける。ロメリアは気まずそうに視線を逸《そ》らした。

「さて、ついでに聖女の真似事でもしますか」

エリザベートは呟《つぶや》きながら、義手に義足、そして隻腕《せきわん》の兵士達の前に歩み寄る。

「貴方達《あなた》、名前は？」

「は、メリルと申します」

「シュローです」

「レットと言います。王妃様」

エリザベートの問いに、隻腕、義足、義手をした三人が名乗る。

「そう、メリルというの。少し痛むわよ？」

左腕がないメリルに、エリザベートが右手をかざす。手からは白い光が放たれ、メリルを包み込む。光は一瞬にして消えたが、直後メリルが左腕を抱えて苦しみ始めた。

だが苦しいのは一瞬、悲鳴が最大に達した瞬間、メリルの短い袖から白い左腕が飛び出す。

失われた左腕が再生したことに、メリルを含め、周りにいた全員が驚く。

「ゆっくり動かしなさい。そのうち慣れてくるから」

エリザベートは次にシュローとレットを見る。

「貴方達も義足と義手を外して。治療の妨げになるから」

エリザベートはシュローとレットに義足と義手を外させ、同様の治療を行う。

手足が再生した三人は、驚きに涙を流し、声も出ないほど感動していた。

「エリザベート。ありがとう」

声も出ない三人に代わり、今度はロメリアが礼を言った。

「その素直さを、さっきも見せなさい」

「でも、たいして可愛くもない私の顔と、兵士達の手足とでは比べものにならないですよ」

ロメリアの言葉に、話を聞いていたアルビオンやレイヴァン、そして手足を治療されたメリル達が苦笑いを浮かべる。

「この娘は本当に……いや、もういい。それより、貴方の兵士も傷付いているでしょう。癒《いや》し手《て》をそちらに派遣しますから、負傷兵をすぐに治療しなさい」

エリザベートは、親衛隊にロメリア騎士団と協力するように指示を出す。

「変わられましたね」

治療を買って出たエリザベートに、ロメリアが感慨深い声で答える。確かに三年前の自分なら、こんな事はしなかっただろう。

「別に、この戦いに勝つために必要だからです」

「そうですね、確かに、目の前の敵は問題です。エリザベート。あの一番大きな翼竜を見てください。その背中に旗があるのが見えますか？」

ロメリアが空を舞う翼竜の中でも、一際巨大な個体を指差した。他の翼竜と比べても倍近く大きい。その背には黒い旗が立てられ、赤いほうき星が輝いている。

「あのほうき星の旗印。あそこにいるのはおそらくガリオスです」

「ガリオス？……まさか、あのガリオスですか？」

エリザベートは尋ね返した。

「そのガリオスです。魔王の実弟にして、ダカン平原でアンリ王子を打ち破った」

ロメリアが頷《うなず》いたのを見て、エリザベートは戦慄《せんりつ》した。

ガリオス。その名前は今や大陸中に響き渡っていた。

三年前、アンリ王子を一騎打ちで打ち破った事を皮切りに、ガリオスはその巨大な足で大国のすべてを踏み荒らした。暴風雨の如き脅威が、また王国にやって来たのだ。

　セメド荒野での戦いは、かつてない激戦となるだろう。

「実は王都を立つ前に、エカテリーナと呂姫《りょき》に手紙を出しておいたの」

　エリザベートは、共に魔王を倒した仲間の名前を出した。

　ガリオスと戦うことを予想していたわけではなかったが、出陣の前日、エリザベートは言い知れぬ不安を感じ、エカテリーナと呂姫に助けを求めたのだ。

「手紙を受け取ってすぐに来てくれていれば、もう合流出来ていてもおかしくはないのだけれど、不在だったのか、それとも助けに来るつもりがなかったのか……」

　エリザベートは姿を見せない仲間のことを思い、ため息をついた。

「どちらにしても、今ある戦力で戦うしかありません」

　ロメリアが現実を示す。確かに、ないものをねだっても仕方ない。

　散らばった騎兵部隊の集結を終えたギュネス将軍が、エリザベートに移動をうながす。

「エリザベート王妃、移動します。ご準備を」

　エリザベートはロメリアと別れて、ギュネス将軍と共に森の前へと移動する。

「分かりました。ではロメリア、また後で」

「おお、エリザベート王妃、ギュネス将軍。お会い出来てよかった」

　エリザベート達が森の前へと移動すると、重装歩兵千人を率いるレドレ千人隊長が駆け寄ってきた。側《そば》にはバーンズ副隊長もいた。

「レドレ、よく火の中を突破したな」

「はい、ロメリア騎士団が山火事を踏破すると言うので、我々も負けてはいられませんでした。しかしスローン、ルイボ、フレドの部隊は敵と交戦しており、到着にはもう半日程かかります」

ギュネス将軍がレドレ千人隊長を讃《たた》えると、千人隊長は胸を張って報告した。

「火事を越えてきてすぐで悪いが、見ての通り魔王軍が空から来た。すぐに戦闘準備だ。陣形を整えるぞ」

ギュネス将軍はこの場所を本陣として即席の軍議を開く。

軍議にはエリザベートも立ち会い、その周りにギュネス将軍を始め騎兵部隊を率いるコスター千人隊長とセルゲイ副隊長、そして先程合流した重装歩兵部隊を率いるレドレ千人隊長とバーンズ副隊長が集まる。

その周囲を本陣付き護衛として十人の精鋭が守りを固め、突撃や後退を知らせる七人の喇叭《らっぱ》兵。旗を支える旗持ちが二人待機している。さらに癒《いや》し手《て》が二十人いるが、こちらは現在ロメリア達の部隊の治療に当たらせている。簡易の治療が終わり次第、戻ってくるはずだ。

「まずここに本陣を置く。そして陣立てだが……」

「ギュネス将軍、待ってください。先程判明したのですが、今回の敵はガリオスです」

エリザベートは、ロメリアに教えてもらった情報を明かす。

「ガリオスですと！」

敵の名前を聞き、ギュネス将軍達も顔をこわばらせる。

親衛隊の中には、ダカン平原での激戦を経験した者も多い。魔王の実弟ガリオスの強さを知っているのだ。

「……ならば、相手に不足はありませんな。レドレ、お前は重装歩兵六百を率いて右翼を担当しろ。バーンズ、お前は重装歩兵四百を率いて中央を支えよ」

ギュネス将軍が気を吐き、重装歩兵部隊千人に命令を下す。

「左翼はロメリア騎士団に担当してもらうよう、先程伝令を出した。あとは……」

話しながら、ギュネス将軍は騎兵部隊を率いるコスター千人隊長と、セルゲイ副隊長を見る。

「セルゲイ、お前は騎兵四百を率いてバーンズと連携して中央を守れ。コスター、お前と六百の騎兵は予備兵力として待機だ。状況によっては右翼や左翼にも割り振るが、一番の目的は分かっているな」

ギュネス将軍は、コスター千人隊長の目を見て確認する。

「はい、ガリオスを討つのですね」

「そうだ。ガリオスを討ち、大陸中にライオネル王国親衛隊の力を知らしめるのだ！」

ギュネス将軍の号令に、隊長や副隊長が声を上げ、陣形の構築に向かう。

エリザベートは視線を荒野に移すと、翼竜に乗る魔王軍が次々に降下を始めていた。

巨大な翼を持つ竜が着陸し、赤銅色の鎧《よろい》を着た千体の魔族が大地に降り立つ。その鎧は先程ロメリアと交戦していた魔族の者達と同じだった。おそらく同じ部隊なのだろう。ならば連中にとっては仲間の敵討ちとなる。戦意は高いとみるべきだろう。

大地に降りた翼竜は飛び立たず、そのまま翼を休めていた。その前を赤銅色の鎧《よろい》を着た魔王軍が陣形を組む。

魔王軍が敷いた陣形は、典型的な横陣だった。千体のうち中央に四百体、左右にそれぞれ三百体と、変わったところは見られない。兵種は歩兵のみで騎兵無し弓無し。

しかし空には、まだ三百頭程の翼竜が大きく弧を描き滑空していた。上空にいる三百頭の翼竜はどういうわけか、着陸する様子を見せない。

「ギュネス将軍、配置、完了いたしました」

一人の兵士が本陣に駆け寄り、陣形の配置が終わったことを告げた。

エリザベートは左翼を見ると、ロメリア騎士団も歩兵六百人で横陣を敷き、右寄りに歩兵二百人の予備兵力。左端に騎兵二百人を同じく予備兵力として待機させている。

こちらも陣形はほぼ完了している。魔王軍が降下し終える前に攻撃を仕掛ければ、有利な形で戦争を始められる。

親衛隊を率いるギュネス将軍も同じことを考えたらしく、セルゲイ副隊長を呼びつけ、敵の態勢が整う前に先制攻撃を仕掛けようと動きを見せる。

だがその時、空で旋回していた翼竜のうち、一際巨大な翼竜が群れから離れたかと思うと、地面に激突せんばかりの勢いで急降下を開始した。そして地面すれすれで羽毛のない翼を翻《ひるがえ》し、急反転して上昇していく。その時、上昇する翼竜の背中から巨大な塊が落下した。

それは遠目にも分かるほど、巨大な魔族の体だった。

翼竜の背中から飛び降りた魔族は、大地に大きな音を立てて着地した。その地響きは遠く離れた本陣にも届き、エリザベートの胸を打った。

「ガリオスか……」

エリザベートは、翼竜の背中から飛び降りた魔族を見る。

巨大な棍棒《こんぼう》を肩に担ぎ、山脈のごとき巨軀《きょく》を誇る姿は、伝聞に違わぬ威容だった。

大地を震わせるガリオスの登場に、王国が誇る親衛隊もその衝撃に震えていた。

そして空を旋回する翼竜達が次々に急降下し、地面すれすれまで降下すると同時に急上昇。背中の魔族を落としていく。

命知らずにも翼竜の背中から飛び降りた魔族は、どれも巨大な体をしていた。おそらくガリオス魔下《きか》の巨人兵だろう。

魔族の中でも一際巨体を誇る兵士が集められており、ガリオスと共に猛威を振るう存在だ。

瞬く間に三百体の巨人兵が降下し、ギュネス将軍は顔を歪《ゆが》めて先制攻撃を断念する。

「やれやれ、あんな降り方をして、足を痛めないのでしょうか」

エリザベートは敵の派手な登場に呆れた。

下手をすれば兵士が無駄に傷付く行為だ。それとも飛び降りなければいけない理由があったのだろうか？

エリザベートが空を見上げると、巨人兵を降ろした翼竜は空の上で旋回していた。

一方、赤銅色の鎧《よろい》を着た魔族千体を降ろした翼竜は、降下したまま魔王軍の後方で翼を休めている。なぜ全てを着陸、もしくは空を飛ばせておかないのか？　エリザベートは疑問に思ったが、考えている間に降下した巨人兵三百体は、大きな棍棒《こんぼう》を抱えるガリオスを先頭に陣形を整えた。

百体はガリオスの背後に並び、別の百体は後方に移動し、予備兵力として翼竜達の前で待機する。そして残り百体は左翼から右翼にわたって横一列に並ぶ。

戦場全体に広がっているため、かなり薄い横陣だ。陣形というより、ただ均等に戦力を配置しただけのように見える。

「ふん、魔王軍には、ろくな指揮官がいないと見える。我ら親衛隊を前に、あんな陣形で対抗出来るつもりか！　親衛隊の旗を掲げよ。魔王軍に、我らが真紅の獅子《しし》を知らしめよ！」

ギュネス将軍が号令を発すると、エリザベートがいる本陣の横に巨大な真紅の旗が掲げられる。旗の中央には金糸で刺繍《ししゅう》された獅子が、天を仰ぎ咆哮《ほうこう》していた。

旗が掲げられると、戦場にいる親衛隊全員が声を上げた。

獅子はライオネル王国の国章。真紅に獅子の旗は、親衛隊にのみ許された旗印であり、彼らにとって誇りなのだ。

「よし、全軍前進！」

ギュネス将軍は兵士達の戦意が最高潮に高まるのを待って、全軍前進の命令を下す。本陣にいる喇叭《らっぱ》兵が金管を高らかに掲げて前進の音を奏でる。

威勢のいい音を聞きながら、全軍が前進を開始する。

ここに、セメド荒野の戦いの火蓋が切って落とされた。

「コスター千人隊長！　第一騎兵部隊、突撃準備だ！　第二から第六！　いつでも行けるように準備しておけ」

ギュネス将軍が声を張り上げる。

魔王軍は翼竜から降下したため、騎兵が存在しない。ギュネス将軍はコスター千人隊長に預けた騎兵六百人を六つに分け、魔王軍に対して波状攻撃を仕掛けるつもりのようだった。

「第一騎兵部隊、突撃！」

ギュネス将軍が騎兵突撃を命じる。一方、歩兵ばかりの魔王軍は、当然のように盾《たて》を連ねて防御陣形を……とらなかった。

あろうことか総大将であるガリオスを先頭に、歩兵突撃を仕掛けてきた。

「なっ！　魔王軍は馬鹿なのか！」

敵の考えのない行動に、ギュネス将軍が思わず叫んだ。

エリザベートも同感だった。陣形も戦術もなく、ただ兵士が走ってぶつかり合うなど、太古の戦場の再現だ。

「だがこれならば勝てる！」

ギュネス将軍が力強く拳を固める。

陣形も何もない突撃。その先頭には、敵の総大将であるガリオスがいるのだ。奴を討ち取ることが出来れば、この戦場のみならず、魔王軍に対して大きな一撃となる。

「皆の者、何としてでもガリオスを討つのだ！　奴の首を取れば、恩賞は思いのままぞ！」

ギュネス将軍が兵士を叱咤激励《しったげきれい》する。戦場の中央、騎兵を駆る第一陣が、突撃してくるガリオスを捕らえる。

騎兵部隊はさらに加速し、矢のような陣形を保ちながらガリオス目掛けて殺到する。その姿はまるで疾走《しっそう》する破城槌、あらゆる城門を打ち破る突撃となっていた。

しかし突撃してくる騎兵を前に、ガリオスは露ほども怯《ひる》まず、大棍棒《こんぼう》を力任せに振り抜く。

直後、戦場が爆《は》ぜた。

戦場で落雷の如き轟音《ごうおん》が鳴り響き、突撃していた騎兵部隊が吹き飛ぶ。

完全武装した兵士と馬が、バラバラにされ肉片となり宙を舞い、後続の兵士に降り注いだ。

後ろを走っていた兵士達は、落ちてくる物が仲間の一部だとは信じられず、戦場に投げ出された手足や頭、そして自分に降りかかった内臓に恐怖した。そこに、ガリオスが率いる巨人の群れが襲い掛かり、第一騎兵部隊を黒い軍勢が呑《の》み込んでいく。

「ぬ、ぬぅう……」

ギュネス将軍が汗をかいて唸《うな》る。

確かに、エリザベートも自分の目を疑う光景だった。たった一人の魔族に、親衛隊百人が倒されたと言っていい。

エリザベートは視線を中央から左右へと移し、他の戦場を見た。

右翼ではレドレ千人隊長が六百人の歩兵を引き連れて、魔王軍三百体を相手に互角の戦いを繰り広げている。

左翼ではロメリア騎士団が優勢だ。予備兵力を残しつつ、魔王軍を押し返している。

問題はやはり中央、ガリオスを止められるかにかかっていた。

「おのれ！　第二騎兵部隊！　大渦の陣だ。大渦の陣であの悪鬼を沈めて殺せ！」

ギュネス将軍が百人の騎兵に命令を下す。

飛び出した騎兵達は、槍《やり》を立てて綺麗な二列縦隊を形成した。その姿はまるで戦場に生まれた大蛇だった。

第二騎兵部隊が生み出した大蛇は、真っ直ぐガリオスに嚙《か》みつくと思いきや、その進路はガリオスからやや右にずれていた。騎兵達が目指しているのは、ガリオスとその周囲にいる巨人兵との繋《つな》ぎ目だ。

二列縦隊の騎兵達が、立てていた槍《やり》を倒す。右側の騎兵は右に五十本の槍を構え、左側の騎兵は左に五十本の槍を倒す。大蛇に見えた騎兵の群は、一瞬にして百の足を持つ大百足《むかで》へと変化する。

大百足は、ガリオスと配下の間にその体をねじ込む。

先頭を駆ける騎兵は、大きく左に弧を描く。外側に位置する右の列は、槍を連ねて魔王軍の軍勢を五十本の槍で撫《な》でていく。左の騎兵達は五十本の槍をガリオスに向ける。

先頭を駆ける騎兵がさらに左へと曲がり、そしてついには最後尾に追いつき円環となった。

円はさらに小さくなり、騎兵が生み出す刃の渦が戦場に生まれた。

「見たか！　これぞ親衛隊が誇る大渦の陣だ！」

ギュネス将軍が勝ち誇った声を上げる。

エリザベートも感心した。たしかに言うだけの事はある。蛇から百足へ、百足から渦へ。見事な陣形変換だ。

外側の刃により、ガリオス率いる百体の巨人兵は近寄れない。渦の中心にいるガリオスも、五十本からなる刃の渦に取り囲まれ動くに動けない。

戦場に生まれた大渦が、ガリオスを呑《の》み込もうとその輪を縮める。五十本の刃にガリオスは斬り刻まれ、刃物の波に沈む。

「やったか！」

ギュネス将軍が歓声を上げる。だがその瞬間、全てを飲み込む大渦の中心で、巨大な棍棒《こんぼう》が突き立てられるように掲げられた。

刃の中心で、悪鬼ガリオスが身体中を切り裂かれながらも、目の色を赤く染め、大棍棒を振りかぶる。

五十本の槍が体を切り刻むが、ガリオスはそんなことはお構い無しに棍棒を全力で振り切る。放たれた一撃は、勢いに乗った騎兵達を馬ごと吹き飛ばした。

エリザベートの目には、数人の兵士が吹き飛ばされたかに見えたが違った。棍棒を振り抜いたガリオスは、自身の体すらも回転させ、大渦に逆らって逆回転する。

一人、二人、三人、四人と、馬に乗った兵士達がガリオスの大棍棒に絡め取られていく。さらに後続の騎兵が、棍棒に激突した兵士の体に衝突する。

勢いに乗った騎兵が次々に衝突していくが、ガリオスの棍棒は後ろに下がらない。それどころか体ごと棍棒を前へと押し出し、振り抜こうとする。

「ばっ、ばかな」

ギュネス将軍が色をなくす。

戦場の中央では、目を真っ赤に染めたガリオスが、大口を開けて吠える。

まさに竜の咆哮《ほうこう》とも言うべき大音声。雄叫《おたけ》びをあげたガリオスの体が、遠目から分かるほどに膨らみ、体中の筋肉が膨張する。

二度目の咆哮《ほうこう》と共に、棍棒《こんぼう》が振り抜かれる。棍棒の先にはすでに何十人もの騎兵が絡まり衝突していたが、まるで木の葉だとでも言わんばかりに棍棒を振り抜き、さらに自身も回転、大渦を打ち消す逆の渦となって旋回する騎兵達を叩き潰していく。

そして最後はついに大渦の尾までに棍棒が届き、親衛隊百人が生み出した大渦は、たった一体の魔族、たった一本の棍棒によってかき消されてしまった。

「なっ、そんな！　こんなことが、あっていいのか！」

ギュネス将軍は、歯を噛《か》み砕かんばかりに噛み締める。

たった一体の魔族に、鍛え上げた百人の兵士と、自慢の戦術が打ち破られたのだ。

「ギュネス将軍。まだ戦争は終わっておりません。次の指示を出すのです」

エリザベートは、呆然《ぼうぜん》とするギュネス将軍に声を掛ける。

「わっ、分かっております。第三騎兵部隊。準備は出来ているか！」

ギュネス将軍はすぐに次の手を打つ。第三騎兵部隊は将軍の号令に頷《うなず》き、出撃していく。

飛び出した騎兵達は、再度二列縦隊を作った。

またしても大渦の陣かと思ったが、先頭を走る二人の騎兵が、ガリオスを目前にすると左右に別れる。その間には一本の黒い鎖が渡されていた。

二頭の馬が引く鎖が、ガリオスを襲う。

普通なら、馬の勢いが乗った鎖が当たれば転倒するしかない。しかしそこはガリオスである。鎖が当たると大樹に引っかかったように、逆に馬の方が転倒した。

ガリオスは鎖をつかみ、邪魔な鎖を振り払おうとしたが出来なかった。鎖の先は、兵士と一緒に転倒した馬の腹に回され繋《つな》がれていたからだ。そこに二本目、三本目の鎖が追加される。ガリオスの巨大質量に負けて、騎兵達が次々に転倒し落馬していく。だがその度にガリオスの体に鎖が絡みついていく。

「今だ、槍《やり》を投擲《とうてき》せよ」

ガリオスに十数本の鎖が巻き付いた後で、残る第三騎兵部隊の兵士達が一斉に槍を投擲した。幾本もの槍がガリオスに降り注ぎ、腕や肩、鎧《よろい》の隙間などに突き刺さる。十本以上の槍を体に受けたガリオスが、ゆっくりと前に倒れていく。

「おおっ」

山脈の如きガリオスの巨体が倒れようとする姿に、ギュネス将軍が歓声を上げる、しかし倒れたかに見えたガリオスの体は、前屈みになった状態で止まった。丸められたガリオスの体が震える。それは噴火寸前の火山の胎動にも似ていた。

「いかん、槍だ、槍を投げよ！」

ギュネス将軍が命じる。後方の将軍が思うことを、前線の兵士も感じたらしく、兵士達は次々に槍を投擲する。だが槍が投げられた直後、震えていたガリオスの体がピタリと止まった。

それは嵐の前の静けさ、噴火寸前の刹那の静止に過ぎなかった。

ガリオスが勢いよく体を起こしたかと思うと、鎖に絡めとられた両腕を大きく広げた。幾重にも巻かれた太い鎖を、ガリオスはまるで麻糸のように引きちぎり、鎖の破片が周囲に飛び散る。

鎖の破片は投擲《とうてき》された槍《やり》を吹き飛ばし、鋼鉄の火山弾となって親衛隊に降り注いだ。戒めから解き放たれたガリオスは、棍棒《こんぼう》を大地に突き刺したかと思うと、身を屈めて今まで自分に絡みついていた四本の鎖を拾い上げる。そして力任せに引っ張った。

鎖の反対側には馬がくくりつけられている。だがガリオスはそれでも構わず剛力で腕を回し、頭上で旋回させ、馬ごと振り回す。

四頭の馬が宙を舞い、振り回される。それはまるで竜巻の如き光景だった。

ガリオスは数頭の馬を鉄球がわりに振り回し、第三部隊の騎兵達を殴りつけた。

暴虐の嵐に耐えられる者などおらず、第三騎兵部隊も壊滅していく。

「なんなのだ、あの魔族は！　まるで災害ではないか！」

ギュネス将軍の言葉は的を射ていた。大渦に火山に竜巻。ガリオスの猛威はもはや荒れ狂う自然災害に等しい。

「ギュネス将軍！」

ガリオスを前に頭を抱えるしかないギュネス将軍の下に、三名の兵士がやって来る。

「我らにガリオスの討伐をお命じください」

三人の兵士達は、鎧《よろい》の上から布をいくつも巻きつけていた。布の隙間からは爆裂魔石が覗いている。

決死隊。接近し、爆裂魔石による自爆攻撃でガリオスを仕留めようというのだ。

「お前達……分かった、行け。行ってこい」

決死の覚悟を決めた兵士達に対して、ギュネス将軍は命令を下した。

死を覚悟した三人の前に、エリザベートは立つ。

「教会の聖女として、自死を推奨するわけにはいきません。ですが、貴方《あなた》達の武運を祈っています」

エリザベートは胸の前で聖印の形に指を切り、三人に祝福を与える。

「はっ。必ずや、王妃様に勝利を捧げます」

三人はエリザベートに跪《ひざまず》き頭《こうべ》を垂れる。そして立ち上がると馬に跨《また》がり、部隊へと戻る。

そして三人の兵士を中核に、第四騎兵部隊が出撃する。

しかし相手は動く災害ことガリオス。第四騎兵部隊も瞬く間に倒され、屍《しかばね》となっていく。

だが無数の仲間の屍を乗り越え、体に爆裂魔石を抱えた三人の兵士達が、ガリオスの体に飛びかかりその大きな手足に抱きつく。

直後閃光《せんこう》が走り三人の体が爆発、ガリオスの巨体を巻き込む。

戦場に起きた爆発に、誰もが息を呑《の》む。しかし、爆煙から現れたのは、ガリオスの巨体であった。

その体は煤《すす》け、焼け焦げてはいるものの、大きな傷はない。

圧倒的すぎた。その巨大すぎる力の前には、数の利も戦術も、技術も連携も、人々の覚悟すらも、全て無価値。

だめか……。

エリザベートは死んでいった兵士達を思い瞑目《めいもく》した。

目を開いたエリザベートは、戦場の左翼を見た。

そこには白い鎧《よろい》を身に着けたロメリアが、馬に乗り指揮していた。彼女の手元には二百人の歩兵とさらに二百人の騎兵が予備兵力として集められている。場合によってはエリザベート達を救うためだろう。

頑張ってくれている親衛隊とギュネス将軍には悪いが、やはりロメリアの力がいる。

ガリオスの前には、数も戦術も無意味。必要なのは同じく強力な個の力だ。

ロメリアと、彼女が鍛え上げた兵士達の力がどうしても必要だった。

「ギュネス将軍」

エリザベートは歯噛《はが》みするギュネス将軍を見る。

たとえ将軍の信頼を失おうとも、王妃の権限でロメリアを呼ぶしかなかった。一体の魔族に、親衛隊の兵士全てを死なせるわけにはいかない。

今すぐロメリアとその部隊を、と言いかけた時。はるか上空から鋭い音が尾を引きながらこちらに向かってくる。

「矢です、お下がりを」

エリザベートの周囲を守っていた兵士達が、盾《たて》を掲げて壁となって守る。だが上空から飛来した矢はただ一本。それもエリザベート達がいる本陣の、はるか手前に落ちた。

「鏑矢《かぶらや》？」

エリザベートは地面に突き刺さった矢を見た。

矢の根本に笛のような構造体を取り付けることで、射ると音がする鏑矢という物が存在する。主に軍事上の連絡手段として用いられる。だがその矢は、目の前に陣取る魔王軍から放たれたものではない。上空を旋回する翼竜から放たれていた。

エリザベートは矢を放った翼竜を捜すと、ガリオスが乗っていた一際巨大な翼竜が見えた。その背には、翼竜を操る騎手の他に、白い服を着た小柄な魔族が乗っていた。

「……！　いけない。ギュネス将軍。ガリオスが来ます。ロメリアをここへ！」

エリザベートは鏑矢の意味に気付き、ギュネス将軍に命じた。

左翼を見ると、ロメリアも鏑矢に気付いていた。予備兵力として右に配置した歩兵二百人と共にこちらに向かおうとしている。だがロメリアの部隊が動きだす前に、ガリオスが大声で叫んだ。

「よぉし！　突撃命令が出た！　そこが本陣だな！　今から行くから、ちょっと待ってろ！」

ガリオスは驚くことに人間の言葉を話した。だがその驚き以上に大きな地響きを立てて、ガリオスはエリザベート達に向かって走ってくる。

大棍棒《こんぼう》を片手にガリオスが戦場を疾走《しっそう》する。その歩みは速い。山のような巨体でありながら、地面を踏み割り馬のような速度で爆走してくる。その背後には百体の巨人兵が追従してくる。

ガリオスと巨人兵が向かう先は、エリザベートがいる本陣だ。

「まずい。コスター！　バーンズ！　防げ。なんとしてでも止めろ！」

ギュネス将軍が叫ぶように命令を発し、コスター千人隊長が第五、第六騎兵部隊をひき連れて出撃し、重装歩兵を率いるバーンズ副隊長が、本陣の前に盾《たて》の列を構築する。

しかし暴風雨の如く進撃するガリオスと巨人兵の前に、ギュネス将軍が鍛え上げた騎兵も重装歩兵も、玩具のように蹴《け》散《ち》らされていく。

「いかん。王妃様、お逃げを！」

魔王軍の急加速に、ギュネス将軍は敵との位置関係を見誤ったことを悟り、撤退を進言する。だがあの速度、逃げ切れるものではない。

「ロメリア！」

エリザベートは左翼にいるロメリアを見た。だがその直後、またも上空から鏑矢《かぶらや》が放たれ、救援に向かおうとしているロメリア騎士団の手前に落ちた。すると爆走するガリオスの背後を走る百体の巨人兵が進路を変えた。

巨人兵は先頭を走るガリオスを追わず、救援に向かおうとしていたロメリア率いる予備兵力二百人に襲い掛かった。

エリザベートは、顔を歪《ゆが》めながら空を仰ぎ見た。

何者かは分からないが、空にいる魔族が地上にいるガリオス達を矢で指揮している。大雑把《おおざっぱ》な鏑矢での指示だが、防御不可能なガリオス達の突撃が急所に突き刺さると、それだけで窮地に立たされる。

「いけません。王妃様！　お逃げください。時間は我々が稼ぎます」

ギュネス将軍と本陣の兵士達が、剣と盾を構える。命を賭して時間を稼ぐつもりだ。

「待て、ギュネス将軍！」

エリザベートは早まるギュネス将軍を止めた。

この状況でギュネス将軍が死ねば、戦線が瓦解《がかい》する。将軍を止めながら、エリザベートは視線を左翼へと移す。進路を変えた巨人兵百体が、ロメリアの予備兵力二百人を足止めしている。だがその乱戦の中、白い鎧《よろい》を着たロメリアを先頭に、六人の騎兵が敵の妨害を突破してこちらへと向かってくる。

だが正面から、落雷の如き足音が迫る。無視出来ぬ轟音《ごうおん》に目を向けると、ガリオスが第五、第六騎兵部隊、そして重装歩兵の戦列を突破し、本陣の目の前まで迫っていた。

その体は全身に返り血を浴び、左手にはコスター千人隊長の首を持っている。

「おーい、俺様が来たぞ」

ガリオスは一体で本陣にたどり着くと、まるで友人宅に遊びに来たように声を掛け、左手に持ったコスター千人隊長の首を後ろに放り投げた。

「エリザベート！」

左からはロメリアが必死に馬を走らせ、助けに来ようとしてくれていた。しかしここに来るにはまだ時間がかかる。

「王妃様！　お逃げください！」

ギュネス将軍と本陣を守る十人の精鋭が飛び出す。だが大棍棒《こんぼう》を掲げるガリオスの前には、その決死の覚悟も嵐にかき消される灯火だ。後ろでは癒《いや》し手《て》達がガリオスを恐れて逃げまどう。

「邪魔だ」

ガリオスが虫を踏み潰すように棍棒を掲げ、ギュネス将軍達に振り下ろす。

「させるか！」

エリザベートは両手を前に突き出した。次の瞬間、光の壁がガリオスの前に出現し、振り下ろした棍棒を弾く。

「なんだ、こりゃぁ?」

初めて見るのか、ガリオスが素っ頓狂な声を上げた。これぞエリザベートの『守護』の力だ。

並の癒し手では小さな光の膜しか作れず、矢を防ぐことも出来ない。だがエリザベートが作り出す壁は、攻城兵器の一撃すら防ぎきる。

「おもしろい。なら、もう一丁～」

ガリオスが右手の棍棒を振り上げ、光の壁に振り下ろす。

戦場に轟音《ごうおん》が鳴り響くが、光の壁は揺るがない。

「無駄だ、これは魔王ゼルギスの魔法すら防いだ最強の盾《たて》だ。お前には破れぬ！」

「おおっ、やるじゃん！」

エリザベートの言葉に歓声をあげたのは、光の壁の向こう側にいるガリオスだった。

自身の一撃を防がれたというのに、最高の玩具を見つけたと言わんばかりに、子供のように微笑《ほほえ》む。

「兄ちゃんの魔法を防いだか。やるなぁ。ってことは、お前が噂《うわさ》のせーじょ様か。なら、俺も全力を出してもよさそうだ」

ガリオスは右手に握っていた棍棒に、左手を添えて両手で摑《つか》む。

すると万力の如き力が込められ、鋼鉄の大棍棒の柄が軋《きし》む。ガリオスの体が膨れ上がり、腕には瘤《こぶ》のような筋肉が浮かび上がった。筋肉の膨張は胸にまで広がり、鎖で繋《つな》がれた特大の胴鎧《どうよろい》が軋む。太腿《ふともも》も足も、全てが膨張し、ガリオスの体は一回り、いや二回りは大きくなる。

「ばっ、化け物め！」

ギュネス将軍が、思わず息を呑《の》む。

ガリオスの双眸《そうぼう》は赤く充血し、その威容は魔族が祖先を自認する、竜を彷彿《ほうふつ》とさせる。

「それじゃぁ、俺の全力、受けてみろ！」

力の塊となったガリオスが、両腕で握った棍棒《こんぼう》を振り下ろす。

轟音《ごうおん》と共に大爆発が起き、大量の土砂が吹き荒れる。エリザベートの体は吹き飛ばされ、地面に投げ出される。

「うっ…なっ……！　なんだ、これは！」

エリザベートが全身を襲う激痛に耐えながら身を起こすと、目の前には信じられない光景が広がっていた。

先程までは平らだったはずの荒野に、突如巨大な穴が出現していたのだ。

エリザベートはつい先程まで、自分が立っていた場所が消滅したことが信じられなかった。

「おっ、王妃様……」

エリザベートの足元から弱々しい声がした。見るとそこにはギュネス将軍が倒れていた。全身が血だらけとなり、今も生きているのが不思議な状態だ。

周囲には、他にも千切れた手足や体、肉片などが飛び散っている。ガリオスに立ちはだかった兵士達の物だった。

ギュネス将軍に比べて、エリザベートは軽傷。その理由は将軍や兵士達がその身を盾《たて》にして守ってくれたからにほかならない。

「待っていろ、将軍。すぐに治す」

エリザベートは手に癒《いや》しの力を集め、すぐにギュネス将軍を治療しようとした。

「王妃…逃げ、て。戦線……崩壊……」

ギュネス将軍は治療しようとするエリザベートの手を止め、震える指で戦場を指差した。戦場はガリオスが突破してきた中央はもとより、右翼も劣勢に立たされていた。左翼のロメリア騎士団はかろうじて敵を食い止めているが、そちらもじりじりと押されている。

兵士達は奮戦しているが、ガリオスの強さは明らかであり、何より本陣が一撃で崩壊してしまっている。これでは兵士達の士気が保てない。

「エリザベート！」

ロメリアの叫び声が戦場に響く。見ればロメリアは自分の足でこちらに向かって走ってきていた。おそらく爆発の衝撃で馬ごと倒れたのだろう。

ロメリアは懸命に走っていたが、間に合いそうになかった。

「ほい、詰み」

巨大な脚がエリザベートの前に下ろされる。ガリオスである。

地を穿《うが》ち大穴を開けた魔族は、巨大な穴を乗り越えてエリザベートに棍棒を突きつける。

圧倒的巨大質量を前に、エリザベートは身がすくみ足腰に力が入らなかった。体が震え、喉《のど》が干上がる。魔王を倒す旅のさなか、危険な目には幾度となく遭遇したが、ここまでの恐怖は味わったことがなかった。

「俺が全力を出して消し飛ばないとはやるな。それでお前、他に何か出来るか？　出来るんだったら、付き合ってやるぞ？　出してみろ」

ガリオスは棍棒《こんぼう》を突きつけながらも、奥の手があるなら出せと言う。

だがエリザベートには、これ以上奥の手は無かった。

癒《いや》し手《て》には禁術として、命を奪う即死の技があるとされている。しかしエリザベートは即死の技を習得していなかった。聖女にはふさわしくないということで、誰も教えてはくれなかったし、エリザベート自身、自分には不要の技と考えていたからだ。

「ん？　なんだ、もうないのか？　なら、死んでもらうぞ」

ガリオスが遊び終えた玩具を潰すように、棍棒を掲げ、無慈悲に振り下ろした。

棍棒がエリザベートを叩き潰そうとしたその瞬間。突如光の玉が飛来し、ガリオスの顔に着弾。直後光が膨張し爆発した。大気を震わせる爆発に、ガリオスが振り下ろしかけた棍棒を停止させる。

「おおっ？　なんだぁ」

顔面で爆発が起きたというのに、ガリオスはただ驚きの声を上げただけだった。そして顔から煙を上げながら、光球が飛来した方向を見た。

エリザベートもつられて見ると、土煙の奥に一人の長身の女性の姿が見えた。

黒い三角帽子をかぶった女性は、同じく黒のロープドレスを身に着け、長い杖を掲げていた。顔は帽子に隠れて見えなかったものの、長い髪に豊かな胸、引き締まった腰。そして帽子の下からは赤い唇が覗いていた。

「なんだ、お前？」

ガリオスが突如現れた女性に棍棒を向ける。

女性はガリオスに返事せず、杖を向ける。すると杖の先端に魔法陣が生まれ、一条の電撃が放たれる。

ガリオスは電撃を避けて後ろに飛ぶ。だが後ろに下がったガリオスの顔に影がさす。

自分に降り注いだ影にガリオスが気付き、身を翻《ひるがえ》して棍棒を掲げる。見上げれば宙を舞うように跳躍した一人の女性が、ガリオス目掛けて幅広の刀を振りかざしていた。

ガリオスが棍棒を掲げて奇襲を防ごうとするが、放たれた刃はガリオスの棍棒を掻《か》い潜り、左手首を切断した。

鮮血とガリオスの手首が戦場に舞う。

左手を斬り落とされたガリオスは、低く唸《うな》った後、右手で棍棒を薙《な》ぎ払う。

女性は蝶《ちょう》のように後ろに宙返りをして、棍棒を華麗に避けた。

見事な体術を見せたその女性は、美しい黒髪をしていた。新緑を思わせる鮮やかな服は、東方の騎馬民族が使うとされる民族衣装。手に握る幅広の刃も、同じく東方に伝わる刀だった。

「貴方達《あなた》は！」

エリザベートは、突如現れた二人の女性に見覚えがあった。

「エカテリーナ！　それに呂姫《りょき》！」

エリザベートが黒の服の女性と、緑の服の女性を見て名前を呼ぶ。

二人は間違いなく三年前、アンリ王子と共に魔王討伐の旅をした仲間だった。

「どうして？」

「どうして？　呼んだのはそっちでしょ？」

エリザベートの問いに、呂姫が呆れた声を上げる。

「そうそう、助けて〜って手紙くれたじゃない」

エカテリーナが笑う。

確かに不安を覚え、助けを求めるべく二人には手紙を出した。しかし来てくれるとは思わなかった。二人とは旅をした仲ではあるが、ロメリアと同様に円満に別れたとは言い難かったからだ。

三年前、ロメリアがアンリ王子から正式に婚約破棄された時、次の相手として誰を選ぶのか。三人の関心はそこにあった。

エカテリーナと呂姫もアンリ王子を愛していた。だがエリザベートは決して譲れず、二人に身を引くように頼んだ。いや、それだけでない。王子が自分を選ぶよう、教会の勢力を駆使して圧力をかけ、王子を自分のものにしたのだった。

恋に敗れた二人が、エリザベートのことを恨んでいてもおかしくはない。

「でも、どうして？」

「エカテリーナ？　呂姫？」

なぜ来てくれたのか尋ねようとした時、そこにロメリアが六人の兵士を引き連れてやってきた。ロメリアも二人の顔を見て驚いている。

「ヤッホ～、ロメリア久しぶり～」

エカテリーナが間延びした声で、ロメリアに向かって手を振る。だがロメリアはエカテリーナの軽い挨拶《あいさつ》に、返事を返せないでいた。

「いろんな意味で、感動の再会、とはいかないわね。まぁ、積もる話と恨み言は後にして、今は目の前の敵よ。王子抜きだけどいつもの陣形で行く！」

呂姫が過去を一時棚上げし、よく通る声で指示を出す。旅の最中、戦いの場ではアンリ王子と呂姫の指示に従うことになっていた。

「私が前。エリザベートは守護を！　エカテリーナは魔法の準備。間違えて私に当てないでよ」

「分かった」

「そっちこそ～　腕は落ちてないでしょうね」

呂姫《りょき》の指示にエリザベートは立ち上がり、エカテリーナが不適に笑う。

「ロメリア、あんたは」

「分かってる」

呂姫が見ると、ロメリアはすでに動きだしていた。

「アル、オットー、カイル。貴方達《あなた》は呂姫の指示に従い、ここでガリオスを防いでください」

ロメリアが引き連れてきた兵士に命じる。

すると赤い鎧《よろい》を着たアルビオンを始め、巨大な戦槌《せんつい》を持つ巨漢の兵士オットーと、体中に短剣を括《くく》り付けた兵士カイルが、ガリオスの前に立ちはだかる。

俗にロメリア二十騎士に数えられる、アンリ王も認める騎士達だ。

「シュロー、メリル、レット。貴方達はギュネス将軍を運んで」

さらにロメリアは、残る三人にギュネス将軍を運ぶように命じる。

「呂姫、ここは任せました。アル達三人をここに残します。なんとしてでも、その魔族を押さえてください」

ロメリアはそれだけ言い残すと、ギュネス将軍を抱えた三人の兵士達と後ろへと下がっていく。

思い切りが良く、状況を理解した行動なのだが、なんとも可愛くなかった。

そういうところだぞ。と、エリザベートは内心思うが口には出さないでおく。呂姫を見ると、彼女も呆れて笑っていた。

エリザベートがロメリアを見送った後、前を見ると、そこには山脈の如き巨体を誇るガリオスが、右肩に棍棒《こんぼう》を担ぎ待っていた。

「そろそろ始めて良いか？」

「あら、待ってくれてたの～　顔に似合わず紳士的ね～」

「強い奴の乱入は大歓迎だ」

エカテリーナが妖艶《ようえん》な笑みを見せると、ガリオスもまた子供のように笑った。

「呂姫、エカテリーナ。気をつけて。その魔族は魔王ゼルギスの弟です」

「へぇ、ゼルギスの……」

エリザベートが教えると、呂姫が目を細める。

「ん？　なんだお、お前兄ちゃんのこと知ってるのか？」

「知ってるも何も、倒した一人なんだけど？」

「へぇ、そりゃあ楽しめそうだ」

ガリオスが笑うが、対する呂姫も鈴を転がすような声で笑った。

「強がりを言うわね、そんな手でどうやって楽しむというの？　敵討ちも出来ないわよ」

呂姫は切断されたガリオスの左手を見た。

これにはエリザベートも勝利を確信する。

不意打ちの奇襲とはいえ、左手を取ったことは大きい。先程『守護』の壁を打ち破った一撃は本当に凄《すご》かったが、もうあれが使えないのであれば、戦力は半減したと同じだ。

「敵討ちをするつもりはねーよ。負けて死んだ奴が悪い。でも、手を斬られたのは久しぶりだ」

ガリオスが切断された左手首を掲げ、断面を見せながら力を込める。

すると傷口からの出血が止まり、桃色の肉が膨れ上がる。そして肉が破裂したかと思うと、傷口からは勢いよく肉が飛び出し、手の形となる。

「ん、動く動く」

ガリオスは新たに生えた左手を開いては閉じ、感触を確かめている。

肌を覆う鱗《うろこ》までは再生しておらず、血管や筋肉がむき出しの状態だ。だが動きには問題ないらしく、ガリオスは再生したばかりの手で棍棒《こんぼう》を軽々と操る。

「うわ～　気持ち悪い～」

エカテリーナが嫌悪に顔を歪《ゆが》める。

エリザベートもこれには驚いた。魔王討伐の旅で、強力な魔族を何体も目にしたが、失った手足を生やすような奴は一体もいなかった。

「化け物め。でも蜥蜴《とかげ》のように手足は生やせても、頭までは再生しないでしょ」

呂姫《りょき》がガリオス相手に、一歩も引かず啖呵《たんか》を切る。

「ああ、それは試したことはないな。お前らが俺の首を落とせたら、首が生えてくるか試してみるよ」

ガリオスも豪放磊落《ごうほうらいらく》に笑う。

「んじゃ、がんばって首落としてくれよな」

吠えるように声を上げ、ガリオスが大棍棒を振りかざした。

呂姫が幅広の刀を構えたが、その前にアルビオンとオットー、そしてカイルが立ちはだかる。

「ちょっと、ロメリアの部下か知らないけど、邪魔しないでよ」

呂姫がアルビオン達を睨《にら》んだが、その言葉を無視して。カイルが剣を片手にガリオスに単身突撃した。

「ん？　いきなりちっこいのが来たな」

ガリオスが相手にするのも面倒だと棍棒を払う。

唸《うな》りを上げる棍棒が、小兵のカイルを薙《な》ぎ払ったかに見えた。だがカイルは地面に顔がつきそうなほどに身をかがめ、巨大な棍棒の下を潜る。そしてガリオスの股の間を通り抜け、すり抜けざまにガリオスの太腿《ふともも》を剣で切り裂く。

「うぉ、潜った？」

ガリオスは切られたことよりも、棍棒を潜り、股の間を通り抜けられたことに驚愕していた。

見ていたエリザベートも、当たれば必死の一撃を、臆することなく掻《か》い潜ったカイルの胆力に舌を巻く。

驚くガリオスの正面に、足音が迫る。戦槌《せんつい》を構えたオットーが雄牛の如く突進していた。

「俺と力比べをしようってのか？　いい度胸だ！」

ガリオスは喜色満面で、右手で握った棍棒《こんぼう》を振り下ろす。

オットーの戦槌とガリオスの棍棒が激突し、特大の火花が生まれる。

ロメリア二十騎士に数えられるオットーは、素晴らしい体格の持ち主である。

だが相手は地形すら変えるガリオスである。正面から挑むのはあまりにも無謀だった。

エリザベートは棍棒に叩き潰されるオットーの姿を想像した。だがオットーが振るった戦鎚はガリオスの棍棒を弾き返し、その巨体を一歩後退させた。

オットーは両手であり、ガリオスは片手だった。全力のガリオスに勝ったとは言えないが、それでも初めて人間がガリオスを後退させた瞬間と言えた。

「おおっ、やるなぁ！」

自分が力比べで負けたというのに、ガリオスは笑っていた。

「なら、もう一丁受けてみろ」

ガリオスが今度は両手で棍棒を振りかぶる。エリザベートの守護の壁を打ち破り、地形すら一変させたあの一撃だ。あれを放たせてはいけない。

「エカ、魔法を！」

エリザベートはエカテリーナに援護の魔法を指示しつつ、自身は守護の壁を張り、オットーを守ろうとする。

だがその時、オットーの横から炎のように赤い鎧《よろい》を着たアルビオンが飛び出す。

アルビオンが槍《やり》を向けると、槍からは猛火が吹き出し、ガリオスを包み込む。

「しゃらくせぇ」

炎に包まれたガリオスが、棍棒で炎を薙《な》ぎ払った。炎の影からアルビオンが槍を繰り出す。

アルビオンの突きがガリオスの右腕に突き刺さる。

不意打ちで腕に一槍くれただけだというのに、アルビオンが笑う。次の瞬間、ガリオスの右腕の傷から炎が噴き出る。噂《うわさ》に聞く必殺の魔槍『火尖槍』だ。

「おお、なんだこりゃ！」

ガリオスが傷口から噴き出る炎に驚くも、左手で傷口から噴き出る炎を、まるで蚊でも潰すように叩いた。それだけで、傷口から噴き出る炎が消えて鎮火する。

必殺の魔槍が蚊を潰すように防がれてしまい、アルビオンが顔を歪《ゆが》める。

だが素早い身のこなしを誇るカイルに、ガリオスに匹敵する力を持つオットー、そして魔法と槍を同時に繰り出すアルビオン。この三人に加え、呂姫《りょき》とエカテリーナ、そして自分がいれば、もしかしたらガリオスを倒せるかもしれないとエリザベートは思った。

エリザベートはガリオスから一瞬目を離し、戦場全体を見た。

すでに中央は半壊し、陣形を保てていない。右翼も魔王軍に侵食され乱戦になりつつある。

左翼のロメリア騎士団は頑張っているが、こちらも劣勢を強いられている。

このままではたとえガリオスを倒せたとしても、戦争そのものは敗北する。そうなればいくらエカテリーナや呂姫《りょき》が強くとも、数には勝てない。

だが軍を動かすギュネス将軍が倒れ、エリザベート自身もここを動けなかった。

ロメリアだ。すべてはロメリアにかかっていた。

この戦場の趨勢《すうせい》は、戦う力のない一人の女にかかっていた。


敵将ガリオスをアルやエリザベート達に任せ、私は護衛として連れてきたシュロー、メリル、レット達三人と共に、負傷したギュネス将軍を後方へ運んだ。

「ギュネス将軍、大丈夫ですか！」

私は全身を負傷したギュネス将軍に声を掛けた。

ギュネス将軍は体中傷だらけで、特に足がひどく、殆《ほとん》ど潰れてしまっている。

「あっ、は、…た……」

「将軍、気を強く持ってください。指揮を、兵士達が貴方《あなた》の命令を待っているのです」

意識が朦朧《もうろう》とし、言葉を紡げないでいるギュネス将軍に私は声を掛け続ける。

正直、ギュネス将軍はいつ死んでもおかしくないほどの重傷だ。それでも指揮をしろというのだから、私は相当ひどいことを言っているだろう。だがこの戦場を支えることが出来るのはギュネス将軍しかいない。

「シュロー。誰でも構いません、癒《いや》し手《て》を連れてきてください」

私はシュローに命じた。

中央の本陣には、癒し手達が二十人はいたはずだが、ガリオスに吹き飛ばされ、散り散りになってしまっている。何人かは死んでしまったかもしれないが、生きている人もいるはずだ。

「ま、待て。治療は……いい……それよりも……指揮を……お前が、指揮するのだ……」

ギュネス将軍は、息も絶え絶えに私に命じた。

「ですが、私では親衛隊を指揮出来ません」

私は首を横に振った。ロメリア同盟の兵士ならともかく、王家に忠誠を誓う親衛隊は私の命令など聞いてくれない。よけい現場が混乱するだけだ。

「旗だ、あの旗を立てろ」

ギュネス将軍は震える指先で、地面に落ち、土にまみれている旗を指差した。

それは真紅の布地に獅子《しし》が刺繡《ししゅう》された、ライオネル王国の親衛隊の旗だった。

「あの旗に、集えと、そう命じろ。そうすれば親衛隊は動く。お前が、この戦場に……勝利を……旗を、旗を立てるのだ」

ギュネス将軍は最後の力を振り絞って命じ、息を引き取った。

勝利を命じられ、私は周りを見回した。戦場はすでに混乱の極みにあった。

本陣が崩壊しただけでなく、陣形もすでに形をなしていない。ガリオスが開けた大穴に、魔王軍の兵士五百体以上が突入してきて乱戦となっている。

一人一人が強力な戦士である魔王軍に対抗するには、陣形を整えて防衛線を再構築させる必要がある。だが私の手元にある戦力はメリル達三人のみ。

「ロメリア様、これは不可能では……」

レットが顔を青くしながら私に問う。メリルとシュローも顔色は暗い。この状況をどうにか出来ると思えないのだろう。

「何をボサッとしているのです。やりますよ、防衛線を立て直します」

私は立ち上がりシュロー達三人を叱咤《しった》した。

確かに目に映る状況は悪いものばかりだった。しかし僅《わず》かだが希望はある。

右翼は押されているが、瓦解《がかい》してはいない。左翼もグランとラグン達がよく支えてくれている。グレンとハンスが率いる予備兵力歩兵二百人も、巨人兵百体を相手に奮戦していた。

そして混乱の極みにある中央の戦線も、劣勢に立たされているが、それでもなお戦っている兵士達がいる。

近くでは四十人の歩兵部隊が、なんとか仲間と共に魔王軍を押し返そうと気を吐いている。

遠くでも三十人程の騎兵部隊が指揮系統を保っていた。

彼らの力を結集すれば、防衛線の再構築は決して不可能でもない。

「まずはギュネス将軍の言う通り旗を立てます。シュロー、貴方《あなた》はあそこにいる兵士二人を引き連れて、倒れている旗を立ててください。メリル、貴方は喇叭《らっぱ》兵を見つけてきて。レット、貴方はあそこにいる三人の兵士と合流して、そしてその奥にいる五人の兵士を連れて来て。あ、戻る途中であそこにいる二頭の馬も拾ってきてください」

私は素早くシュロー達に命じ手を叩いた。音を合図に、三人が飛び出していく。

とにかく時間との勝負だった。手早くしなければ、親衛隊が全滅してしまう。

私は戦場を一人で歩みながら、旗を立てる場所を決める。

中央から少しずれているが、エリザベートとガリオスの戦いに巻き込まれず、兵士達からもよく見える場所。ここならば旗を立て、防衛線を築くのに丁度いい。

場所を決めて、私は空を仰ぎ見た。大空はすでに翼竜達のものとなり、大きく弧を描いて旋回している。

先程上空から鏑矢《かぶらや》が飛び、魔王軍に指示を出す動きがあった。巨大な竜の背に、子供のように小さな魔族の姿が見えた。

今回の魔王軍の動きは、これまでとは一線を画すものがあった。

低きを流れる水の如く、機動力を駆使して戦力の弱い部分を攻撃する戦術は、過去に例がないものだった。そして翼竜の運用は、これまで平面でしかなかった戦争に、空という新たな空間を加えた。これは画期的と言ってよく、戦争のあり方が変わった瞬間だった。

もしあの小さな魔族が全てを考えたとするなら、稀代《きたい》の戦略家と言えるだろう。正直、知恵比べで勝てる気がしない。

しかしこの戦場では、私の方に分があった。

もしあの小さな魔族が大地に降りて指揮をし、百体でも自由に動かせる部隊があれば、私が今から行う防衛線の再構築などさせてもらえなかっただろう。

だが魔王軍で一番の切れ者は、はるか空の上だ。

指示を出す方法はただの鏑矢《かぶらや》のみ。細かな命令など出せるわけもない。

「お待たせしました！　ロメリア様！」

最初に戻ってきたのはシュローだった。後ろにいる二人の兵士は真紅の旗を持っている。

「親衛隊の方々。私はカシュー守備隊のロメリアです。残念なことに、ギュネス将軍は亡くなられました。ギュネス将軍の最後の命令は、旗を立てよ、です。貴方《あなた》達はここで親衛隊の旗を掲げてください」

「おっ、俺達がですか？」

私の言葉に二人の兵士が互いに顔を見合わせる。旗を持つ責任に戸惑っているが、二人にやってもらうしかない。

「そうです、この真紅の旗を見れば、親衛隊は必ずや立ち上がります。この旗が立ち続ける限り、親衛隊の心は折れません。そしてこの旗を支えるのは、貴方達しかいないのです」

私は使命感を煽《あお》り、二人の親衛隊の心を動かす。

「わっ、分かりました！」

「こっ、この命に替えましても、親衛隊の旗を掲げて見せます」

二人の兵士は同時に頷《うなず》き、決して倒さぬと誓う。

「では頼みます」

「「はっ、お任せを！」」

二人の兵士が旗を立てて支える。戦場に吠え声をあげる真紅の獅子《しし》が翻《ひるがえ》った。

「ロメリア様、戻りました！」

真紅の旗が立った直後、メリルが戻る。後ろには三人の人影があった。

「喇叭《らっぱ》兵を一人見つけました。あと癒《いや》し手《て》を見つけたので連れてきました」

メリルは後ろを見て報告する。確かに喇叭兵と、僧服を着た癒し手が二人。これは僥倖《ぎょうこう》。

「喇叭兵の方、さっそく喇叭を吹いてください。この旗に集うように、集結の合図を」

私が命じると、喇叭兵は金管を空高く向けて威勢よく吹き鳴らした。

「癒し手の方々、貴方達もここにいてください。怪我《けが》人を連れてきます。治療してください」

「せ、戦場で治療をするのですか？」

私の指示に、親衛隊付きの癒し手は驚いていた。治療行為は戦いが終わってからというのが普通だが、今は戦力が足りない。怪我人《けが》も動員する必要があるのだ。

「何もしないでいるよりずっと楽ですよ」

私は癒《いや》し手《て》にそれだけを言うと戦場を見る。丁度レットが馬二頭、兵士八人を連れて戻って来たところだった。

「親衛隊の方。この旗の下に、防衛線を再構築します。ここに戦列を敷いてください。シュロー、貴方《あなた》は戦線に加わってください」

私が指示を出すと、シュローは頷《うなず》いてくれたが、八人の親衛隊は女の私に命じられることに戸惑っている。

「左から魔王軍！　シュロー！」

私は左を指差す。指の先には四体の魔王軍の兵士がこちらに迫ってくる。シュローが飛び出し一体の魔王軍と槍《やり》を交える。親衛隊も敵を前にとにかく戦う。

「メリル、レット。貴方達は馬に乗り、王国の旗に集まれと触れて回ってください。そして孤立している味方をここに集めて」

私が命じるとメリルが早速馬で駆けだし、レットも負けじと戦場に飛び出す。

立てられた旗を目印に、兵士達が徐々に集まり始める。

「この旗を倒してはなりません。旗を守るために戦ってください。防衛線を築くのです」

私は旗に集う兵士達に声を掛け、戦列を形成するように命令を出す。

「おい、指揮官は誰だ！　ギュネス将軍はどこにおられる」

私が指示を出していると、三十人程の歩兵の一団が旗に集いやってきた。先頭に立つ騎士は分厚い盾《たて》と剣を持ち、高価な全身鎧《よろい》に身を包んでいる。おそらく親衛隊の隊長級だ。

「いいところに来られました、親衛隊の隊長ですか？」

「いや、レドレ千人隊、副隊長のバーンズだ。そういう貴方は？」

「私はカシュー守備隊のロメリアです。ギュネス将軍は亡くなられました。ここに防衛線を再構築している最中です」

私はバーンズ副隊長の質問に手短に答えると、親衛隊副隊長の眉間《みけん》にしわが寄った。

「待て、貴方が指揮を執《と》っているのか？　失礼だが、貴方に何の権限がある？」

「まったく何もありません」

私は真実を答えた。死の寸前にギュネス将軍に指揮権を託されたが、中立の立会人もいない以上、持ち出しても意味がない。

「では、貴方に指揮する権限はない」

「そうですね、ですので、ここの指揮はお願いします。さぁ、指揮してください」

声を荒らげるバーンズ副隊長に、私は指揮を丸投げした。

「なっ、ちょっと待て」

「待っている余裕はありません。ほら、敵が来ました。十一時の方向、魔王軍槍兵。数、二十！」

私が指を向けた先で、魔王軍の一団がこちらに向かってくる。

「ほら、指揮を執《と》ってください。ここにいるのは親衛隊で、貴方《あなた》以上の階級保持者はいないのです。貴方以外に指揮を執る人間はいません」

「む、むう、仕方ない。総員、魔王軍を迎え撃て！」

バーンズ副隊長は結果的に私の命令に従うことに唸《うな》りながらも、剣を掲げて兵士を指揮し、魔王軍に対処する。

「メリル！　貴方はそこから左にいる五人の兵士を助けて。レット！　貴方は右です。そこに二人癒《いや》し手《て》がいます。連れて戻ってきてください！　シュロー！　貴方は戦列から抜けて、馬を二頭調達してください。戦場の左奥にいます」

前線の指揮をバーンズ副隊長に任せ、私はメリルとレット、シュローに命令を飛ばす。そして近くにいた親衛隊の兵士に目をつける。

「バーンズ副隊長。すみませんがこの兵士を借りますよ」

「ああ？　なんだとぉ！」

目の前で魔族と戦うバーンズ副隊長が、敵の槍《やり》を受けながら怒りの声を上げる。

「負傷した兵士の救出に使います！」

「ええい、もう好きにしろ！」

仲間を助けるためと言われては拒否出来ず、バーンズ副隊長は敵を叩き斬りながら叫ぶ。

私は親衛隊の兵士に、戦場で倒れていた者の救出をさせる。さらに何人か兵士達を助け出させたが、私はまずいことに気付いた。

「バーンズ副隊長！」

「今度はなんだぁ！」

防衛線を支えるバーンズ副隊長に声を掛けると、副隊長はもうヤケクソと言わんばかりに怒鳴る。

「敵が来ます。二時の方向から、五十！」

私は敵が来る方向を指し示す。その先で魔族の部隊がこちらに向かってくる。旗を立て、親衛隊の兵士が集まりだしたことで、魔王軍も対応をしてきたのだ。

「まずい。あれは支えきれん」

バーンズ副隊長が盾《たて》を構えながら唸る。確かに、集結した親衛隊は百人に届かない。五十体の魔王軍を押し返す力がなかった。

「ロメリア！　旗を持って後退しろ！　後方でもう一度防衛線を再構築するんだ！」

先程まで、私の命令を聞かないと言っていたバーンズ副隊長だが、後退して指揮を執れと言う。だがそれはダメだ。

「いいえ、出来ません。ここが最後の防衛線です」

私は不退転の決意を告げた。

「ここを私は一歩も下がりません。旗もです。あの敵を防いでください」

私は旗の前に立ち、細身の剣を抜いて大地に突き刺す。

「なんだとぉ！」

バーンズ副隊長がまた怒鳴る。しかしここより引く場所などないのだ。

どうしようもない劣勢の中、なんとか兵士を集めて防衛線の再構築を開始出来た。この防衛線を束ね、より強いものにしていくしか勝ち筋がない。

今ここでバーンズ副隊長達や旗に集った兵士を見捨てれば、敗北は決定する。ここより一歩も引くことは出来ないのだ。

「ええい！　お前ら聞いたか！　後ろの嬢ちゃんは逃げないとよ。いいか！　女より先に逃げるなよ！」

バーンズ副隊長が、怒りとも笑いともつかない声を上げる。

私は杖とした剣の柄を握り締め、ただ前を見る。

五十体からなる魔王軍の部隊は、私の後ろに立つ旗目掛けて迫ってくる。シュローにメリル、レットは距離があって戻る時間がない。周囲にロメ隊はおろか、カシュー守備隊すらいない状況はこの三年で初めてだった。私の生存は、名前も知らない男達の手にかかっていた。

……これは久々に試されるな。

私は緊張に乾いた唇を舐《な》めた。

戦場にいると、時々こういった場面に出くわす。戦術も作戦も意味をなさず、ただ運と兵士達の奮戦に身を任せるしかない時がやってくるのだ。

ここで重要なのは兵士達の強さではない。試されているのは、自分の将としての器だった。

私がもしここより一歩でも下がれば、確実に防衛線は崩壊するだろう。だが一歩も引かず、不屈の覚悟を見せれば、ほんの僅《わず》かだが生存の可能性が生まれる。

私は手に力を込め、剣をより深く突き刺した。

「来るぞぉ！」

バーンズ副隊長が盾《たて》を構え、敵の接近を告げる。魔王軍は一塊となり突撃して来る。戦場に生まれたこの防衛線を一撃で粉砕し、旗を叩き折るつもりだ。

指揮官であるバーンズ副隊長の声に、親衛隊の兵士達も盾を連ねて身構える。そこに五十体の魔王軍が殺到し激突した。

一撃で粉砕されてもおかしくない魔王軍の突撃に、親衛隊の兵士達は一致団結し、力強く受け止めた。

だが圧倒的戦力の前に、ジリジリと戦線が後退する。魔王軍は戦場に立つ旗さえ倒せば自分達の勝ちだと分かっている。体当たりのような攻撃を何度も仕掛けて来る。

「ロメリア、逃げろ。支えきれん！」

自ら先頭に立ち、盾で魔王軍を押し返しているバーンズ副隊長が叫ぶ。事実、防衛線は押しに押され、旗の前に立つ私に迫って来る。

だがあと少し、あと少し耐えてもらわなければいけない。

「バーンズ副隊長。あと二十数える間だけ防いでください！」

「ああ？　なんだとぉ！」

「いいですか、二十です。私が二十数える間だけなんとか持ち堪《こた》えてください。そうすればなんとかなります。二十！　十九！　十八！」

「ええい、なんだというのだ！　お前ら、押し返せぇ！」

バーンズ副隊長は私の指示に困惑しながらも、兵士達を叱咤《しった》する。

だが私が数字を一つ数える間にも防衛線はどんどん後退し、十を切った頃には目の前にまで迫っていた。

魔王軍の兵士達が私と、その背後にある旗を押しつぶそうと殺到する。

一体の魔族が防衛線の隙間から、私を突き殺そうと槍《やり》を放つ。

血に塗れた槍の穂先が私の眼前に迫る。私は大地に突き刺した剣を握りしめて目を見開き、自分に向かって放たれた槍を凝視する。

点となった槍の穂先が私の前髪に触れ、急停止する。

槍の柄を摑《つか》んで止めたのは、防衛線を支えるバーンズ副隊長だった。そして剣を振り下ろし、槍を放った魔族の頭を叩き割る。

バーンズ副隊長の働きは、まさに親衛隊の面目躍如と言わんばかりの奮戦だった。しかし私が三を数えた時、二体の魔族がバーンズ副隊長に襲い掛かり、二を数えた時に、三体目の魔族が押し倒すように攻撃を加える。

バーンズ副隊長は剣で攻撃を受け、倒されまいと体を支えたが、次の瞬間、四体目の魔族にのしかかられ、あえなく倒れる。

「ロメリアァ！」

四体の敵兵に押し倒され、バーンズ副隊長が叫ぶ。倒れた副隊長を足蹴《あしげ》にして、ついに一体の魔族が防衛線を越えて私の前に立つ。

防衛線を乗り越えた魔王軍の兵士は、激戦を潜り抜けたため兜《かぶと》を失い、顔や腕などから血を流していた。しかしその手には血に濡れた剣を持ち、私を殺すには十分な力を持っていた。

だが私は大地に突き刺した剣を手放さず、一歩も引かない。引く必要がなかったからだ。口からはただ安堵《あんど》の息が漏れる。

間に合った。

私を殺そうとする魔族の右の耳から左の頰《ほほ》にかけて、巨大な鉄の刃が突き刺さる。さらに強烈な力により、頭と顎《あご》の肉が千切れ飛んだ。

私を救い、魔王軍の兵士の頭を貫いたのは、巨大な槍だった。

左から全身鎧《よろい》に身を包み馬に乗った騎兵が現れ、槍を繰り出したのだ。

その騎兵の背後から、さらに三十騎程の騎兵が現れ、槍《やり》でもって、魔王軍の部隊に横撃を仕掛ける。不意打ちの一撃に、魔王軍はなす術《すべ》もなく倒される。

親衛隊の騎兵部隊が、旗を見てこちらに向かっていることは分かっていた。ギリギリのところで間に合った。

「バーンズ、無事か！」

私を助けてくれた騎兵が槍を振るい、バーンズ副隊長にのしかかる魔族を排除する。

「セルゲイか！」

バーンズは起き上がりながら、助けてくれた騎兵の名前を呼ぶ。どうやら知り合いらしい。

「騎士セルゲイとお見受けします。助かりました」

私は大地に突き刺した剣を抜き、セルゲイへと進み礼を言う。

「いかにも私はコスター千人隊、副隊長のセルゲイ。そういう貴方《あなた》はロメリア伯爵令嬢か！　掲げられた旗を見てここに来たが、これはどういうことか？」

セルゲイ副隊長は状況の説明を求めた。

「ギュネス将軍は戦死されました。最後の命令は王国の旗を掲げよ、です。そのためここに旗を立て防衛線を再構築しています」

私は振り返り、今も翻《ひるがえ》る真紅の旗を見る。

「バーンズ副隊長。潮目が変わりました。防衛線を前進させてください」

「前進だと！　この戦力でか？」

私の命令に、バーンズ副隊長が驚きながら周りを見る。

旗の周りには、騎兵が三十人に歩兵が八十人程。あまりにも少ない。

「今が好機です。我々も少ないですが、敵も数を減らしている」

正面に配置された魔王軍は通常の兵士が四百体。ガリオス麾下《きか》の巨人兵が三百体だ。

ただし巨人兵のうち百体は後方で予備兵力として待機し、未だに動かず、ガリオスと共に進撃してきた百体はグレンとハンスが押しとどめている。

残り百体は戦場全体に薄く広がったため、中央にいるのは四十体程。合計で四百四十体。しかし防衛線の再構築する段階で百体近い魔王軍を倒している。

もちろん親衛隊の被害はそれ以上だが、防衛線を押し上げれば、兵士の集結につながる。

「分かった。お前達！　前進の準備だ、戦列を整えろ！　急げ！」

バーンズ副隊長が号令をかける。

「おい、バーンズ。女の命令に従うのか」

セルゲイ副隊長がバーンズ副隊長に文句を言う。

「この状況では仕方ない。百人以上の兵士を率いたことがない俺達に、全体の運用など出来ん」

「ええい、仕方ない！　それで、私は何をすればいい？」

バーンズ副隊長の言葉に、セルゲイ副隊長が唸《うな》る。

「セルゲイ副隊長には巨人兵を討っていただきます」

私は戦場を見ながら、セルゲイ副隊長に話した。

戦場では敵味方が入り乱れているが、その中で頭抜けた体格を持つ魔族の猛威が激しい。魔族の中でも破格の巨体を持つ者達で構成された、ガリオスの手足ともいえる巨人兵だ。

ガリオスに陣形を崩された親衛隊は、巨人兵相手に苦戦を強いられている。

だがこちらに陣形が無いように、魔王軍にも陣形が無い。単体でも強いため、巨人兵達はバラバラに目の前の敵と戦っている。戦闘狂ゆえの油断と慢心である。

「私達が戦力を集結させれば、巨人兵も連携します。そうなる前に、各個撃破しに行きます」

「なるほど、バーンズ達が盾《たて》、我々が槍《やり》だな」

私の説明にセルゲイ副隊長が頷《うなず》く。

「ああ、シュロー、メリル、レット。戻りましたね、貴方《あなた》達も私と共に騎兵に入りなさい」

「ま、待て。貴方も来るつもりか」

私はシュローが調達してきた馬に跨《また》がりながら命じると、セルゲイ副隊長が驚く。

「ええ、ご安心ください。馬は得意ですから。さぁ、行きますよ」

私はセルゲイ副隊長の返事を待たずに、馬の腹を蹴《け》る。

「ええい、仕方がない。お前達、付いてこい」

セルゲイ副隊長が騎兵三十人を引き連れて、私の後に続いてくる。

「おい、お前らの指揮官ちょっとおかしいぞ」

セルゲイ副隊長がシュローに向かってぼやく。

「いつものことです、諦めてください」

「いつもこうなのか？　お前ら大変だな」

「はい、退屈する暇もありません」

シュローとセルゲイの会話を聞き、私としては納得がいかなかったが、文句を言っている時間がなかった。これから戦場を突っ切り、味方を集めながら巨人兵を討伐しなければいけない。おそらくそれは成功するだろう。しかし……。

私は空を見上げた。

敵にはまだ奥の手がある。そしてそれを防ぐ手立てが私には無い。全ては運に身を委ねるしかなかった。

ここからはさらに戦いが激しくなる。

私はすぐ目の前に迫った激戦に、気を引き締めた。

第五章

～魔王の実弟ガリオスと死闘を繰り広げた～

親衛隊の旗の前で戦うバーンズは、ロメリアの命令に従い防衛線を前進させていた。

「おら！　前だ。前へ進め！　お嬢ちゃんが前進をお望みだ。気合入れろ！」

バーンズは兵士達の尻を叩く。

戦場で女に指図されるという屈辱を受けながら、バーンズは笑っていた。ロメリア伯爵令嬢は、それだけ面白い女だった。

女だてらに戦場にいるだけあって、将軍顔負けの指揮能力を発揮する。視界も広く、味方や敵の動きをよく見ている。それに声がよく通る。細くちっこい体のくせに、どこから出しているのか、聞いていて身が引き締まる声で命令を出す。

だが何より気に入ったのは、その度胸だ。

先程も魔王軍の軍勢が迫り、あわや旗が倒されそうになったが、旗の前に立つロメリアは一歩も後ろに下がることがなかった。

もしあの時ロメリアが後ろに下がっていれば、おそらくバーンズ達は前線を支えることが出来なかっただろう。限界を超えろと命じた指揮官が兵士達の奮戦を信じ、逃げなかったからこそ、誰もが自分の限界を超えるような力を発揮出来たのだ。

「前へ進め。押し返せ！」

バーンズは、自身も剣を振りながら防衛線を押し上げるが、魔王軍も押し返そうと、圧力を強めてくる。

「お前ら！　支えろ。下がるんじゃないぞ！　押せ！　押せ！」

バーンズは押し寄せる敵を前に、兵士達を叱咤《しった》する。

だが言わなくても、兵士達は下がらないだろう。兵士達の目は光り輝き、闘志と決意に満ちている。バーンズと同じく、ロメリアに影響されているのだ。

押し寄せる魔王軍に、バーンズ達は頑強に抵抗して、押し返す。戦場に立つ親衛隊の旗の下に、散り散りとなった兵士達が集い始め、防衛線はさらに強固なものとなる。

バーンズは魔王軍の攻勢を押し返しながら、戦場を見る。

戦場では馬に乗ったロメリアが、騎兵を引き連れて駆け回っている。その後ろをセルゲイ達が死なせてはいけないと、必死になって追いかけていた。

だがここでもロメリアの指揮ぶりは健在で、的確に魔王軍の弱い場所を突き、単独で暴れている巨人兵を討ち取っていく。

おかげで防衛線も楽になり、集結した兵士の数も百五十人を超えた。セルゲイ達の騎兵部隊も六十人程に数を倍増させている。

まだ敵の方が優勢だが、魔王軍にはまとまった動きがない。陣形さえ組めれば、数が少なくても戦える。

「よし、お前ら！　陣形を整えろ！　そこ！　隙間を作るな！」

バーンズは叱咤し、強固な防衛線の構築に入る。

兵士は集まったし、何より士気が高い。鍛え上げられた親衛隊は、いつも以上に動きがいい。急造の防衛線は、城壁の様に強固なものとなっていく。

「バーンズ副隊長！」

陣形を組み終えると、凛《りん》とした声が響く。見ればロメリアがシュロー、ジニ、メリルの三人だけを供にして戻ってきていた。

一瞬セルゲイ達がやられたのかと思ったが、戦場ではセルゲイが騎兵を率い、敵を蹴散《けち》らしているのが見えた。

「どうしたぁ、何かあったかぁ！」

バーンズは怒鳴って返事をした。

正直自分でもこの態度はないと思うのだが、今更変えられない。

それにそんなことを気にしている余裕もない。ロメリアが戻ってきたということは、凶報の知らせでもある。これから敵の攻撃が激しくなるに間違いない。

「ついに敵の予備兵力が動くのか！」

バーンズは戦場の奥を見た。魔王軍最後の予備兵力である巨人兵百体は、今のところ動く気配を見せていない。だがロメリアが戻ってきたということは、あの連中が動くのだろうとバーンズは思った。

「いえ、違います。上からです！」

「上？　上からだと？」

ロメリアは馬から降り、細い顎《あご》を上げて上空を仰ぎ見る。バーンズもつられて見ると、空では三百頭の翼竜が、ゆっくりと旋回している。

二人して空を見上げていると、翼竜の背から鋭い音と共に、鏑矢《かぶらや》が流星のように落ちてきた。

鏑矢の音にロメリアの周囲にいたシュロー達が反応し、空に向かって盾《たて》を掲げる。だが鏑矢はロメリアに当たるどころか、遥《はる》か後方の大地に突き刺さった。

しかし鏑矢を見てロメリアは表情を固くし、決意と覚悟をその顔に浮かべていた。

「バーンズ副隊長！」

防衛線を構築している兵士が叫ぶ。魔王軍が攻勢を強めたのかと思ったが違った。バーンズが振り向くと、防衛線の前に敵がいなかった。あれほど果敢に攻めていた魔王軍が、敵を前に大きく後退し、盾を並べて守りを固めていた。

防衛線を守る兵士達は、魔王軍の不可解な後退に戸惑っている。

「皆さん、上に注意してください！　上から攻撃が来ます！　伏せて！」

ロメリアの命令に、兵士達は戸惑い、命令を実行出来なかった。敵を前に伏せるなどという命令を聞いたことがなかったからだ。

どうしていいか分からず、兵士達が互いに顔を見合わせていると、上空で動きがあった。

悠々と旋回していた翼竜の一頭が、突如身を翻《ひるがえ》し急降下してきたのだ。

さらに周りにいた翼竜も続き、まるで獲物を見つけた海鳥のように、舞い降りてくる。

まさか翼竜が攻撃を仕掛けてくるのか！

視界を覆い尽くす翼竜の群れに、バーンズは戦慄《せんりつ》する。

しかし違った。食われるのかと思ったが、急降下して来た翼竜は遥《はる》か上空で反転して急上昇していく。だが翼竜の背で手綱を握る魔族が、反転した瞬間に何かを投擲《とうてき》した。

「爆裂魔石です！　伏せて！」

ロメリアの声を聞いても、バーンズは呆然《ぼうぜん》とその場に立ち尽くしていた。翼竜から投擲された黒っぽい塊が、バーンズ目掛けて落ちてくる。

「バーンズ副隊長！」

耳元で声が響いたかと思うと、ロメリアの顔と亜麻色の髪が目の前にあり、手袋に包まれた手が伸びてバーンズを押し倒す。直後、雷鳴の如き爆発音が響き、衝撃が体中を打った。

衝撃にバーンズは意識を失いかけ、微睡《まどろ》みのような浮遊感に包まれる。

夢と現《うつつ》の間を行き交うバーンズの鼻孔《びこう》を、甘い香りがくすぐる。視線を下げると、顔には柔らかな亜麻色の髪がかかり、胸にはロメリアの小さな顔があった。

一瞬で覚醒《かくせい》した。

バーンズは即座に上体を起こし、胸に倒れるロメリアを見る。

「おい、大丈夫か！」

バーンズはロメリアの体を抱き起こし、怪我《けが》の有無を確かめる。目立った怪我はないが、意識を失っていた。周囲にはシュロー達三人も倒れていた。爆撃にやられたのだ。

「おい、無事か！」

バーンズはロメリアの頬《ほほ》を軽く叩く。するとロメリアは目を覚ました。

「はっ！　敵は？　被害状況は！」

目を覚ますなり、ロメリアは体を起こし周囲を確かめる。

「立つんじゃない、伏せていろ、兵士の指揮は俺がする。お前達！　無事かぁ！」

指揮を執《と》ろうとするロメリアに代わり、バーンズが立ち上がって被害状況を確認する。

上空からの爆裂魔石の攻撃に、兵士達は皆が傷付き倒れていた。爆裂魔石の破片が体に突き刺さり血を流す者、衝撃に意識を失う者、運悪く直撃して頭が吹き飛んだ者もいる。

「起きろ！　盾《たて》を持て！　仲間を助けるんだ！」

バーンズは倒れた兵士を立ち上がらせ、自身も盾を拾う。

「頭上注意！　第二波が来ます！」

指揮を執るバーンズの後ろで、ロメリアが上空を指差し叫ぶ。空では翼竜達がまた急降下を開始した。

「第二波が来たぞ、伏せろ！　ロメリア！　お前も隠れろ！」

バーンズは、指揮を執ろうとするロメリアに向かって叫ぶ。

ロメリアはバーンズの指示に従わなかったが、シュロー達が引っ張り、盾《たて》と体で守る。

「そこ！　早く伏せろ、頭を上げるな！　来るぞ！　三、二、一！」

バーンズはギリギリまで粘り、爆裂魔石が投下されるのを見て、爆撃が来る秒読みをする。

そして爆発が起きる直前に身を伏せ、頭を盾で守る。

幾つもの爆発が起き、衝撃波が体を嬲《なぶ》る。

爆発と衝撃に兵士達が怯える中、バーンズは先程嗅いだ甘い香りを思い出した。

香水なのか化粧なのか、やはり女なのだと思う。そして顔にかかった髪の感触と、抱き心地を思い出す。鎧《よろい》の上からなのが残念だった。もう少し感触を楽しめばよかった。

この戦いが終わったら求婚してみようか？　自分が求婚したら、あの伯爵令嬢はどんな顔をするかな？

ロメリアの驚く顔を想像して笑っていると、頭上で起きていた爆発がやんだ。

バーンズは妄想をやめて起き上がった。

「お前達、無事かぁ！　ロメリア！」

白煙と土煙が立ち昇る中、バーンズは兵士達に声を掛け、ロメリアの安否を確かめる。

二度目の爆撃を受け、戦場では兵士達があちこちで倒れていた。

兵士達の間には肉片が転がり、呻《うめ》き声がこだまする地獄絵図となっている。

だが、一度目の時よりは被害は減っている。地面に伏せたことが功を奏した。ロメリアもシュロー達に守られて無事のようだ。

「起き上がれ、怪我《けが》人を助けるんだ。盾を拾え！　すぐに第三波が来るぞ！」

バーンズは一時的に後退した魔王軍を見る。

魔王軍がバーンズ達と距離をとったのは、爆撃を避けるためだ。爆撃が終われば、連中は突撃してくる。魔王軍が動いていないということは、まだ爆撃が終わっていない。

バーンズは倒れた兵士を助け起こす。ロメリアを守っていたシュロー達も傷付いた兵士を助けて回る。

「バーンズ副隊長。旗が！」

ロメリアが後ろで叫ぶ。振り返ると、戦場に立つ親衛隊の旗が傾いていた。

至近距離で爆裂魔石が炸裂《さくれつ》したのか、旗を支えていた兵士二人のうち、一人は頭を失い倒れている。残り一人がなんとか旗を持っているが、負傷したのか今にも倒れそうだ。

あの旗を倒してはいけない！

気が付けばバーンズは走りだしていた。見ればロメリアも旗を支えようと駆けだしている。

傷を負った兵士一人では支えられないのか、旗が傾く。

「頑張れ、旗を倒すな！」

バーンズは旗を支える兵士を叱咤《しった》した。だが兵士の体はゆっくりと傾く。ロメリアが手を伸ばすと、兵士の体がさらに傾き、その顔がバーンズとロメリアに向けられる。

旗を支える兵士の顔を見て、バーンズは言葉を失った。

これまで隠れて見えなかったが、兵士の顔の左半分は無くなっていた。顔の半分が吹き飛び眼球がこぼれ、頭蓋骨からは脳漿《のうしょう》がこぼれ出ている。

残された右目からは大量の涙をこぼし、口が僅《わず》かに開き、小さく言葉を漏らす。

「か、あ…さん……」

母親を呼びながら兵士が倒れる。

ロメリアの伸ばされた手が一瞬迷い、彼女の呟《つぶや》きがバーンズに届く。

「すまない」

ロメリアの手は、母の名を呼ぶ兵士ではなく、倒れかけていた旗を摑《つか》んだ。

受け止めてもらえなかった兵士は、泣き顔を見せながら戦場に倒れていく。

兵士ではなく旗をとったロメリアが、倒れかけた旗を支えようとしたが、支えきれずに傾く。その旗をバーンズが受け止めた。

バーンズがロメリアを見ると、伯爵令嬢は自分が犯した罪に顔を青ざめさせていた。

「勇敢な……兵士だったな」

バーンズは倒れた旗持ちを讃《たた》えた。

兵士の顔は涙でくしゃくしゃになり、股間も失禁で濡れていたが、それでも勇敢だった。

「ええ、とても」

ロメリアもバーンズの言葉に同意した。

旗持ちはそうだ。皆が勇敢な兵士だ。彼らは戦うことはしない。だが逃げることも隠れることも、また出来ない。バーンズ達は爆撃の時には、身を伏せて隠れることが出来た。だが彼らはそれが出来なかった。いや、しなかった。旗を捨てて身を伏せず、自分の命よりも旗を保持することを選んだのだ。

泣くほど、漏らすほどの恐怖が身を襲ったのに、彼らは自らの心に打ち勝ったのだ。

「ロメリア様、第三波が来ます！」

シュロー達がロメリアの下に戻り、空を指差す。上空からはまたしても翼竜が降下して来る。

「来るぞ！　備えろ！」

バーンズは声の限りに叱咤《しった》する。

ロメリアが旗を支えながら頭を下げる。バーンズも右手で旗を保持しながら、左手で盾《たて》を掲げロメリアの頭を抱え込むように覆いかぶさる。さらに周囲をシュロー達が盾で守る。

大量の爆裂魔石が降り注ぐ。バーンズ達の体は何度も衝撃で揺さぶられ、叩きのめされる。

二回目と比べて衝撃が近い。目障りな旗を叩き折ろうと、集中的に狙われている。

至近距離で爆音が鳴り響き、シュロー達が衝撃で吹き飛ばされる。バーンズも盾を吹き飛ばされ、旗を掴んでいた右手で、なんとか倒れるのを防ぐ。

倒れそうになったが、爆撃の音は収まりつつある。

バーンズは頭を上げて上空を見る、ロメリアも戦況を確認しようと頭を上げた。

その時だった。

急降下してきた翼竜達。その殆《ほとん》どは爆撃を終えて上昇していた。しかし一頭だけが、遅れに遅れて今頃降下を開始し、爆裂魔石を投下する。

空中に漂う小さな石。バーンズにはなぜかその石がはっきりと見えた。

黒い石は風にさらわれながら、バーンズ達の下にやって来る。そして石は吸い込まれるように、親衛隊の巨大な旗に包まれた。旗に勢いを殺された石は、布地を滑り真下に落ちて来る。

目の前に落ちてきた爆発物に、バーンズは戦慄《せんりつ》しながらも左手を伸ばした。

奇跡が起こり、落ちてきた爆裂魔石は自ら進んでバーンズの左手に入った。

爆発する！

バーンズは石が爆発すると直感し、爆裂魔石を掴《つか》んだ左手を、とにかく自分とロメリアから遠ざけ、右手は頭を上げていたロメリアを押さえ付けた。

直後、バーンズの左手から閃光《せんこう》が放たれ、爆裂が起きる。

不思議なことに左手に痛みはなかった。だが爆音が耳を貫き、バーンズの意識を突き破る。

「……長！　…ンズ！　バーンズ！」

意識が朦朧《もうろう》とする中、誰かが自分の名を呼んでいることにバーンズは気付いた。

バーンズは状況を思い出し、すぐさま起き上がりロメリアを見た。

「ロメリア！　無事か！」

バーンズは跳ね起き、ロメリアの安否を確認する。

ロメリアはへたりこみ、旗にしがみついていた。目立った怪我《けが》はない。しかしその顔は震えていた。

「バー、バーンズ。腕が……」

ロメリアの視線につられてバーンズは自分の腕を見ると、そこに左手がなかった。

左腕が根元から吹き飛び、断面は焼け焦げ、赤黒く変色している。

自分の腕がなくなっていることにバーンズも驚いたが、一方でこの程度かと安堵《あんど》した。

「ロメリア！　ロメリア伯爵令嬢！　立て、敵が来るぞ！」

バーンズは自分の左腕に構わず、防衛線を右手で指し示した。

爆撃のために後退していた魔王軍は、前進を開始していた。空を仰ぎ見れば翼竜が降下してくる気配はない。敵の爆裂魔石が尽きたのだ。もう爆撃を恐れる必要はない。

「え？　ええ！」

ロメリアは、指揮を執《と》るバーンズに驚きつつも立ち上がった。

「ロメリア！　お前はそこで旗を持っていろ！　お前達！　しっかりと守れ！」

バーンズはロメリアとシュロー達に命令し、自身は未だ地に伏す兵士達を叱咤《しった》する。

「立て、お前ら！　敵が来るぞ！　盾《たて》を並べろ、槍《やり》を構えろ！　陣形を組め！　親衛隊の旗を守るんだ。安心しろ！　旗はロメリア伯爵令嬢が支えてくれている！」

バーンズが兵士達に命令すると、兵士は腕がない自分の姿を見てギョッとするが、それでも命令を聞き、立ち上がり武器を取る。

魔王軍が津波のように押し寄せる。兵士達は誰もが傷付いていたが、魔王軍相手に必死に戦っていた。だが爆撃による傷は大きく、防衛線は突き破られる寸前だった。

バーンズも剣を振るい、目の前の魔族と戦おうとしたが、剣を落としてしまった。口から血を吐く。腹を見れば石の破片が鎧《よろい》を貫き、血がこぼれていた。

目の前にまで迫った魔族が、剣を落としたバーンズに刃を向ける。

「バーンズ！」

魔族の刃がバーンズに迫った時、セルゲイが叫びながら騎兵と共に飛び込んでくる。

「あとは任せろ、この戦場は私が受け持つ。お前達、魔王軍を一歩も近づけさせるな！」

セルゲイが気炎を上げる。親衛隊の騎兵達も、傷付いた仲間を助けるべく、獅子奮迅《ししふんじん》の働きを見せる。

セルゲイ達の決死の気迫に、魔王軍が徐々に押し返され始めた。

しかしそのセルゲイ達を、巨大な振動が襲う。振動は、遥《はる》か前方から放たれていた。

バーンズは振動の発生源を見て唸《うな》った。

「くそ、ここで巨人兵を投入してくるのか」

魔王軍の予備兵力である巨人兵百体が、前進を開始したのだ。

この状況で、新たな戦力が投入されれば負ける。

バーンズはつい足元がふらつき、後ろへと下がってしまった。だがその背中を、柔らかな手が支える。

右を見ると、右手で旗を支えるロメリアがバーンズの背に左手を回していた。

その顔には恐怖も驚きもなく、真っ直ぐな瞳で進軍して来る巨人兵を見ていた。

ロメリアの視線が左翼へ移る。左翼ではロメリア騎士団が魔王軍に押されていた。

だが自分の兵士達が劣勢だというのに、ロメリアの目に焦りはない。その視線は左翼のさらに奥に注がれていた。

バーンズがかすれる目を凝らすと、左翼のさらに奥に、疾走《しっそう》する騎兵がいることに気付いた。

その数は二百人。蒼い鎧を着た兵士を先頭に、戦場を大回りして魔王軍の背後を取ろうとしている。

迂回《うかい》挟撃！

ロメリアはこれまで自分の兵力を温存し、魔王軍が予備兵力を投入する時期を見計らい、背後を取り挟撃するつもりだったのだ。

「ここまで、読んでいたのか」

バーンズは驚嘆の声を発し、側《そば》に立つロメリアを見る。

ロメリアは問いには答えず、全てを賭けた自分の策を見つめていた。

風の如き速度で進軍するロメリア騎士団の別働隊が、巨人兵の背後を取る。

しかしその時、こちらへと進軍していた巨人兵が、突如方向を転換し、背後へと向きを変えて陣形を組み直した。

「まずいぞ、ロメリア」

敵の方向転換を見て、バーンズの視界は暗くなった。それは出血のせいだけではない。

最悪の状況だった。

魔王軍の迅速な方向転換は、明らかに迂回《うかい》挟撃を読んでいた動きだった。

このままでは攻撃は失敗に終わる。

だがロメリアは自分の策が読まれていたというのに、今日一番の笑みを見せる。

「勝った」

ロメリアの声をバーンズは確かに聞き、その結末を目撃した。


魔王軍の予備兵力が動きだしたのを見て、同じく予備兵力として後方で待機していたレイヴァンは、敵を挟撃すべく戦場を大きく迂回していた。

レイヴァンが駆る馬は早い。駿馬《しゅんめ》であること以上に、逸《はや》る気持ちが抑えられなかったからだ。

「おい、レイ。速いって」

「そうです、私達を置いていかないでください」

後ろを見ると、同じく予備兵力に分配されたタースとセイが叫んでいた。確かに兵士達を置き去りにしているが、待ってなどいられなかった。

戦場ではアルビオン達がガリオスと激戦を繰り広げ、他のロメ隊も魔王軍と戦っていた。何より主《あるじ》であるロメリアがろくに兵士も連れず、親衛隊の指揮を執《と》っている。

にもかかわらず、自分は後方で待機していたのだ。待つ時間はあまりにも長すぎた。

「タース、セイ。お前達が急げ！　やっと出番が来たんだ」

レイヴァンは速度を緩めず、後ろに向かって叫んだ。

爆撃が終わり、魔王軍の予備兵力が投入された。これでようやく自分達の出番が来たのだから、待ってなどいられなかった。

本当なら自分もアル達と同じく、ガリオスと戦いたかったのだ。

だが主であるロメリアはレイヴァンに予備兵力を与え、待機を命じた。

『今回の戦いですが、勝つためには主に三つの方法があります』

戦いの前に、ロメリアはレイヴァン達に勝利の方法を説明した。

『一つ目は、ガリオスを討つこと。あの魔族を倒せれば、この戦いは勝利できるでしょう』

ロメリアは指を一本立てた。

ガリオスを倒すのならば、ロメ隊の全員をガリオスにぶつけるべきだ。

しかし実際には歩兵部隊の中核をベンとブライが担い、その右をグラン、ゼゼ、ジニが、左をラグン、ボレル、ガット達が支えており、同じく予備兵力であった二百人の歩兵はグレンとハンスが率い、ガリオスの巨人兵と戦っている。

『ガリオスを倒すことが出来ればいいのですが、これは目指しません。何故なら必ず勝てる保証がないからです。ガリオスを倒すよりも、普通に戦争に勝つ方がずっと簡単と言えるでしょう。これが二つ目の方法です』

ロメリアは二本目の指を立てた。

兵士としてなんとも見くびられた言葉だが、数百人の親衛隊を蹴散《けち》らしたガリオスの力を思い返せば、必ず勝てるなどとは言えなかった。

そして戦争に勝つ手段として、ロメリアはレイヴァン達を予備兵力として残し、魔王軍の予備兵力が動いた時、後方を襲撃し、挟撃せよという命令を出していた。

「おい、レイ！　張り切るのはいーけど、本来の目的を忘れるなよ。ちゃんとやれよ、お前」

馬を走らせるレイヴァンの、後ろでタースが叫ぶ。

普段いい加減なタースに、こう言われては立場がない。レイヴァンは馬の速度を落とし、タースとセイの横に並んだ。

「分かっている。ロメリア様の作戦通りに行こう。俺とタースがそれぞれ八十人、セイが四十人だ。特にセイ、そっちはきつい戦いとなると思うが頼んだ」

「はい、任せてください。レイ」

セイが背筋を伸ばして頭を下げる。几帳面《きちょうめん》なセイのお辞儀は、貴族に仕える執事のようだ。

「よし、行くぞ！」

レイヴァンが号令をかけ戦場を大きく迂回《うかい》して、魔王軍の背後に出る。

しかし戦場を大きく迂回した時、見えたのは巨人兵の大きな背中ではなく、盾《たて》を連ね、槍《やり》を構える戦列の姿だった。

「おいおい、やっぱバレていたぜ」

タースが苦笑いを浮かべた。

迷いのない陣形変更は、こちらの作戦が筒抜けだったことを意味する。

「上から見ているんだから、分かるだろうな」

レイヴァンは空を見上げた。空は三百頭の翼竜が支配していた。

指揮官の能力には、戦場を俯瞰《ふかん》して捉える目が必要だと言われている。

言葉にするのは簡単だが、実際に戦場を俯瞰するなど並大抵のことでは出来ない。だが実際に空から見ることが出来れば、これほど容易《たやす》いことはないだろう。

迂回挟撃は敵に読まれており、すでに奇襲の効果は失われている。

「セイ、タース！　行くぞ！」

レイヴァンは二人に声を掛け、巨人兵の戦列に突撃を仕掛ける。

並の魔王軍ならば、たとえ作戦を読まれていたとしても、盾《たて》を突き破り粉砕する自信があった。しかしレイヴァンが放った槍《やり》は分厚い盾に弾かれた。

「堅いな」

槍を弾かれたレイヴァンが唸《うな》る。巨人兵の持つ盾は通常の倍の厚みがあり、支える兵士も力強く、城壁のようにびくともしなかった。

「ダメだ、守りが堅い！」

敵とぶつかり合ったセイが、馬を返す。

「ああ～、ダメだこりゃ。こいつら、強すぎる～」

タースが情けない声を上げて、馬首を返し逃げ始める、レイヴァンもセイとタースに続き後ろへと撤退した。

逃げるレイヴァン達の背中に、魔族の笑い声が突き刺さる。

たった一度の攻撃で、背中を見せて逃げ出す自分達は、敵にも味方にも情けなく映るだろう。だがそれでいい。レイヴァンは逃げる振りをして、巨人兵の真後ろに向かって馬を走らせる。進む先には、千頭にも及ぶ翼竜の群れがあった。

「レイ！　セイ！　そろそろバレるぞ！」

「分かっている！　総員突撃！　翼竜を皆殺しにしろ！」

タースの声を聞き、レイヴァンは槍を翼竜に向けた。

主《あるじ》であるロメリアは、戦いが始まる前、この戦争に勝つ三つの方法を示した。

その三つ目の方法こそが、翼竜を討つことだった。

『今回の戦い、勝利するのには、別にガリオスを討つことも、魔王軍を殲滅《せんめつ》することも必要ありません。翼竜さえ倒してしまえばいいのです』

ロメリアは三本目の指を立て、敵を倒す必要はないと言い放った。

『ここは我々の国であり、魔王軍は味方のいない敵地に取り残された少数の部隊なのです。私達が無理をしてガリオスを倒すことも、戦力が上回る敵と死闘を繰り広げる必要もありません。移動手段である翼竜を倒せばいいのです。それに翼竜を放置すれば、魔王軍はいくらでも国境を越えられることになります。翼竜の殲滅はこの戦で勝利することより大きい』

ロメリアは翼竜を討つ重要性を説き、大事な仕事をレイヴァンに任せた。

しかし戦略目標として、翼竜を狙っていることに気付かれてはいけない。そのために迂回《うかい》挟撃を装い、逃げたフリをして翼竜に向かって逃走していたのだ。

背後では、笑っていた魔王軍が慌てて追いかけてくるのが見える。さすがに狙いが翼竜であることに気付いたようだ。

「レイ！　タース！　ここは任せてください。翼竜を頼みます！」

セイが手勢四十人を引き連れて、追いかけてくる巨人兵を迎え撃つ。敵の方が数は多いが、翼竜を倒す間だけ足止め出来ればそれでいい。

レイヴァンはタースと共に翼竜を目指す。

翼竜の足元にいた翼竜を操る騎手の魔族達が、接近するレイヴァン達に気付いて翼竜に飛び乗る。だが翼竜達はすぐには飛び立てなかった。

「おい、ロメリア様の言う通り、あいつら本当に飛んで逃げないぞ」

「あの巨体で、しかも背中に魔族を乗せているんだ。重すぎるのさ！」

並走するタースに、レイヴァンは飛べない理由を教えてやった。

魔法で空を飛ぶレイヴァンには、翼竜達がなぜ飛び立てないのかがよく分かった。

空を飛ぶには、一定以上の大きさの翼が必要になる。体が重ければ重いほど、大きな翼が必要となる。だが翼が大きくなれば、その分重量が嵩《かさ》む。そのため一定以上の重さの鳥は、羽ばたいて飛べず、空を滑空することしか出来ない。

あの翼竜達はかなりの巨体をしているので、おそらく強力な脚で跳躍し、風を捉えることで飛行しているのだろう。

だがいくら強力な脚を持っていても、背中に乗る魔族は重すぎる。速度が乗っていれば、魔族を乗せて飛行することも出来るのだろうが、重りを抱えたままでは飛び立てない。

では魔王軍はどうやって、あの翼竜達を飛ばせたのか？　答えは一つだ。

翼竜の背中に飛び乗った騎手は、鞍にくくりつけた棒を手に取る。棒の先端には、緑色の宝玉が取り付けられていた。

騎手が棒を振りかざすと、緑の宝玉が光り輝く。魔法の力を発動させる魔道具だ。周囲では土埃《つちぼこり》が舞い、気流が生まれているのが分かる。

飛び立つ力が足りなければ、足してやればいい。レイヴァン自身もやっていることだった。

「あいつら風を生み出しているぞ、魔法兵か！　って、千体も魔法兵がいるのかよ！」

タースが呆れた声を出す。

「ああ、金のある連中だ！」

レイヴァンもタースに向かって叫んだ。

目の前にいる翼竜部隊だが、揃えるには恐ろしく金がかかっているはずだ。翼竜自体にも飼育と調教に金がかかっているだろうし、貴重な魔法兵と高価な魔道具がさらに必要となる。運用するのにいくらかかるのか想像もつかない。

だがこれは朗報でもある。翼竜を一頭でも倒せば、魔族十体を倒す以上の価値がある。

レイヴァン達は飛び立てない翼竜に肉薄する。しかしその時、気流を生む魔法が間に合ったのか、何頭かの翼竜が飛び立ち始める。

「させるか！」

レイヴァンは叫びながら、全力で魔力を放出し、周囲に乱気流を生み出した。

不規則な突風が吹き荒れ、翼竜の翼を打つ。

速度が乗る前に乱気流に襲われ、飛び立った翼竜が次々に墜落していく。多くは翼や脚の骨を折った程度だが、数頭の翼竜は首の骨が折れて即死する。

レイヴァンは混乱する翼竜を観察した。真っ直ぐに伸びる巨大な嘴《くちばし》は人間を丸呑《まるの》みに出来そうだし、翼は船の帆のように大きく、羽ばたきは鎧《よろい》を着た兵士を吹き飛ばすほどだ。

近付くことも難しい相手だが、無理をして倒す必要はない。

「翼だ、翼を狙え！　片方の翼に穴を開けてやれば、こいつらは飛べなくなる！」

レイヴァンは叫びながら、目の前にいる翼竜の左の翼を槍《やり》で切り裂く。翼を切られた翼竜は痛みに暴れ回り飛び立とうと跳躍する。だが切り裂かれた左の翼が耐えきれず墜落した。

背中に魔族がいなければ、多少傷があっても飛べただろう。だが魔法を使って無理やり飛ばしている翼竜に、翼の傷は致命的だ。

レイヴァンに倣《なら》い、ほかの兵士達も翼を狙い始める。

「よ～し、お前ら、二人一組で動け！　一人が竜を引き付けて、もう一人が翼を攻撃だ！」

タースが兵士達に指示を与えながら、自分も兵士と共に翼竜の翼を切り裂いていく。

ロメ隊の中でもタースは兵士としての力はそれほどでもないが、他の兵士との連携がうまい。他の兵士と一緒に攻撃する姿はやや小者っぽく見えるが、安心して兵を任せられる。

「タース！　地上は頼んだ！」

レイヴァンは部隊の指揮を、タースに丸投げする。

「おいおい、お前はどうするんだ？」

「俺は上から落とす」

レイヴァンはマントを広げ、自分の周囲に気流を生み出し、空を舞った。

空を飛ぶレイヴァンの眼下には、飛び立つことに成功した翼竜が出始めていた。

レイヴァンは必死に飛び上がろうとする翼竜の一頭を捉えると、猛禽《もうきん》類の如く急降下して翼に飛び乗る。着地と同時に槍で翼を貫き、即座に翼を蹴《け》って跳躍する。

再跳躍したレイヴァンは、すでに新たな標的を見つけており、次々に翼竜を叩き落していく。

翼竜部隊は、自分達と同じように空を飛ぶ相手との戦いを想定していないらしく、レイヴァンに対して、何一つ抵抗する術《すべ》を持っていない。

上空から戦場を見れば、セイがたった四十人で魔王軍の巨人兵百体を足止めしていた。

苦戦はしているが、うまく後退しながら時間を稼いでいる。この分ならセイが突破される前に、翼竜の大部分を討つことが出来る。

ロメリア様！　御命令は果たしましたよ！

赤く染まる空の上で、天翔ける騎士レイヴァンは旗の下に立つ主《あるじ》を見た。


エリザベートが傷付いたアルビオンを癒《いや》しの技で治療していると、ガリオスの一撃を受け、戦槌《せんつい》を持つオットーが吹き飛ばされる。オットーは立ち上がろうとしたが起き上がれない。回復を終えたばかりのアルビオンがガリオスに向かって走り、カイルも続く。

「まずい！　エリザ、回復を！　エカ！　弾幕！」

呂姫《りょき》が叫び、エリザベートは倒れたオットーに駆け寄り、癒《いや》しの技を発動する。エカテリーナの杖に魔法陣が煌《きら》めき、破壊の威力を秘めた複数の光球が悪鬼ガリオスに降り注ぐも、山脈の如き巨体を誇るガリオスは、軽やかに大地を踏んで後ろに下がる。

カイルが逃さないと駆け寄り斬りつけるが、ガリオスは後方に宙返りをして刃をかわし、左手を大地についてさらに後ろへと飛ぶ。

「でかいくせにちょこまかと！」

猿の如き軽やかな宙返りを見せたガリオスに、接近したアルビオンが渾身《こんしん》の槍《やり》を繰り出すも、ガリオスは棍棒《こんぼう》で受ける。しかしアルビオンの攻撃は囮《おとり》。すでに呂姫が跳躍し、上から大上段に斬りつけようとしている。

だがそのことにはガリオスも気付いていた。ガリオスは特大の棍棒を小枝のように操り、アルビオンの槍を跳ね上げ、上から来る呂姫へと向けさせる。

味方の攻撃が自分に迫り、呂姫は攻撃を中断してアルビオンの槍を弾いて後ろに下がる。対するガリオスは爪先で立ちながら腰を落とし、左手を突き出して棍棒を右脇に構える。

隙の無いガリオスの構えを見て、勇ましいアルビオンや呂姫も手を出せないでいた。

魔王の実弟ガリオス。想像以上の難敵だった。

山のような巨軀《きょく》を誇りながら、力だけの男ではない。小兵を思わせる軽やかな体術に、繊細かつ正確な技すら駆使する。全身余すところなく鍛え上げられ、戦士として完成されている。

その猛威にアルビオンもオットーも傷付き、回復が追いつかないでいる。

「も、もういける」

エリザベートの前で倒れていたオットーが、治療が完了しないうちに立ち上がる。

癒《いや》し手《て》として完全に回復してあげたいが、正面で盾《たて》となり、ガリオスを防ぐオットーがいなければ一撃で呂姫やアルビオンがやられる可能性があった。

「ハハハハハッ、楽しいなぁ、おい。全力を出すのは善だ！　そう思わねぇか？」

こちらは満身創痍《まんしんそうい》だというのに、ガリオスは戦えば戦うほど元気になるのか、潑剌《はつらつ》と笑っていた。すでに日が傾くほど長時間戦っているというのに、疲れた様子をまるで見せない。

「こいつ……本当に戦いの申し子かよ……」

アルビオンが毒突く。側《そば》に立つ呂姫も、疲労で苦笑いしか出ていなかった。

ガリオスは不思議な男であった。

今日だけでも、ガリオスは親衛隊の兵士を数百人は殺した憎むべき敵である。しかしその性質は天真爛漫《てんしんらんまん》、童《わらべ》のように邪気がない。

悪鬼羅刹《あっきらせつ》と恐れられているが、ガリオスはただ戦いが好きでたまらないだけなのだ。

好きであるがゆえに天才。神の肉体に童《わらべ》の心。それがガリオスの強さを支えていた。

だがエリザベートは、その強さゆえの弱点も見抜いていた。

エリザベートが頷《うなず》くと、呂姫《りょき》やエカテリーナ、アルビオン達も頷く。すでにこれまでの戦いで打ち合わせは終えている。

「ガリオスよ、見事な戦いぶりである！」

エリザベートは背筋を伸ばし、王妃の威厳をもってガリオスの勇戦を讃《たた》えた。

「かくなるうえは、私の最大の秘術をもって、お前を倒してみせよう。お前の兄である魔王ゼルギスも、この術で滅んだ！　必殺の一撃を受けてみよ！」

「ほんとか？　そんな奥の手を残してたのか！　だったらさっさと出せよ！」

エリザベートの啖呵《たんか》を前に、笑うのがガリオスである。早く早くと手を振り催促する始末だ。

「皆、時間を稼いで。これを使うには時間がかかる」

エリザベートは掲げた手に白い光を集め、時間を稼ぐよう頼んだが、これは無用であった。

「ん？　いいよ、待つから。兄ちゃん殺した最高の一撃を見せてくれよ」

笑うガリオスに対して、エリザベートも内心でほくそ笑んだ。なぜなら魔王ゼルギスを倒した秘術、そんなものは存在しないからだ。

エリザベートが使える術はたったの二つ。癒《いや》しの技と守護の壁のみである。その二つを極限まで高めることで、失われた手足を再生し、強力な防御壁を生み出しているのだ。

今エリザベートの手に集まる光は、ただ癒しの力を集めてそれっぽく見せているだけである。ガリオスはそれに気付かず待っていた。

これがガリオスの弱点である。

戦いを楽しむあまり、敵の奥の手を待ってしまうのだ。この戦いが長引いているのも、ガリオスが戦いを望みながらも、勝利を望んでいないからだ。

最強無敵のガリオスにとって、勝利は常に約束されたもの。楽しい戦いを終わらせるものでしかないのだ。もしガリオスが勝利に執着していれば、すでに勝負はついていただろう。

「いくぞ、見てみよ！」

エリザベートは格好をつけて手を振りかざし、白い光をガリオスに向ける。

ガリオスはどんな攻撃がくるかと、ワクワクしながら身構える。だがガリオスが望む攻撃など起きるはずもない。エリザベートが放った術は、ただ目を眩《くら》ませ注意を引いただけだ。

本命は離れたところで杖を大地につくエカテリーナだ。エリザベートが放った白い光の陰で、エカテリーナが魔法を発動し、大地に複雑な魔法陣が生み出される。

光を浴びても何も起きないことに、ガリオスが片眉を上げてエリザベートを見た。その瞬間、ガリオスの体が沈む。

「おお？　なんだこりゃぁ？」

自分の足元を見たガリオスが驚く。

ガリオスの足元に金色の沼が生み出され、黄金に輝く液体が、ガリオスの巨体を呑《の》み込もうとしていたからだ。

驚愕したガリオスが黄金の沼から這《は》い上がろうとするが、もがけばもがくほど体が沈んでいく。

これぞエカテリーナの『黄金郷』の魔法だ。

「だったら、これでどうだ！」

すでに胸まで沼に呑み込まれていたガリオスが、驚きつつも棍棒《こんぼう》で地面を叩く。その反動でガリオスの体が宙に浮く。

黄金の飛沫《しぶき》を飛び散らせながら、ガリオスは空中で一回転し、ガリオスは金色の沼から脱出する。

「ハッタリ使ってこの程度の魔法かよ！　期待して損したぜ。んんっ？」

沼から脱出したガリオスが得意げな顔を見せる。だがすぐにその顔は驚愕に固まる。いや、実際にその体が固まっていた。体に絡みついた金色の液体が硬化し、ガリオスの体を黄金の彫像へと変えていたからだ。

これぞ『黄金郷』の真の威力。金色の液体は瞬時に硬化し、足を踏み入れた者を置物に変えてしまう。

使いどころが難しいが魔法だが、一度沼に落ちればたとえ抜け出したとしても、黄金の戒めが敵を封じる。エカテリーナの必勝魔法だ。

動きが封じられたガリオスに、エカテリーナが再度魔法を発動。特大の稲妻を生み出し、ガリオスを打ち据える。

並の魔族なら消し炭になっていてもおかしくない電撃の奔流。だがガリオスはまだ生きていた。そこに呂姫《りょき》、アルビオン、オットーが走る。

「「「ガリオス！　覚悟！」」」

呂姫が刀を振りかざし、アルビオンが槍《やり》を繰り出し、オットーが戦槌《せんつい》を振りかぶる。

「なめるなぁぁぁぁあ！」

刀、槍、戦槌。必殺の三撃が迫る中、ガリオスが目を赤くして吠える。直後、ガリオスを封じる黄金の戒めがはじけ飛んだ。ガリオスを覆っていた黄金の下からは、極限まで膨れ上がった筋肉が見えた。筋肉の膨張だけで、全身を覆う黄金の拘束を内側から砕いたのだ。

ガリオスが膨れ上がった筋肉を見せながら、棍棒を両手で振りかぶる。

「いけない！」

エリザベートは即座に守護の壁を発動させた。脳裏に思い出されるは、地形すら一変させたガリオスの一撃。

光の壁をガリオスの前に生み出すも、両手で構えたガリオスの棍棒が放たれる。

大地が吹き飛び、衝撃に耐えきれずエリザベートが倒れる。

痛みに耐えながらエリザベートが起き上がると、またもそこには巨大な穴が開いていた。

穴の底ではガリオスが棍棒《こんぼう》を振り下ろしていた。穴の周囲には呂姫《りょき》やアルビオン、オットーが吹き飛ばされ倒れている。エリザベートとエカテリーナは距離をとっていたため大きな被害は免れたが、盾《たて》となる三人が全て倒れた。

目を赤く染めたガリオスが、穴の底から這《は》いあがり、倒れた三人を見る。

助けようにもエリザベートに戦う力はなく、エカテリーナは大きな魔法を使った直後であるため、すぐに魔法を放てないでいる。

「やらせない！」

その時、一つの影が叫びながら飛び出る。豹《ひょう》の様な身のこなしで走るカイルだった。

ガリオスと離れていたため軽傷だったカイルが、三人をやらせまいとガリオスに向かって走り、翻弄《ほんろう》しようと左右に飛ぶ。だがガリオスの瞳は、動き回るカイルをしっかりと捉えていた。

「すでに見切ったぞ、小僧！」

これまでの攻防で、ガリオスはカイルの動きに対応している。

「見切れるもんなら、見切って見ろ！」

カイルは吠えながら、さらに速度を上げた。砂塵《さじん》が舞い風を切り裂き、影さえも置き去りにしようと飛ぶ。そして一瞬、エリザベートの目にカイルの姿が二重にぶれる。

「おおっ？」

分身して見えたのはエリザベートだけではなく、ガリオスも驚愕の声を上げる。次の瞬間、二重に見えたカイルの姿が突如喪失、ガリオスの背後へと駆け抜けていた。

「速えぇ！」

驚嘆するガリオスの右腕には、剣が突き立てられていた。駆け抜けた瞬間に、カイルが突き刺したのだ。

ガリオスの背後でカイルが膝《ひざ》をつく。限界を超えた動きをしたため、体力が尽きたのだ。だがカイルが倒れた直後、オットーが起き上がった。

体中から血を流しながらも、戦槌《せんつい》を振りかざすオットーが雄牛の如く走る。

「今度はお前か！」

ガリオスが両手で棍棒を構え、オットーを迎え撃つ。

戦槌と棍棒が激突し、大地が割れるかの如き轟音《ごうおん》が鳴り響き、特大の火花が生まれる。

オットーとガリオスが力を込める。両者の筋肉が膨張し、鎧《よろい》が軋《きし》み悲鳴を上げる。

最初の攻防はオットーに軍配が上がったが、あの時ガリオスは片手だった。今は両手で棍棒を握っている。

純粋な力比べに、負け知らずのガリオスが王者の笑みを見せる。一方オットーは歯を食いしばり、全身の力を引き出す。

オットーの筋肉がさらに膨張し、鎧の留め金が弾け飛ぶ。半裸となったオットーの戦槌が、ガリオスの棍棒《こんぼう》を押し返そうとする。

ガリオスも力をこめようとするが、右腕に突き立てられたカイルの剣が力の凝縮を阻害する。

極大の金属音と共に戦槌《せんつい》が振り抜かれ、ガリオスの棍棒が宙を舞う。

「なん、だと！」

ガリオスは自らが武器を失ったことが信じられず、空となった手を呆然《ぼうぜん》と見ていた。

それはほんの一瞬の隙だった。だがガリオスが一瞬にして最大の隙を見せた瞬間、アルビオンと呂姫《りょき》が立ち上がった。

アルビオンが疾走《しっそう》し、槍《やり》でガリオスの腹を突き刺す。痛みに我に返ったガリオスが、腹を貫かれながらもアルビオンをくびり殺そうと巨大な手を伸ばす。

「させない」

ガリオスが伸ばした手は、エリザベートが生み出した光の壁に遮《さえぎ》られる。

アルビオンが槍を摑《つか》む手に力を込めると、槍全体が赤く発熱し、炎を吹き出す。

「グァアアアアアッ」

貫かれた内臓を炎で炙《あぶ》られ、ガリオスが初めて悲鳴を上げた。

苦しみ藻掻《もが》くガリオスが腕を払い、槍の柄をへし折る。腹から煙を上げ後退するガリオスの顔に影がさす。

ガリオスが鰐《わに》の如き顔を上げると、宙を舞う呂姫が、今まさに刀を振り下ろそうとしていた。

とっさにガリオスは両腕を掲げ、刃を防ごうとする。

裂帛《れっぱく》の気合と共に放たれた呂姫の一刀は、ガリオスの両腕を斬り落とした。


レイが予備兵力を率い、魔王軍の後方に待機している翼竜部隊に襲い掛かり、夕日に赤く染まる荒野に、竜の血を付け足す。その光景を見て、私は勝利を確信した。

「バーンズ副隊長。見てください！」

私は親衛隊の旗を片手に、側《そば》に立つバーンズ副隊長に声を掛けた。

魔王軍は現在、敵地で孤立している。それでも戦えるのは、いつでも翼竜に乗って移動し、ローバーンへと戻ることが出来るからだ。だが翼竜がいなくなれば、彼らの命運は風前の灯《ともしび》だ。

事実、戦場で戦う魔王軍は、後方の翼竜部隊が攻撃されたのを見て明らかに動揺し、戦意を失っていた。

「勝ちましたよ、我々の勝利です」

私はもう一度バーンズ副隊長に声を掛けた。だが、返事はない。

「バーンズ副隊長？」

私は戦場から目を離し、バーンズの顔を覗き見る。そして静かに目を閉じた。

「……騎士バーンズ。貴方《あなた》は、本当によく戦いました。ゆっくりと休みなさい」

バーンズ副隊長は、立ったまま絶命していた。

私を守るために左腕を失い、体中に爆裂魔石の破片を浴びていたのだ。

にもかかわらず彼は最後まで雄々しく戦い、敵と対峙《たいじ》したまま亡くなったのだ。

勇敢な、とても勇敢な人だった。

心残りは、彼がこの光景を見たかということだった。死ぬ前に私達の勝利を、自分の働きの結果を、バーンズは見ただろうか？　だがそれは誰にも確かめようのないことだった。

「シュロー！　来てください」

私は防衛線で戦うシュロー達三人を呼び戻す。

「シュロー、新たに二人、兵士を連れてきて旗を持たせてください。メリルは馬を一頭、探してください。レット、貴方《あなた》はバーンズ副隊長を寝かせてあげてください」

私が命令を下すと、三人は即座に動き、兵士を二人呼び寄せ、主《あるじ》を失った馬を調達し、バーンズ副隊長を丁重に横たえる。

私達は勝利した。しかしまだ確定してはいない。バーンズ副隊長の死を無駄にしないためにも、この勝利を確実なものにしなければならなかった。

私は戦場から目を離し、死闘を繰り広げるガリオスとエリザベート達を見た。

ガリオスとの戦いは、すでに地形すら変えており、巨大な穴が大地に穿《うが》たれていた。

アルやオットー、そして呂姫《りょき》が倒れ、あわや全滅の危機すらあったが、カイルが分身して見えるほどの動きでガリオスの腕に剣を突き立て、オットーが正面からガリオスを打ち破り、棍《こん》棒《ぼう》を弾き飛ばした。

その隙にアルがガリオスの腹を槍《やり》で貫き、内臓を炎で炙《あぶ》る。そこへ呂姫が飛び掛かり、ガリオスの両腕を斬り落とした。

その光景は、私だけではなく、戦場にいた多くの魔族も目撃し、魔王軍の敗北を決定づけた。

私は好機を感じ取り、メリルが用意した馬に乗り、三人と共にエリザベートの下に向かった。

両腕を斬り落とされたガリオスは、腕から大量に出血し体が前へと倒れる。だが地に伏そうとする直前、ガリオスの足が倒れるのを防いだ。

「まだだ！　まだ終わってねぇ！　たかが両腕とった程度で、勝ったつもりか！」

両腕を失ってなおガリオスは吠えた。

「いいえ、私達の勝ちです！」

私は馬を駆り、ガリオス達の下に向かい勝利を宣言した。

「ガリオス、あれをごらんなさい！」

私はレイ達が、翼竜部隊を殲滅《せんめつ》しているところを指差した。

「もうお前達は、ここより逃げることは出来ません。お前達は敗北したのです！」

私はガリオスに敗北を突きつけた。勝利を確定させるには、彼らが敗北を受け入れなければいけない。両腕を失ったガリオスに敗北を突きつけて心を折る。あとは連中を敗走させて、弱った所を狩ればいい。『恩寵《おんちょう》』の効果があればそれは出来る。

「エリザベート王妃、勝利宣言を！」

私が促すと、エリザベートは我が意を得たりと頷《うなず》き、右手を掲げる。

「王国の兵士達よ、勝鬨《かちどき》を上げよ！　我々の勝利です！」

エリザベートの言葉に、親衛隊やロメリア騎士団の兵士達が武器を掲げて勝鬨の声を上げる。

勝鬨の声に魔王軍はさらに動揺し、戦意がみるみるうちに下がっていくのが分かった。

「黙れっ！」

戦場全体から巻き起こる勝鬨の声を、一喝で黙らせたのはガリオスの咆哮《ほうこう》だった。

「まだだ！　まだ終わってねぇ！　勝ちを誇るのなら、俺を殺してからにしろ！」

引くことを知らぬガリオスが叫んだが、無意味な叫びだ。

「敗北を悟れ、ガリオス！　貴様とて、もはや戦えまい」

エリザベートはガリオスの両腕を見て言った。

切断された両腕は出血こそ止まったものの再生せず、桃色の肉をのぞかせている。

激戦の果て、ガリオスとて体力の限界がきているのだ。

「武器どころか両腕すらなく、逃げることも出来ない。お前は敗北したのだ。敗軍の将ならば、潔くせよ」

「それがどうしたぁ！」

エリザベートは更にガリオスに敗北を突きつけたが、ガリオスの心は折れなかった。

「武器がねぇ？　両腕がない？　帰る足がなくなった？　それがどうしたぁ！　敗軍の将は潔くだと？　潔くしてどうする！　オラァ！　戦う事しか能がねぇボンクラ共！　何をぼさっとしてやがる！　敵が目の前にいるぞ？　戦いやがれ！　お前らそれしか出来ねぇだろうが！」

ガリオスは戦場に向かい、意気消沈する魔王軍全兵士に向かって吠えた。

「武器がねぇ？　なら殴りかかれ！　両腕がねぇ？　なら噛《か》みつけ！　帰る場所がねぇ？　なら殺せ！　どうせテメェらいつか殺されて死ぬんだろうが！　なら殺される時も殺せ！　死ぬ瞬間まで戦え！　それが戦士の！　完成された死に方だろうが！」

ガリオスの慟哭《どうこく》の如き声に、私は絶句する。

「貴様、自分の願望に、全ての兵士を巻き込むつもりか」

「巻き込んで何が悪い！　嫌ならついてくるな！　俺は死ぬまで戦う！　それだけだ！」

ガリオスの吠え声に私はたじろぐ。

だがガリオスの声は戦場を揺るがし、戸惑う魔王軍に火をつけた。戦場のあちこちから雄叫《おたけ》びが上がり、意気消沈していた魔王軍が勢いを取り戻す。

「よぉし！　それでこそ俺の部下共！　ほら、いくぞ。両腕とった程度で勝ち誇るな！　掛かってこい、相手してやる！」

両腕なきガリオスが吠え、エリザベート達に向かって走る。同時に勢いを取り戻した魔王軍が、攻撃を再開する。これでは『恩寵《おんちょう》』も十分に効果を発揮できない。

「ロメリア様、お引きを」

シュローが退避を促す。私は理解出来なかった。

武器と両腕を失い、それでもなお戦おうとするガリオスも、勝機すらなくなったというのに、戦意を失わない魔王軍も、全てが理解不能の怪物だった。

両腕を失ったガリオスは、目を赤く染め、前傾姿勢となり太古の竜の如く猛《たけ》り狂う。

ガリオスは、エリザベートの守護の壁を食い破り、エカテリーナの電撃を受けても怯《ひる》まない。体当たりにオットーとカイル、呂姫《りょき》が吹き飛ばされ、人形のように宙を飛ぶ呂姫にエカテリーナも巻き込まれ倒れる。

「化け物め！」

私は吐き捨てることしか出来なかった。

戦場でも魔王軍の勢いが増し、必死で戦う親衛隊やカシュー守備隊を呑《の》み込もうとしていた。戦術も何も無い、ただ勢いのみの突撃。手負いなのに、生き残る見込みなどないというのに、なぜそこまで抵抗するのか。

「GYAAAAAAAAAAAAAAAAAA！」

ガリオスが竜の如く吠え、赤くなった双眸《そうぼう》がエリザベートを捉える。

「エリザベート！　危ない！」

私は馬を走らせ、エリザベートを救おうと飛び出す。剣を構えるアルがガリオスに斬り掛かり、シュロー、メリル、レットの三人も行く手を阻もうと遮《さえぎ》る。

ガリオスの体に四本の剣が突き立てられるも、ガリオスの突進は止められない。ロメ隊四人を吹き飛ばし、ガリオスは私とエリザベートに迫る。

馬がガリオスに驚き、嘶《いなな》いて立ち上がる。私は馬にしがみ付いていられず、落馬してしまう。

落馬した私とエリザベートの眼前に、竜の如きガリオスの顔が迫る。

その時、ガリオスの顔に光球が突き刺さり、小さな爆発が起きた。

顔で爆発が起きたというのに、痛痒《つうよう》にも感じぬとガリオスはひるみもしない。だが破壊の光球は次々とガリオスに飛来し、体で何度も爆発が起きる。

ガリオスに向かって爆裂の魔法を放ったのは、エカテリーナではなかった。彼女はまだ起き上がろうとしているところだった。

ガリオスが竜の顔で魔法の飛来した方向を見る。

そこは森の切れ端だった。森の手前には魔道具である杖を構えた数人の魔法兵がいた。

なぜあんなところに魔法兵がいるのか、私には分からなかった。カシュー守備隊に魔法兵はいないし、親衛隊も全ての戦力を戦いに注ぎ込んでいるはずだった。

突如現れた魔法兵に、ガリオスが竜の咆哮《ほうこう》で彼らを威嚇《いかく》する。

魔法兵は身を竦《すく》ませるが、その背後の森から、幾人もの兵士が槍《やり》を構えて飛び出してくる。

中には真紅の布に黄金の獅子《しし》の紋章が描かれた旗を持っている者もいた。

「親衛隊か！」

私は喜びの声を上げた。森で魔王軍と戦っていた親衛隊が、ようやく到着してくれたのだ。

戦場に現れた親衛隊の数は約三千人。その中には魔法兵や弓兵も多くいる。

彼らは盛り返す魔王軍に向かって突撃し、押し返し殲滅《せんめつ》していく。

「GYAAAAAAAAAAA！」

多くの魔族が討ち取られていく中、未だ抵抗をやめないのがガリオスであった。

命尽きるまで戦うと、猛《たけ》り狂っている。

遠間から魔法兵が爆裂の魔法を放つも、ガリオスの動きは止められない。

だがガリオスも不死身ではないはずだ。あと一押しで倒せる。

私は周囲を見回した。

すでにオットーは倒れ、カイルも気を失っている。呂姫《りょき》も倒れたまま動けないでいた。アルは満身創痍《まんしんそうい》、エカテリーナもふらついている。シュロー、メリル、レットがなんとか対抗しているが、今日まで戦線離脱していた彼らに、ガリオスは荷が重すぎる。

「エリザベート！　エカテリーナと呂姫の治療を！」

私は対抗出来そうな二人の治療を頼む。

エリザベートが二人の下に向かうが、私の前を守っていたシュロー達が吹き飛ばされる。見ればガリオスが私の前に迫っていた。竜の巨大な口が、私の視界を覆いつくす。

だがその時、大きな影がガリオスと私を覆う。見上げると翼竜の一頭が私達目掛けて急降下をしていた。その背には蒼い鎧《よろい》を着たレイがしがみ付いている。

「ロメリア様！」

レイが叫びながら翼竜の背を蹴《け》って飛び降り、ガリオスの背に槍《やり》を突き立てる。

ガリオスが獣の悲鳴を上げて暴れ回り、背中のレイを振り落とす。ガリオスの背から飛び降りたレイは、剣を抜き構える。

「アル、行けるか！」

レイは左にいる相棒の名を呼ぶ。

「行けるに決まってるだろうが！」

アルも負けじ剣を構える。

「うぉおおおおおおぉぉぉぉぉ！」

アルとレイが雄叫《おたけ》びを上げて剣を振りかぶり、ガリオスに渾身《こんしん》の一太刀を繰り出す。

アルが右肩から左脇に、レイが左肩から右脇に切り裂く。

胴鎧《どうよろい》ごと胸を交差する形で切り裂かれ、暴れ回っていたガリオスがその動きを止めた。

喉《のど》を見せ、真上を見上げ、そしてゆっくりと後ろへと倒れていく。

どぉんと大地を揺るがせ、ついにガリオスが倒れた。

勝った？　その場にいた誰もが、その言葉を紡げないでいた。呟《つぶや》いた瞬間にガリオスが起き上がり、また暴れだすのではないかと思うほど、ガリオスは不死身の化け物だった。

だがどれほど経《た》っても、ガリオスは起き上がる気配を見せない。

勝った。そう思いかけた時、巨大な影が再度私の頭上にかかる。見上げれば一際巨大な翼竜が、急降下してきていた。その背には白い服を身に着けた、小柄な魔族と騎手が見える。

小柄な魔族は杖を振りかざし、地に伏すガリオスを指し示していた。

墜落するかのように翼竜が急降下したかと思うと、その鉤爪《かぎづめ》でガリオスを鷲掴《づか》みにする。

ガリオスを摑んだ翼竜は急上昇し、この場から離脱しようとする。

「逃すかぁぁぁぁぁ〜！」

叫んだのはエカテリーナだった。怒りの形相で愛用の杖を振りかざすと、膨大な魔力と共に杖に金色の魔法陣が描かれる。

杖の先端からは特大の稲妻が迸《ほとばし》り、ガリオスを摑んで逃げようとする翼竜に直撃した。

電撃に打ち据えられた翼竜は姿勢を崩し、山の谷間へと落下していった。

「勝った……わね」

声の呟きに目を向けると、いつの間にか呂姫《りょき》が側《そば》にいた。

言われてようやく実感が湧いてきた。戦場を見れば、森から出て来た親衛隊三千人は魔王軍を討ち倒し、ほぼ殲滅《せんめつ》していた。

ガリオスの号令のせいで、逃げる魔族がいなかったためだ。つまり勝った、勝ったのだ。緊張していた私はようやく安堵《あんど》の息を吐き、改めて呂姫とエカテリーナ、そしてエリザベートを見た。四人の視線が絡み合い、互いに戸惑いの瞳を見せる。

なんというか、どんな顔をしていいか分からなかった。

互いに含むところがある間柄だ。しかしガリオスと戦う間は協力し合っていたのだから、過去のことは全て水に流し、普通に振る舞うべきだろう。

私はそう考え、喉《のど》を一つ鳴らして呂姫とエカテリーナを見た。

「やぁ、二人共。お疲れ、大変だったね」

私は努めて普通に振る舞い、明るく声を掛けた。しかしそんな私を見て、二人、いや、エリザベートを入れた三人は顔をしかめて見合わせる。

「全く、この子は……」

「変わらないわよねぇ」

「そーいうところよ」

呂姫、エカテリーナ、エリザベートの三人からため息とダメ出しが漏れる。

「あのね、貴方《あなた》は私達に仲間外れにされたのよ。怒りなさいよ、恨みなさいよ、文句の一つぐらい言いなさいよ！」

「叩かれる覚悟ぐらいはしてたんだけどねぇ～」

「まぁ、叩いたら逆に叩き返すんだけど」

呂姫《りょき》、エカテリーナ、エリザベートの三人の言いようは私には理不尽だった。

「でも、喧嘩《けんか》しても意味ないし、恨み言を言っても、何も解決しないし」

私としては、復讐には興味がなかった。

「だから、喧嘩した上で仲直りを……ってもういい！」

「何事もなかったように話されるとね〜」

「そーいうところよ」

私が一言なにかを言うと、三人から集中砲火を受ける。解せぬ。

「まぁ、いいわ。昔のこと引きずってもいいことないし。久しぶりね、ロメリア」

「お久しぶり〜。ちょっと痩せた？」

呂姫とエカテリーナが、呆れながらも笑い返してくれる。エリザベートも苦笑いから本当の笑顔に変わっていった。

なんだか納得がいかないところもあるが、仲直り出来たらしい。なら、私も空気を読んで笑うべきだろう。

「うん。久しぶりだね」

私は三人に笑顔を向けた。

こうしてまた四人が揃う日が来るとは、夢にも思わなかった。

ガリオス率いる魔王軍が、セメド荒野で討ち取られていくところを、アンリは山の上から見下ろしていた。

アンリは南方のフラム地方を荒らしていた魔王軍の討伐に向かったが、突如魔王軍が姿を消し、同時に北東のグラハム伯爵領へと飛ぶ翼竜の姿が目撃された。

アンリの決断は素早く、すぐさま翼竜の後を追った。

しかし強行軍の甲斐なく、到着した時には戦はすでに終わりを迎えていた。

エリザベートに与えた親衛隊五千人と、ロメリア騎士団が結託し、ガリオス率いる魔王軍を掃討《そうとう》していた。

そして戦場では、ガリオスを討ち取ったエリザベートを始め、エカテリーナに呂姫、そしてロメリアが揃い、笑い合っていた。

かつての仲間達が手を取り合う光景を、アンリは一人遠くから眺め、踵《きびす》を返した。

「帰るぞ」

アンリは命じた後、エリザベート達とは合流せずに王都へと帰還した。

その横顔は、怒りに満ちていた。

終章
～英雄と聖女の唄～

王国に侵入した魔王軍を討伐し、王都に凱旋《がいせん》を果たしたエリザベートは忙しくも充実した日々を過ごしていた。

王国は活気に満ち、毎日がお祭り騒ぎのような賑わいを見せていた。

全ては魔王の実弟ガリオスを、セメド荒野の戦いでエリザベートがロメリアと共に討ったことに起因する。

魔王軍を倒して回るロメリアは人気があった。しかし一方で王家との不和も知られており、王家を気にして公然とロメリアを讃《たた》えることが出来ず、国民の心情は二分していたのだ。

だがセメド荒野の戦いでガリオスを討った一件は、エリザベートとロメリアの融和を象徴する出来事となり、分裂していた国民感情を一つにまとめる形となった。

魔王の弟を討つという国家的な大勝利を、気兼ねなく祝えることに民衆は喜んでいた。さらに数日後には七十年目となる建国式典を控えており、国を覆う熱気は冷めるどころか高まる一方だった。

浮かれているのは、自身の部屋で仕事をこなすエリザベートも同じであった。ロメリアとのわだかまりがなくなっただけでなく、王国の内政もよい方向に進んでいたからだ。

国内の魔王軍の脅威が一掃されたことで治安は向上したし、ロメリア寄りだった地方領主達も、セメド荒野の戦いを好意的に見ており、王家に対して恭順の意を示している。

エリザベートのお茶会も順調で、これまで難航していた交渉や根回しが楽に進むようになった。おかげで話し合うことが多く、仕事に忙殺されるようになってしまったが、うれしい悲鳴ということにしておこう。

王家、ロメリア、地方領主が同じ方向を向くことで、王国はまとまりつつあった。各騎士団に影響力を持つザリア将軍と、教会の実質的指導者であるファーマイン枢機卿《すうきけい》長が王家に対して不服従の姿勢を見せているが、十分対処可能な問題となっている。

「王妃様、そろそろお茶の時間です」

侍女のマリーが、仕事をするエリザベートに次の予定を教えてくれる。

「もうそんな時間でしたか。では陛下の下に行きましょう」

エリザベートはマリーを連れて、執務室で仕事をこなすアンリ王を訪ねる。

ノックをして部屋に入ると、アンリ王が文官や武官と共に仕事に精を出していた。

「ん？　どうかしたか？　エリザベート」

書類に記入していたアンリ王は、仕事中に入室してきたエリザベートに向かって顔を上げた。

以前はエリザベートが執務室に来ることを嫌っていたが、最近は嫌な顔を見せない。その仕事ぶりも落ち着いたもので、以前のように声を荒げることもなくなった。

「いえ、お茶の時間ですので」

「おお、もうそんな時間か。では少し休憩しよう。皆も休んでくれ」

エリザベートが休憩を提案すると、アンリ王はすんなりと受け入れた。以前は無かった柔和さに、家臣達も仕事がしやすそうだった。

部屋に入りマリーが家臣達のお茶を淹《い》れる。アンリ王にはエリザベートが自らお茶を淹れ、茶器を差し出す。

「うん、相変わらず美味しい」

お茶を一口飲み、微笑《ほほえ》みながらアンリ王は褒《ほ》めてくれる。

セメド荒野の戦い以降、アンリ王はこれまでにはなかった落ち着きを見せるようになっていた。てっきり敵と戦えず、不満を爆発させるものと思っていたが、先に帰国していたアンリ王は人が変わったように平然としていた。

それは周りにとっては良い変化であった。

以前のアンリ王はなんでも自分で考え、決定を下さなければ気が済まなかったが、最近は家臣に任せることが多く、自らは一歩後ろに引いて、監督する立ち位置を取るようになった。

家臣達からは慕われるようになり、政務も少しずつ成果を上げていた。この統治が長く続けば、善王と名を残すことも出来るかもしれなかった。

すべては良い方向に進んでいる。進んでいるはずなのである。

しかしエリザベートは、今のアンリ王に言い知れぬ不安を抱えていた。

「ん？　どうかしたか？」

エリザベートがじっと顔を見ていることに、アンリ王が不審に思い小首を傾《かし》げる。その眼差しと言葉は優しいのだが、どこか空虚さを感じさせた。

「いえ、その……建国式典のことですが、ロメリアも出席させてよかったですか?」

エリザベートはアンリ王に何があったのか尋ねようとしたが出来ず、つい話題を逸《そ》らしてしまった。

「ああ、構わない。ガリオスを討ったのであれば、もはや認めぬわけにもいかぬ」

ロメリアと聞いても眉一つ動かさないアンリ王を、エリザベートはやはり不審に思う。だが理由を尋ねることがどうしても出来なかった。

「ああ、そうだ、ガリオスの死体を捜しに行った捜索隊から報告が来ていた。墜落したガリオスだが、どうやら翼竜ごと川に落ちて流されたらしい。翼竜の死骸《しがい》は下流で見つかったそうだが、肝心のガリオスの死体は発見できなかったそうだ」

アンリ王が捜索隊の報告を教えてくれる。その報告にエリザベートは震えた。

ガリオスが死んだと思いたいが、死体が出ない以上、安心は出来なかった。

「死体は出なかったが、死んでいるだろう。なに、そう不安がるな」

アンリ王が、震えるエリザベートを安心させるため軽く抱擁した。

抱き合う二人を、家臣達が笑って見守る。一見すると仲の良い夫妻に見えるだろう。しかし夫に抱かれた瞬間、エリザベートは大きな喪失を感じた。

アンリ王の変化は良いことのはずである。

以前のアンリ王は荒々しく、妻であっても怖い時があった。しかし時折見せる優しい笑顔や言葉には胸が熱くなり、抱擁されると愛情を感じた。

今のアンリ王はいつも優しいが、抱きしめられても何も感じない。

「陛下……」

エリザベートはアンリ王を見る。優し気《げ》な顔は何を考えているのか分からなかった。

「よし。では皆の者、そろそろ仕事を再開しよう」

アンリ王が茶器を置き仕事を再開したので、エリザベートは引き下がるほかなかった。

「よかったのですか、王妃様？」

部屋を出たあと、侍女のマリーがエリザベートの内心を心配する。

アンリ王とは、よく話をしなければいけなかった。だがエリザベートは話し合うことが怖かった。アンリ王の心を確かめてしまえば、全てが壊れてしまう気がしたからだ。

「また今度話します。それより、子供達の部屋に行きましょう。今日はエカテリーナと呂姫《りょき》が来ていることですし」

エリザベートは問題を先送りし、この間再会した友人達のことを思い出す。二人とは一緒に王都に戻り、建国式典まで王宮に逗留《とうりゅう》してもらっている。そして息子のアレンとアレルを紹介したのだ。

「二人は信頼出来るのですが、子育ての経験がありませんから少し心配です」

「そうですね。王子様達は、なかなか気難しいですから」

エリザベートの言葉に、マリーが頷《うなず》く。

兄のアレンは泣き虫で、エリザベート以外にはあまり懐かない。魔王軍討伐に出ていた折は毎日のように泣いていたらしい。一方で弟のアレルは泣くことはないのだが、笑いもしない。不機嫌になると口を固く閉ざし、ご飯をあまり食べなくなる。こちらもエリザベート不在の時は、侍女や乳母を困らせていたそうだ。

息子達は人見知りが激しく、初めて会った人には懐かない。

今頃エカテリーナと呂姫は、慣れない子供の扱いに苦慮している事だろう。

急いで子供部屋に向かうと、廊下にまで声が聞こえてきた。しかし聞こえてきたのは子供の泣き声ではなかった。

「ほーら、魔法の電撃で生み出した蝶《ちょう》の絵よ〜」

「よし、見ていろ。今から指先一つでこの石を砕いてみせる。大事なのは気の集中だ」

部屋からはバチバチと弾ける音と共に、石を粉砕する破壊音が聞こえてきた。

「おやめくださいエカテリーナ様。室内で電撃は……火が、火が！」

「呂姫様、危のうございます。石の破片が！」

聞こえてきたのは、エリザベートの予想とは違う悲鳴だった。

エリザベートはマリーと目を見合わせ、急いで子供部屋に駆け寄り扉を開ける。するとそこには驚きの光景があった。

空中にはエカテリーナが生み出した紫電が迸《ほとばし》り、床には呂姫《りょき》が持ち込んだのか、へし折られた木材や砕かれた石が散乱していた。

部屋の中央ではエカテリーナが杖を振り魔法を発動させ、その横では呂姫が徒手空拳で構えをとり、指で岩を砕く。

カーテンや床は焼け焦げ、消火のためか水に濡れていた。窓や調度品の壺《つぼ》も、石の欠片が飛び散ったのか、あちこちが割れてその破片が散乱していた。

侍女達は火を消し、無事な調度品を守ろうと必死になって走り回っているが、元凶であるエカテリーナと呂姫はどこ吹く風。目の前にいるアレンとアレルしか見ていない。

一方で泣き虫のアレンは目の前で繰り広げられる魔法を見て、キャッキャキャッキャと笑っていた。そしてアレルはというと、呂姫が見せる技を座りながら食い入るように見つめ、時折手を突き出し、呂姫の真似をしていた。

「おかえりエリザベート。アレン王子は魔法の才能がある。私が言うんだから間違いない」

エカテリーナが杖を放り出してアレンを抱き上げる。普段は高い高いをすると、怖がって泣くアレンだが、エカテリーナのことを気に入ったのか、全く泣かない。

「エリザベート。アレル王子には武人の素質がある。さすがアンリ陛下のお子様だ」

呂姫が生後一年も経《た》たないアレルを捕まえて、太鼓判を押す。

「おっ、王妃様……何とかおっしゃってください」

エカテリーナと呂姫は笑っているが、部屋にいた乳母は顔を青くしていた。火消しに奔走《ほんそう》している侍女達も信じられないと驚愕に顔を硬直させている。

母親としては怒るべきなのだろう。だがこの光景を見て、エリザベートはなぜか笑いだしてしまった。

「おっ、王妃様？」

突然笑いだしたエリザベートに、周りの侍女や乳母達が驚いているが、エリザベートは笑いを止められなかった。

アレンとアレルの未来は、王族としてこの国を支え、王座に就く以外にはない。ずっとそう思っていた。

しかし王位や王座といったしがらみを捨て、自由に生きるという道が、息子達にあってもいいかもしれなかった。

そんな未来はありえないと分かっていたが、エリザベートはその未来を夢想した。


エリザベートが子供達の前で笑った日の夜。一台の馬車が、王都の外へと向かって走っていった。人目を忍ぶように走る馬車は、都のはずれにある一軒の廃屋の前で停車した。

馬車の扉が開くと、外套《がいとう》を着た男が頭からフードをかぶりランタンを片手に降りてくる。男が周囲を見渡すが、人の気配はない。だが廃屋の前には、二台の馬車が停車していた。

フードの男は周囲を見回した後、廃屋の中へと入っていった。

ランタンの明かりを頼りに廃屋の中を進むと、奥の部屋から光が漏れていた。その光を目指して進むと、部屋には二人の男性が椅子に座っていた。二人は同じく外套を着てフードをかぶり顔を隠している。一人は背が小さく痩せ形で、もう一人は大きな体躯《たいく》をしていることが外套の上からでも分かった。

「待たせたようだな」

最後にやってきた男が、先に来ていた二人に声を掛ける。

「いいえ、私達も先程来たところです」

小柄な男が答えた。

「そうか。しかしよく集まってくれた。ファーマイン枢機卿《すうきけい》長、そしてザリア将軍」

名前を呼ばれ、二人の男が立ち上がりフードを取る。そこには顔に皺《しわ》が刻まれた僧侶と、巌《いわお》のような武人の顔があった。

「いえいえ、貴方《あなた》様のお呼び出しに応じない訳にはいきませんから、アンリ王陛下」

ファーマイン枢機卿長が恭《うやうや》しく頭《こうべ》を垂れる。最後にやってきた男がフードを外すと、金髪に青い瞳を持つアンリ王の顔があらわとなった。

「それで、我らをこのように呼び出し、一体なんの御用でしょうかな？」

ザリア将軍が低い声で尋ねる。

「呼んだ理由はただ一つ。ロメリアについてだ」

アンリは一人の女の名前を出した。

その名前にファーマイン枢機卿長とザリア将軍は目を細める。二人にとってもロメリアの存在は無視出来ぬものとなっていた。

教会の拝金主義を批判する声は日増しに大きくなり、ロメリアは反教会の旗頭となりつつあった。そしてガリオスを撃破したロメリア騎士団は、王国最強と謳われはじめ、これまで最強騎士団と呼ばれていた黒鷹《こくよう》騎士団を超えようとしていた。

「ロメリアの人気は日増しに高まり、その力は強まっている。このままでは王国が奴に乗っ取られる。王国を救うために、諸君らの力を借りたい」

アンリ王は椅子に座り、ファーマイン枢機卿長、ザリア将軍と膝《ひざ》を突き合わせる。

そして始まった密会の声は小さく。話の内容は夜の静寂に消えていった。


建国式典当日、王都の空は雲一つない快晴となり、絶好の祝典日和だった。

青い空には、魔法の祝砲が放たれ、白い煙を上げて建国七十周年を祝っていた。

　エリザベートは王妃として式典に参加しなければならなかったが、まだ会場入りはせず、城の離れにある離宮の庭園にいた。

「ほら、アレン王子様。これが炎の魔法で作った竜ですよ～」

　庭園の芝生の上では、エカテリーナが杖を振るい、炎で竜を生み出してみせる。高度かつ繊細な魔法であり、膨大な魔力と知識を持つ、エカテリーナならではの魔法と言えた。

　エカテリーナの魔法を見て、泣き虫のアレンが手を叩く。

「よしアレル王子、よく見ろ。これが無拍子だ」

　エカテリーナから少し離れたところでは、呂姫《りょき》が緩く拳を構えたかと思うと、突きを放った。しかしエリザベートの目には、呂姫の拳が見えなかった。

　エリザベートに見えないのだから、幼いアレルに見えるはずもない。しかし呂姫の前に座るアレルは口を開けながら、じっと呂姫を見ていた。

　アレンと同じようにアレルがこんなに人に興味を示すのも珍しく、エカテリーナと呂姫には、毎日子供の面倒を見てもらっている。

「悪いわね、呂姫、エカテリーナ」

「いいのよ、あんたも大変でしょう」

「気にしないで～　子供達の面倒は私達に任せてくれていいから～」

　エリザベートの言葉に、呂姫とエカテリーナはそう言ってくれる。

「ごめんなさい、式典の間もお願い出来る？」

二人の好意に甘えてしまってはいけないと思うが、今は二人に頼るしかなかった。

現在、王都ではファーマイン枢機卿《すうきけい》長とザリア将軍が妙な動きを見せていた。二人が何者かと、密会を重ねているという情報が入っているのだ。

誰と会っているのか、密偵を放ち調べさせているが、未だに情報がつかめない。謀反《むほん》が計画されているかもしれず、その場合標的としてアレンとアレルが狙われるかもしれなかった。

ファーマイン枢機卿長とザリア将軍が相手であれば、いつどこに刺客が潜んでいるか分からず、誰が裏切っていても不思議ではない。

その点、エカテリーナと呂姫なら信頼出来る。何より二人は大抵の刺客や兵士より強い。アレンとアレルが懐いていることからも、二人以上に息子達を任せられる者はいなかった。

「エリザベート、ここにいたのか。そろそろ式典の時間だぞ」

名前を呼ばれて振り返ると、そこにセルゲイ副隊長と四人の親衛隊を連れたアンリ王がいた。

「ん？　エカテリーナに呂姫。今日も子供達の相手をしてくれているのか？　すまないな」

アンリ王がかつての仲間に礼を言う。

「いえ～、気にしないで下さい。アレン王子は魔法が好きなようで～」

「アレル王子は君に似て、武芸の才能があるぞ」

エカテリーナと呂姫の言葉に、アンリ王は頬《ほほ》を緩めた。

「そうか、なら君達を王子の教師にするかな?」

アンリ王が冗談を言う。そして子供達の前に行って、アレンとアレルを抱き上げた。

子供達は父親に抱かれ、うれしそうに笑っていた。

その姿を見て、ふとエリザベートは、アンリ王が子供を抱くのは久しぶりだということに気付いた。

アンリ王は子供が嫌いという訳ではなく、よく顔を見に来てくれる。だが抱くことはあまりなかった。

貴重な親子の時間をエリザベートが眺めていると、アンリ王の背後にいたセルゲイ副隊長が、式典が行われる城の方を見る。

「陛下、そろそろお時間です」

「ああ、そうだったな」

アンリ王は子供達を下ろす。せっかくの時間を邪魔されたが、彼らも仕事だ。

「エカテリーナ、呂姫《りょき》。子供達を頼んだ」

「はい、お任せください」

「任せてくれ」

念を押すようなアンリ王の言葉に、エカテリーナと呂姫が頷《うなず》く。

子供達を二人に任せ、エリザベートはアンリ王と共に城へと向かった。

「陛下、先程のことですが、陛下がアレンとアレルを抱かれるのを久しぶりに見ました」

エリザベートは子供達を抱く夫の姿を思い出した。

「ああ、そうだな。実を言うと、子供達を抱くのが怖かったのだ」

「怖い？　魔王ゼルギスを倒した英雄が、子供が怖かったのですか？」

エリザベートは少しおかしかった。

「ああ、怖かった。英雄から、父親になってしまうことがな」

「そんなことを……考えておられたのですか？」

エリザベートにはアンリ王の言葉は予想外だった。父親の自覚が持てないと言うならまだ分かるが、英雄から父親になることを恐れるとはどういうことだろう？

「英雄から父親になると、いけないのですか？」

「いけないということはない。だが私は、一度父親になってしまえば、二度と英雄になれなくなるような気がしたのだ」

「そう……なのですか？」

エリザベートはよく分からなかった。

アンリ王との夫婦仲が冷え切った時、何とか改善しようと多くの人に話を聞いた。その折、世の中にはいろんな男性がいることを知ったが、こんな話は初めて聞いた。

「エリザベート。私は英雄になりたかったんだ」

「何を言われるのです。陛下はすでに英雄です。それを疑う者はおりません」

エリザベートは本心からそう答えた。

アンリ王はまさしく英雄である。

人類の危機とも言える状況の中、海を渡り敵地に潜入し、魔族の王と決闘の末討ち倒した。これを英雄と呼ばずになんと言うのか。古今東西、歴史上の将軍や神話の英雄にすら比肩する偉業だ。アンリ王の名は、千年先の歴史書にも記されることだろう。

「確かに私は英雄的な偉業をなした。だがそれは私の力ではない。君達の力があったからだ」

謙虚なアンリ王の言葉だが、エリザベートは言い知れぬ不安に襲われた。

「そ、それは、仲間ですから。助け合うのは当然のこと……」

「違う。そうではない。そうではないことを、君達は知っているはずだ」

「へ、陛下。それはどういう……」

エリザベートは言葉の意味を問いただそうとしたが、間の悪いことに、二人の歩みは式典が行われる謁見《えっけん》の間に到着してしまった。

「アンリ王陛下、エリザベート王妃、御成」

扉の脇に立っていた兵士が、アンリ王とエリザベートの入場を告げる。

謁見の間に入ると左手には大きな窓がありバルコニーが見えた。外には広場があり、国中の騎士団と、多くの民衆が建国式典に参加するため集まっていた。

右を見ると広間があり、窓と対面する形で玉座が置かれている。広間の両脇には貴族の紳士淑女が集まり、入場してきたアンリ王とエリザベートに対して頭《こうべ》を垂れていた。そのなかにフアーマイン枢機卿《すうきけい》長とザリア将軍の顔もあった。

エリザベートはアンリ王に先程の言葉の意味を尋ねたかったが、すでに状況がそれを許さなかった。

アンリ王が玉座につき、エリザベートは玉座の左後ろに置かれた王妃の椅子に腰掛ける。

エリザベートは前に座るアンリ王の横顔を見たが、何を考えているのか分からない。今日まで踏み込んだ会話を避けていたが、さすがにこのままという訳にはいかなかった。

エリザベートはこの後の予定を思い出す。

建国式典はこの後、王が貴族達に祝賀を述べ、その後はバルコニーに出て、集まった騎士団と民衆に演説する手はずになっている。演説を終えれば宴《うたげ》となり、少しは話が出来るはずだ。

その時、アンリ王の真意を何としてでも聞きださなければならなかった。

「皆の者、よく集まってくれた」

アンリ王が立ち上がり、集まった貴族達に祝賀を述べ始める。

エリザベートも拝聴していると、広間の壁際を一人の男が、身を屈めながら駆け寄ってくる。エリザベートが使っている密偵の一人だった。

密偵はエリザベートの背後に立つと、そっと一枚の紙を差し出した。式典の最中ではあっても、知らせるべきと判断して持って来たのだ。

エリザベートはすぐに内容を確認する。そこには、驚くべきことが書かれていた。

衝撃のあまりエリザベートは呼吸が出来ず、今何が起きているのか分からなかった。

気が付けば、いつの間にか祝賀の言葉を終え、アンリ王は玉座についていた。

「へ、陛下……」

不安と驚きのあまり、エリザベートの声は細く小さかった。だが、その声はアンリ王の耳に届き王が振り向く。

「あ、貴方《あなた》は……貴方は一体何を……」

エリザベートは、震える手で密偵から受け取った報告の紙を掲げた。

紙にはファーマイン枢機卿《すうきけい》長とザリア将軍が、密会している相手の名が記されていた。

その人物は何を隠そう、目の前にいるアンリ王だった。

アンリ王が政治的な仇敵《きゅうてき》と言える、ファーマイン枢機卿長やザリア将軍と密会をしている。

もはやエリザベートの想像の埒外《らちがい》だった。

なんのために三人が集まり、何を話していたのか想像もつかない。だが、一つだけ言えることは『何か』が起きる。それだけは間違いなかった。

「何を、しようとしているのです」

エリザベートの震える声に返事はなく、アンリ王はただ微笑《ほほえ》みを返した。

その瞬間、エリザベートは理解した。三人が共謀して『何か』を起こす。その『何か』は今これから起きるのだと。

エリザベートは周囲を見た。この部屋には家臣や国の主だった貴族が集まっている。だがそれにしては警備の数が少ない。王の手足といえる親衛隊の姿が見えない。アンリ王を警護していたセルゲイ副隊長のほか、数人がいるだけだ。

彼らは守るべき王の側《そば》を離れて、何をしているのか？

エリザベートの思考が姿の見えない親衛隊に向いた時、アンリ王が立ち上がりバルコニーに向かう。その足取りは早い。

エリザベートはすぐに気付いた。

演説だ。アンリ王は演説で『何か』を言うつもりなのだと。

「待って、待ってください」

エリザベートは慌てて立ち上がり、アンリ王を止めようとした。

だが、アンリ王は足を早め、逃げるようにバルコニーに出てしまった。

アンリ王につられて、エリザベートもバルコニーに出ると、広場に集まった数万を超える民衆が、割れんばかりの歓声と拍手でもって出迎えてくれる。

エリザベートの後ろからは、貴族や家臣達、そしてファーマイン枢機卿長とザリア将軍も続いて出てくる。

アンリ王がこれから『何か』を言う。だがもはや止める術《すべ》がない。王が数万の民衆の前で話したことは、たとえそれが家臣や貴族達の承認を得ていなかったとしても、公式の発言となり取り消せない。

何が話されようと、エリザベートもはや耐えるしかなかった。

民衆が静まるのを待ち、アンリ王が口を開く。

演説が開始された。

バルコニーへと出たアンリは、眼下に広がる広場を見下ろした。

広場には王国の騎士団が集い、旗を並べていた。黒地に金の鷹《たか》が描かれた黒鷹《こくよう》騎士団。青い旗に狼の意匠の青狼騎士団。赤い月の紋章を掲げる赤月騎士団。他にも王国を代表する騎士団が、それぞれ選り抜きの精鋭百人を式典に参加させている。

連なる旗の中には、白地に鈴蘭《すずらん》の旗もあった。旗の下には白い鎧《よろい》を着たロメリアと、カシュー守備隊が整列している。カシュー守備隊はセメド荒野の戦いで功績があったということで、生き残った七百人の兵士全てに式典に参加する栄誉を与えた。

アンリは旗の下に立つロメリアを見た。

戦場でも見たが、白い鎧は美しいものの装飾は少なく、実用主義は相変わらずのようだ。

アンリは視線をさらに外に向けると、整列する騎士団の外側には、数万人の民衆が集まっていた。皆がこの建国式典を祝いに来ており、アンリの登場に拍手喝采を送り、歓声を上げてくれていた。

アンリは民衆に手を振りながら、歓声が静まるのを待ち、軽く咳払いをしてから口を開いた。

「こうして建国七十年目を、諸君と共に祝えてうれしく思う。それに先日は王妃エリザベートが、ロメリア伯爵令嬢と共に、魔王の実弟ガリオスを討ち倒すという快挙を成し遂げた。誠に喜ばしいことだ」

アンリは事前に作られた草稿を読み上げただけだが、エリザベートとロメリアを讃《たた》える内容に民衆は喝采を上げた。

「皆の助けがあれば、これからもライオネル王国は発展していくことだろう」

アンリが述べると、聴衆の中からは『英雄王のお陰だ！』と声が上がった。

声がした方向に向かって、アンリは軽く手を振って応えた。

英雄。そう、英雄になりたかった。

アンリが最初に英雄という言葉を知ったのは、子供の頃、寝る前に母に読んでもらった物語だ。物語の英雄に子供だったアンリは魅了され、いつか自分も英雄になると信じて疑わなかった。もちろん子供じみた夢だったが、魔王軍の出現が幻想に形を与え始めた。

怪物の様な魔族に、戦乱に荒廃する国土。まさに物語の冒頭そのものだった。

英雄になるのならば今だと、アンリは国を飛び出した。

思えばあまりにも無謀な旅だったが、何故かうまくいった。エリザベート達を仲間にしてからは、旅は更にうまく進み、ついに魔王ゼルギスを討ち取った。まさに英雄の偉業だった。

アンリ自身、自分のことを英雄だと思っていた。しかし……。

「英雄と呼んでくれてありがとう。しかし私は英雄ではない」

アンリが民衆に声を掛けると、また拍手が起こった。謙虚さの表れと受け取ったのだろう。

だがこれは偽らざるアンリの本心だった。

自分は英雄ではない。

エリザベート達がガリオスを倒す光景を目にした時、アンリはその事実に気付いてしまった。

彼女達の成したことは、まさに英雄の偉業だった。

一方で自分は魔王討伐以降、何も成せずにいた。

神に愛された英雄は自分ではなく、エリザベート達だったのだ。自分はただ、英雄のおこぼれをもらい、勘違いしていただけに過ぎないのだ。

その事実に気付いた時、アンリは自分の罪深さに震えた。

これまで自分は多くの犠牲を出してきた。英雄には必要な犠牲だと、気にすら止めなかった。

だが自分は英雄でも何でもなかったのだ。必要のない犠牲だったのだ。

英雄にあらざる者が英雄として振る舞った罪。それは償わなければならない。

「私は諸君に謝らねばならん。私はこれまでに多くの犠牲を出しすぎた。特に魔王軍の討伐に、時間をかけすぎたことは、全て私の責任だ」

アンリは民衆に頭を下げた。

これには民衆や、後ろで演説を聞いている家臣や貴族達からもざわめきが起きた。

草稿にないこと以上に、王が頭を下げるなど、あってはならないことだからだ。

だが頭を下げずにはいられなかった。自分の英雄願望のために、どれほど多くの犠牲を出してきたことか。

どんなに詫びても、許しては貰《もら》えない大罪だ。

「今後二度とこのようなことがないと約束しよう。その証拠として私は魔王軍と戦うことを目的とした騎士団を作るつもりだ。今残っている全ての騎士団を解体し、その力を結集した最大最強の騎士団！　魔王軍と戦うための騎士団！　退魔騎士団を結成する！」

アンリは力強く宣言した。すると今度は喝采と同時に動揺が起きた。

退魔騎士団の構想に民衆は歓声を上げていたが、居並ぶ騎士団の騎士達は戸惑い、顔を見合わせている。背後にいる家臣や貴族達も、寝耳に水の話にざわついていた。

アンリは後ろを無視し演説を続けた。

「そしてその退魔騎士団の初代団長を！」

アンリは一度言葉を切り、広場に立つ鈴蘭《すずらん》の旗、その下にいる白い鎧《よろい》を着た女性を見る。

「ロメリア伯爵令嬢に任命する！」

アンリは宣言と共に、鈴蘭《すずらん》の旗の下に立つロメリアを指差した。

宣言の後、広場は水を打ったような無音となった。

しかし次の瞬間、民衆からは割れんばかりの大歓声が起きた。

音が衝撃となって伝わるほど、民衆達は熱狂していた。だが眼下に集った騎士団や背後にいる貴族達は、驚きと不安に声も上げられなかった。

アンリは笑いながら振り返った。

「ん？　どうした？　何か気に入らないのか？」

アンリはエリザベートや家臣、そして貴族達を見る。

エリザベートは、何に驚けばいいのか分からないといった様子だ。家臣達は、こんな話聞いていないと目を丸くしている。

殺気立っているのが貴族達だ。自分達の騎士団が解体されると聞いては、心穏やかではないだろう。だが一番顔色を変えているのは。ファーマイン枢機卿《すうきけい》長とザリア将軍だった。

「はっ、話が違いますぞ！」

ファーマイン枢機卿長が、たまらず声を上げた。

確かに事前の取り決めでは、アンリは全く違う内容を話す予定だった。

「ああ、そうだったな。君が作った草稿とは、少し違ったな。たしか『ロメリアをローバーンへと送り込み、魔王軍に支配された土地を切り取る』だったな。壮大で英雄的なところは、実に私好みの文面だったぞ」

アンリは、ファーマイン枢機卿長が書いた演説の一部を語ってみせた。

それを聞いた、貴族達の視線が今度はファーマイン枢機卿長に集まる。

自分を英雄だと思っていた頃なら、得意満面で演説しただろう。だが酔いの冷めた頭で考えれば、馬鹿げた話だ。疲弊した国民を前に戦争継続を宣言すれば、下手をすれば暴動が起きる。

いや、それが二人の狙いだったのだろう。

「しかし、貴方《あなた》が言い出したことではありませんか。あの草稿は、アンリ王のためを思って」

「なら、お前達が謀反《むほん》を計画しているのも、私のためを思ってか？」

アンリが謀反を言い当てると、ファーマイン枢機卿長は目を見開いて驚く。

ロメリアを謀殺しようと、アンリはファーマイン枢機卿長とザリア将軍を呼び出したが、アンリが立ち去った後では、謀反の計画が練られていたのだ。

わざと暴動が起きるような演説をさせ、混乱に乗じて謀反を働く。それが彼らの計画であり、アンリの計画でもあった。

「い…一体、なんのこと、でしょうかな？」

ファーマイン枢機卿長は謀反を否定したが、その声は上ずり、目は彷徨《さまよ》っている。一方ザリア将軍はさすがに腹が据わっており、謀反を指摘されてからは無表情を貫いていた。

「お前達の謀反《むほん》の計画は全て摑《つか》んである。この部屋を見よ。私の手足である親衛隊が殆《ほとん》どいないだろう？　現在、謀反を計画した者達を逮捕しているところだ」

アンリが話すと、ファーマイン枢機卿《すうきけい》長は顔色を急変させた。

もっとも、これは嘘《うそ》だ。アンリは謀反の証拠など摑んでいない。だが謀反が計画されていると想像すれば、どこが襲撃されるかなどは予想がつく。あとは気取られぬよう、ギリギリまで何もせず、ここに来る前に親衛隊に命令を出し、市庁舎や兵器庫、街の門などを押さえさせた。

「今頃は、黒鷹《こくよう》騎士団の本隊を任されている、カレナ副将も捕縛されていることだろう」

黒鷹騎士団の名前をアンリが出すと、ザリア将軍の眉が動いた。

式典には黒鷹騎士団も参加しているが、その殆どは北の国境であるガザルの門を守護している。だが謀反に合わせて、彼らも王都に向かって来ているはずだ。

ただし、こちらは親衛隊の手が足りず、捕縛は全くの嘘だ。しかしザリア将軍を動揺させることは出来たらしい。

「ファーマイン、ザリア。お前達を許すわけにはいかん」

アンリは立ち尽くす二人を見た。

ファーマイン枢機卿長は教会の神聖性を穢《けが》し、ザリア将軍は国内の魔王軍を放置した。

ザリア将軍との確執は、自分にも原因がある。だがだからといって敵を放置し、民を苦しめたザリア将軍の行動は、騎士の誓いにもとる行為だ。決して許すことは出来ない。

この二人を王国から取り除くこと。それが自分のなすべき仕事の一つだ。

「大人しく謀反を認めて縛につけ。さすれば命だけは助けてやろう」

アンリは温情を示した振りをして、二人に自白を迫った。

謀反の証拠は摑んでいない。そのため多くの貴族の前で、謀反を認めさせる必要があった。

しかし長きにわたり権力の座についていた二人は、自分から口を割るようなことはしなかった。

やはりこれしかないか……。

アンリは静かに覚悟を固めた。

ファーマイン枢機卿長とザリア将軍。二人を王国から取り除くには、捕らえて裁判というやり方は不確実だった。政財界や軍部に強い繋《つな》がりを持つ二人のことだ。裁判をしてもうまく切り抜けてしまうかもしれない。

もっと決定的で、誰にも覆せない証拠が必要だった。

アンリはザリア将軍の腰を見た。左腰には将軍自慢の長剣が吊るされている。

本来なら城に入る前に、親衛隊が剣を預かるのだが、親衛隊に手を回し、ザリア将軍から剣を取り上げずにおいたのだ。

「謀反を認めぬか。ならば次は処刑台で会おう」

アンリは冷たく言い放ち、ザリア将軍を前に背を向けた。その瞬間、ザリア将軍から冷たい殺気が放たれる。ザリア将軍が、腰の剣に手を掛けたのが見ずとも分かった。

アンリは王の特権として剣を帯びている。その気になれば防ぐことも出来たが、アンリは何もせず、ただ背筋を伸ばした。

英雄にあらずとも、無様な死に方だけはしたくなかった。

アンリは目を閉じ、斬られる覚悟を決める。

背後で剣を抜く音が聞こえ、次の瞬間、鮮血が舞った。


アンリ王の演説を聞いてから、エリザベートの思考は停止したままだった。

全てが予想外で、どう対処していいのか分からなかった。

さらにアンリ王は、ファーマイン枢機卿《すうきけい》長とザリア将軍の謀反《むほん》の計画を言い当て、エリザベートを始め周囲にいた全員を驚かせた。

何もかもが分からなかったが、アンリ王がザリア将軍に背を向けた時、この人は死ぬつもりなのだと気付いた。

咄嗟《とっさ》にエリザベートはアンリ王の前に飛び出す。次の瞬間白刃が閃《ひらめ》き、エリザベートは右脇から左胸にかけて切り裂かれた。

大量の血が胸から溢《あふ》れ出し、王妃の白い衣を赤く染める。

突然の凶行に周囲では悲鳴が響き渡り、貴族達が一斉に逃げ出す。

エリザベートは痛みと出血に倒れそうになったが、なんとか体を支え、震える指でザリア将軍を指差した。

「誰か……この謀反人を捕らえよ……」

エリザベートはなんとかそれだけを言うと、後ろに倒れる。

倒れたエリザベートの体を受け止めたのは、呆然《ぼうぜん》自失となったアンリ王だった。

アンリ王は目を見開き、声ひとつ上げることが出来なかった。

エリザベートは自分を抱き抱えるアンリ王に、早くお逃げくださいと言おうとしたが、声にならなかった。アンリ王は顔面が蒼白となり、目の焦点が合っていない。何故こうなったのか分からないといった顔をしている。

ザリア将軍が血刀を振るい、仕留め損ねた王を再度狙う。だが槍《やり》が横から突き出されて刃を弾いた。親衛隊のセルゲイが槍を伸ばし、ザリア将軍の凶刃を阻んだのだ。

周囲ではファーマイン枢機卿長が、顔色を無くしていた。そして逃げる人に逆らって駆け付けた侍女のマリーが、傷口にエプロンを押し当てて必死に止血しようとしてくれる。

「ああ、エリザベート！　なぜ私などを助けたのだ！」

アンリ王は首を横に振り、喉《のど》から声を絞り出す。

「アン、に……げ……」

エリザベートはもう一度逃げてと言おうとしたが、言葉にならなかった。せめて邪魔にはならぬよう、体を前に倒し、アンリ王ではなくマリーに体を預ける。だがアンリ王は血に濡れた手をそのままに、動けないでいた。

周囲では逃げる人々を押しのけ、給仕服姿の男達が、短剣を手にこちらへとやって来る。ザリア将軍が潜り込ませていた刺客だ。

セルゲイ副隊長が四人の親衛隊と共に刺客と戦う。だが刺客の数の方が多い。

「アンリ王！　戦われよ！　このまま王妃と共に殺されるおつもりか！」

セルゲイの叫びが、忘我の表情を浮かべるアンリ王を現実に引き戻した。

「おのれ！　よくもエリザベートを！」

アンリ王が腰の剣を抜き、刺客達と切り結ぶ。魔王を倒したアンリ王の剣技は伊達《だて》ではない。一太刀振るうごとに短剣を砕き、刺客の命を刈り取っていく。

アンリ王を手ごわいと見た刺客の一人が、親衛隊の隙間を縫い、エリザベートの下へと向かう。

マリーがエリザベートに覆いかぶさり、斬られるのを防ごうとするが、刺客はマリーを力任せにはぎ取り、短剣をエリザベートに突きつけた。

「動くな！　少しでも動けば王妃を殺す！」

刺客がアンリ王と親衛隊を脅す。

「だ、め。です…たた、か…って……」

エリザベートはなんとか声を絞り出したが、アンリ王は剣を下ろしてしまった。

親衛隊は槍《やり》を下げなかったものの、どうしていいのか分からず穂先を彷徨《さまよ》わせる。

「よし、よくやったぞ」

人質をとったことにザリア将軍が、残忍な笑みを見せる。

「ファーマイン。何をしている。お前も働け！」

ザリア将軍の鋭い瞳が、エリザベートの周囲でおろおろとするファーマイン枢機卿《すうききけい》長を睨《にら》む。

ファーマイン枢機卿長の視線は、エリザベートとザリア将軍の間を行き来していた。

自信なく視線を彷徨わせるファーマイン枢機卿長は、父親代わりとして長く付き合いのあるエリザベートでも初めて見る顔をしていた。

しかし意を決した後、ファーマイン枢機卿長は右手を掲げた。すると右手に黒い光のようなものがあふれ、手を包み込んだ。

「いけ、ま…、に、げ……」

エリザベートは、必死にアンリ王に逃げてと伝えようとした。

ファーマイン枢機卿長が生み出した黒い光は、噂《うわさ》に聞く禁術、即死の術に違いなかった。あれがどれほどの威力を持つかは分からないが、教会がひた隠しにする術が、こけおどしのはずがない。

アンリ王が殺される。そう思ったが、ファーマイン枢機卿《すうきけい》長の手はエリザベートに短剣を突きつける刺客へと向けられた。

ファーマイン枢機卿長が小さく念じると、黒い光が刺客へと飛び、胸へと吸い込まれる。次の瞬間、刺客が口から血を吐き、その場に倒れ絶命した。

「なっ、ファーマイン！　裏切ったのか！」

「うるさい！　ああ、私のエリザや。許しておくれ」

怒声を発するザリア将軍を無視して、ファーマイン枢機卿長がエリザベートの下に駆け寄り、泣きながら癒《いや》しの技を発動させた。

「おとうさま……？」

エリザベートは、ファーマイン枢機卿長が涙を流すところを初めて見た。

「ええい、坊主なんぞ、信用するのではなかったわ！　こうなれば仕方がない。お前達、命を賭してでもアンリ王を殺せ。王を殺せなければ、我らに明日は無いぞ！」

ザリア将軍が刺客達に命じる。

刺客達は一瞬躊躇《ちゅうちょ》したものの、懐に手を入れ紐《ひも》のようなものを引いたあと、アンリ王に向かって走る。

「させん！」

セルゲイが槍《やり》を突き出し、突撃してきた刺客を突く。槍が刺客の胸に命中し、肉を切り裂き、骨を貫く。だが次の瞬間、刺客の体が爆発した。

至近距離で爆風を受けたセルゲイが、吹き飛ばされて倒れる。

「自爆か！　おのれ、部下を駒のように」

アンリ王が怒りの目でザリア将軍を睨《にら》む。

「うるさい。督戦隊を使い、我が兵を殺したお前に言われたくはないわ！　行け！」

ザリア将軍が非情な命令を下す。刺客達が懐に手を入れて紐を引き、一斉に襲い来る。

親衛隊の兵士達は自らが盾《たて》となり、相打ち覚悟で刺客を倒し自爆に巻き込まれていく。だが親衛隊より刺客の数の方が多い。全ての親衛隊が倒され、刺客がアンリ王を襲う。

「妻をやらせるか！」

アンリ王が左手を掲げると、手の前に小さな魔法陣が生まれた。手からエカテリーナ仕込みの電撃魔法が迸《ほとばし》り刺客を貫く。死んだ刺客の体が爆発し、爆風がアンリ王や治療をしてくれているファーマイン枢機卿長、そしてマリーを吹き飛ばす。エリザベートも爆風に身をよじり苦しみの声を上げる。

「エリザベート、無事か！」

アンリ王がいち早く起き上がり、エリザベートを抱き起こす。

親衛隊は全て倒れ、ファーマイン枢機卿長とマリーも意識を失っている。

「だめです、逃げてください。私はもう助かりません」

ファーマイン枢機卿《すうききけい》長の治療により、話せる程度には回復したが、傷は内臓にまで達している。最高の癒し手《いやて》を集めても、自分はもう助からない。

だがアンリ王はエリザベートの話を聞かず抱きかかえる。

「ここはまずい」

アンリ王がエリザベートを抱えながら、謁見《えっけん》の間へと移動する。

謁見の間では、家臣や貴族達が逃げまどい、混乱の渦となっていた。

アンリ王は部屋から抜け出すため、扉を目指そうとした。しかし外へつながる扉からは、武装したザリア将軍派の兵士達が、逃げまどう貴族達を押し退けやってくる。アンリ王は仕方なく玉座へと逃げた。

「アンリ王、その首もらい受ける！」

ザリア将軍が叫び、死を覚悟した五人の刺客がエリザベートとアンリ王を取り囲む。

「妻を殺させはせぬ、殺させはせぬぞ！」

アンリ王が再度左手に魔法陣を生み出し、左手を大きく払う。手からは猛火が噴き出し、迫りくる五人の刺客を同時に焼き払った。

放たれた火は消えず、炎の壁となって残りの刺客達を遮る《さえぎ》。だが炎に包まれた刺客の体が爆《は》ぜ、五つの爆発が同時に起きて城が揺れる。一部の床が耐えきれず階下へと崩落した。

「ええい、弓だ、弓を持て。王妃を狙え。王は避けられぬ」

ザリア将軍の下に新たにやって来た兵士達が弓を構え、エリザベートを狙う。

「陛下、いけません。逃げて」

エリザベートはアンリ王に訴えたが、アンリ王は逃げない。エリザベートを玉座に預け、その体を抱きしめ、身を挺《てい》して守る。

「今だ！　放て！」

ザリア将軍の命令に何本もの矢が放たれ、アンリ王の背に突き刺さる。

「陛下！」

エリザベートの悲鳴が響く中、とどめの矢がつがえられた。


凶刃からこぼれた流血が空中を舞い、広場にいる私の頰《ほほ》と鈴蘭《すずらん》の旗に降りかかった。

私は頰に付いた血を指で拭い、血の付いた手を確認したが、それでも自分の指を濡らすものが信じられなかった。

七十年目の建国式典。魔王の実弟ガリオスを討った功績が認められ、カシュー守備隊も招待された。

しかしアンリ王が演説で謝罪し、全ての騎士団を解体して魔王軍に対するため退魔騎士団を作ると言い出した。そしてその初代団長に私を任命した。

アンリ王の宣言に周りにいる民衆は熱狂したが、何も聞いていなかった私は、ただ困惑するばかりだった。

しかもその直後、アンリ王はザリア将軍とファーマイン枢機卿《すうきけい》長が計画している謀反《むほん》を告発。ザリア将軍が凶行に走りアンリ王を斬ろうとしたが、エリザベートが飛び出して斬られた。

信じられないような出来事の連続で、まるで現実味がなかった。しかし私の頰《ほほ》に降りかかったエリザベートの血は赤く、間違いなく本物だった。

「ロ、ロメリア様」

冷静沈着なレイも、事態についていけず動揺していた。ほかの兵士も迷いの瞳を見せる。

私もどうしていいのか分からなかったが、列を作る騎士団の一つが、突然動き始めた。黒い旗に鷹《たか》の紋章。黒鷹《こくよう》騎士団だ。正面にある王城ライツの城門を確保しようと動いている。

軍事的な動きを見て、私の思考は混乱から冷徹な指揮官のものへと切り替わった。

まずは周囲の状況確認。式典の警備兵は全てザリア将軍の手の者らしく、剣を抜いて警戒態勢に入っている。さらに黒鷹騎士団が城門を押さえようとしていた。

広場にいる騎士団の内、青狼騎士団と赤月騎士団は謀反に呼応して動き始めているが、残りは動いていない。ザリア将軍の凶行にただ戸惑っている。

民衆は目の前で起きた謀反に呆然《ぼうぜん》としていた。だが何人かが騒ぎ始めている。このままでは暴動が起きる。混乱に巻き込まれれば動けなくなる。

「カシュー守備隊！　整列！」

動揺する兵士達に、私は切り裂くような声で命令する。

混乱していても兵士の性か、セメド荒野の戦いを生き残ったカシュー守備隊七百人が一斉に姿勢を正す。

私は細身の剣を抜き、バルコニーに立つザリア将軍に、突き刺すように向ける。

「我々、カシュー守備隊は王家に付く！　ザリア将軍を討つぞ！　親衛隊以外は王国の騎士団といえ敵と心得よ、歯向かう者は容赦するな！　カシュー守備隊！　城門に向けて突撃！」

私はバルコニーの下に設けられた、巨大な城門に剣を向ける。

カシュー守備隊の全員が突撃し、私も続く。

城門の前では黒鷹騎士団が、城門を占拠しようとしていた。

「オットー、カイル！」

私が走りながら叫ぶと、二人は待っていましたと走る速度を速める。城門の前ではこちらの動きに気付いた黒鷹騎士団が、盾《たて》を並べ防衛線を構築する。

「オットー！　頼む」

身の軽いカイルが一言叫んで、オットーに向かって宙返りをする。オットーが愛用の戦槌《せんつい》を構えると、カイルは猫のような身のこなしで戦槌の先端に着地した。オットーは信じられない膂力《りょりょく》で、カイルを載せたまま戦槌を振り抜く。

放物線を描いてカイルが宙を飛び、盾《たて》を並べる敵の戦列を飛び越えて敵の後方に着地する。即座に振り返り、両腕を鳥の翼のように広げた。一拍遅れて、盾を並べた黒鷹《こくよう》騎士団の兵士六人が倒れる。その背中や首には、カイルが投擲《とうてき》した短剣が突き刺さっていた。

黒鷹騎士団は戦列を飛び越えて来たカイルに驚きながらも、七人の兵士が素早く動き、三人の兵士がカイルに斬り掛かり、四人の兵士が穴のあいた戦列を塞《ふさ》ごうとする。

だがカイルは豹《ひょう》の如き動きで敵の攻撃を回避し、塞がれようとしていた戦列は、地響きを立てて爆走するオットーが戦槌《せんつい》で薙《な》ぎ払った。

二人が開けた穴にカシュー守備隊が雪崩《なだれ》込み、城門を占拠しようとしていた黒鷹騎士団を撃破する。

「オットー！　カイル！　それにベンとブライ！　ここに二百人残す！　このまま城門を確保。誰も入れるな！」

「「「「了解！」」」」

四人の声が重なり、私はここを任せて兵士達と共に進む。

城内に入ると、城門に向かって走って来た十人程の兵士と遭遇する。

だが彼らはザリア将軍の兵士ではない。赤い獅子《しし》の旗章を身につけた親衛隊だ。互いに剣を向け合うも、私は先頭に出て手で制する。

「親衛隊の方ですね、私はカシュー守備隊のロメリア！　我々は王家につく！」

私はまず旗幟《きし》を鮮明にする。誰が敵か味方かも分からないが、立ち位置だけははっきりとさせておく。

「ありがたい、王家についてくれるか」

親衛隊の兵士は安堵《あんど》して剣を下ろした。

以前なら信じてはもらえなかっただろうが、セメド荒野の戦いで共に命を預けあった仲だ。死線を潜り抜けた経験は大きい。

「城門は我々が押さえました。親衛隊の兵士はこれだけですか？」

私は親衛隊の数を見る。たったの十人。あまりにも少なすぎる。

「アンリ王の命令だ。敵に察知されぬよう、警備を他所に回されたのだ」

兵士の話を聞き、私は目を細める。

おそらく街の門や兵器庫などの重要施設に、親衛隊を割り振ったのだろう。要所を押さえれば謀反《むほん》が不発に終わると思ったのだろうが、肝心の城がザリア将軍の手に落ちては……。

そこまで考えて、私はアンリ王が死ぬつもりだったことに気付いた。衆人監視のなかで王を殺せば、謀反人の汚名からは逃れられない。

いかにザリア将軍が王国の騎士団に強い影響を持っていたとしても、離反者が続出する。風向きが悪いとなれば、ザリア将軍派の騎士団も手のひらを返してザリア将軍を討つだろう。

アンリ王の誤算は、エリザベートが自分を庇《かば》い、斬られてしまったことだ。

ファーマイン枢機卿《すうききけい》長が謀反《むほん》に加担していれば、聖女であるエリザベートと子供達は安全だと踏んだのだろうが、エリザベートの内心を考えていなかった。

「分かりました。城内は私達が押さえます。グラン、ゼゼ、ジニは城内の右を、ラグン、ボレル、ガットは左。シュロー、メリル、レットは裏門を、それぞれ百人を率いて確保！」

私の指示に、兵士達が動いていく。

「我々もそこに加わろう。表門に二人、裏門に二人、左右にもそれぞれ二人ずつだ」

親衛隊の兵士が申し出てくれる。王家に忠誠を誓う親衛隊が部隊に加わってくれれば、我々がどちらの側か分かりやすい。

「残りは私と共に王の下へ！」

私は二人の親衛隊に先導を頼み、二百人の兵士と共に、謁見《えつけん》の間を目指して城の階段を登る。だが階段を登り始めた私達とは逆に、上から貴族達が滑り落ちるように階段を降りてくる。

彼らを助けてあげたいが、優先すべきはアンリ王達だった。

「どいてください！　逃げるのならば裏門へ！　裏門へ逃げて！」

私は避難誘導をしながら、逃げる人をかき分け謁見の間を目指す。

「おおっ、ロメリアか！」

貴族達が上げる悲鳴と怒号の中、懐かしい声が聞こえてきた。見れば、長軀《ちょうく》のわりに小さな目をしたお父様が逃げる人の波の中にいた。

お父様は立ち止まろうとしたが、人の波に飲まれ止まれなかった。

私は反射的に手を伸ばしたが、お父様は手を私に伸ばさず、上へと向ける。

「ロメリア！　アンリ王とエリザベート王妃を助けよ！」

それだけ言うと、お父様は人の波に飲まれ、見えなくなってしまった。

短い言葉だったが、それだけで十分だった。

「行きますよ！」

私は前を向き、とにかく進む。

だがあと少しで謁見の間というところで、二百人程の兵士達とかち合う。味方と思いたかったが、兵士達は青狼騎士団と赤月騎士団の紋章を身に着けていた。

王国を代表する騎士団が、私達に剣を向ける。敵か味方かわからぬ状況に、カシュー守備隊の面々は戸惑う。

だが先導してくれた二人の親衛隊が立ちはだかる。

「我らを王家親衛隊と知っての行動か！」

「青狼騎士団と赤月騎士団はザリア将軍の謀反に加担し、逆賊となるか！」

二人の親衛隊が、言い逃れはさせぬと刃を向ける。青狼と赤月の両騎士団は、問答無用と親衛隊に切りかかった。

「おのれ！　王国の騎士団でありながら！」

「逆賊め！　ロメリア様！　貴方達《あなた》だけでも、アンリ王の下に！」

親衛隊二人が敵と切り結びながら、先に行けと叫ぶ。

「分かりました。アルとレイ以外はここに残れ。グレン、ハンス、セイ、タース！　二百人を預ける」

私は四人に二百人の兵士を与え、アルとレイとの三人だけでアンリ王の下へと向かう。

謁見《えっけん》の間へと続く扉が見えたが、入ろうとした時、城を揺らす振動に足をとられる。私はふらつく足に力を入れ、開け放たれた大扉から謁見の間に飛び込んだ。

謁見の間は惨憺たる状況だった。何人もの人が倒れ、その中にはファーマイン枢機卿《すうきけい》長もいた。床は崩落して穴が開き、炎が壁となってそびえている。

炎の向こう側には玉座が見え、白い衣を血で赤く染めたエリザベートと、背に何本もの矢を受けたアンリ王がいた。炎の前には数人の兵士が弓を構え、アンリ王を狙っている。

「アル！　レイ！」

私は叫んだが、二人はすでに飛び出していた。

赤と蒼の騎士は疾風の如く駆け、剣を煌《きら》めかせ弓を構えていた兵士を斬る。

「む、貴様。どこの者か！」

長剣を手にするザリア将軍が、居丈高《いたけだか》に誰何《すいか》する。

「見て分かるだろうが！　正義の味方だ！　逆賊！」

アルが吠える！　逆賊と名指しされ、ザリア将軍が怯《ひる》む。

「その赤い鎧《よろい》に髪。貴様アルビオンだな！　そして蒼い鎧はレイヴァンか。我らの大義が分からぬか！」

「逆賊の大義なんぞ知るか！」

「我々はロメリア様の命に従う！」

アルとレイは、王国一の将軍を前にしても一歩も引かない。

「見どころがある連中と聞いていたが、所詮、女の尻を追いかけているだけの小僧共か！」

ザリア将軍がアルに向けて長剣を構える。さらに五人の刺客達がレイを取り囲んだ。

「エリザベート！　アンリ王！　今助けます！」

私はザリア将軍を無視して、まずエリザベート達の安否を確認した。しかし玉座にもたれかかる二人は傷を負い、血だらけとなっていた。

血に染まる二人を見て、私の心は怒りに染まる。

「アル！　レイ！　斬れ！」

「「了解！」」

私は怒りのままに命じると、アルとレイが頷《うなず》く。

「この俺を斬るだと？　ほんの数年戦場を走り回っただけの小僧が。この俺はお前らが生まれる前から戦場におるのだ！　お前達！　黒鷹《こくよう》騎士団の力を見せてやれ！」

ザリア将軍が笑いながらアルに向かって長剣を振るい、刺客達が短剣を手にレイに一斉に襲い掛かる。

ザリア将軍はアル以上の巨軀《きょく》を誇り、大上段から振り下ろす長剣の一撃は岩さえも両断しそうだった。そしてレイが相手をする刺客は、最強と名高い黒鷹《こくよう》騎士団でも特別な訓練を受けた精鋭中の精鋭、見事な身のこなしで短剣を煌《きら》めかせる。

ザリア将軍が振り下ろした長剣を、アルは剣を横にして受ける。レイは五人の刺客と激しく剣戟《けんげき》を交わし、火花を散らす。

「ほら、将軍の前に跪《ひざまず》け！」

ザリア将軍が長剣を押し込む。受けるアルの体がゆっくりと下がり、膝《ひざ》が地面につきそうになった。しかしそれ以上アルの体は下がらず、それどころか押し返していく。

「ぬっ。この、無駄な足掻《あが》きを」

ザリア将軍が力を込めるが、アルを止めることは出来ず、徐々に押し返される。

「言うだけあって、力はまぁまぁだな。でも、ガリオスに比べれば屁でもねえ」

アルはつい最近戦った、最強の敵と比べながら剣を押し込む。今度はザリア将軍の体が沈む。

「ぐぅうう、こ、この！　貴様！　この俺を誰だと！」

ザリア将軍は歯を食いしばり、口の端から泡を吹き、顔を真っ赤にして力を込めたが、アルを押し返すことは出来ず、逆に膝をついてしまう。

「おっ、お前達！　助けろ！」

ザリア将軍は、たまらず助けを求めた。

だが刺客達は、主《あるじ》を助けに行くことは出来なかった。

レイは見ることが不可能な速度で剣を振り、五人を相手に一歩も引かぬ剣戟を見せていた。

レイがさらに剣の速度を加速させると、刺客の一人が指を切断され、悲鳴と血が舞い散る。

一人が崩れた後は早かった。レイの剣は無慈悲に刺客の指や腕を斬り裂いた。

指や腕を斬られた刺客達は短剣を落とし、手や腕を抱えてうずくまる。レイは命までは取らず、血糊《ちのり》の付いた剣を払う。

「なっ、ばかな。俺の部下が！」

刺客達が敗れたのを見て、ザリア将軍は顔色を変えるが、よそ見をしている暇はなかった。

アルの剣がさらにザリア将軍を押し込む。

ザリア将軍は肩に長剣を担ぎ、なんとか斬られるのを防ごうとするが、アルの剣は長剣に食い込み、長剣ごと押し斬ろうとする。

「待て、貴様。この俺を誰だと思って！」

「お前なんぞ知らん！」

アルが吐き捨てると、剣に全身の力を込める。アルの毛が逆立ち、赤い髪が炎のように揺らめく。アルの剣がザリア将軍の顔を長剣ごと両断する。

「しょ、将軍！」

レイに指や腕を斬られた刺客達が、ザリア将軍の死に声を上げる。

「もうやめなさい！　ザリア将軍は死に、謀反《むほん》は失敗しました。これ以上、王国の騎士同士が戦ってなんになります。降伏しなさい！」

私は生き残った刺客達に降伏を促す。刺客達は、互いに目を見合わせる。

戦う手段すら失った彼らだが、その顔は諦めた者の顔ではなかった。

「アル、レイ！　下がって！」

私の声にアルとレイが後ろに飛ぶ。ほぼ同時に五人の刺客達が懐から紐《ひも》を引き抜く。次の瞬間体から閃光《せんこう》が溢《あふ》れ、大爆発が起きた。

爆発の衝撃により謁見《えっけん》の間の床がさらに崩落し、天井さえも崩れ始める。

「エリザベート！　アンリ！」

崩れゆく城の中で、私はただ二人の名前を叫んだ。


幾本もの矢が放たれ、アンリ王がエリザベートを抱きしめて守った。

エリザベートはそれを見ていることしか出来なかった。守護の力で壁を生み出そうとしたが、血を失いすぎているためか術にならなかった。

矢がアンリ王の背に突き立ち、口から血が漏れる。

「陛下！　いけません。お逃げください！　貴方《あなた》一人なら、まだ助かります」

エリザベートは叫んだが、アンリ王は逃げなかった。

炎の奥では、とどめの矢が放たれようとしたその時、ロメリアがアルビオンとレイヴァンを連れて、謁見の間にやってきた。

ロメリアの騎士達は疾風の如く駆け、弓を構える刺客達を倒していく。

「陛下、援軍が来ました。助かります。お気を確かに」

エリザベートはアンリ王に助かったと声を掛けたが、背に矢を受けたアンリ王は、エリザベートの膝《ひざ》に崩れ落ちる。

「ああっ、しっかりしてください。こんな怪我《けが》、すぐに治りますから」

エリザベートは背に矢を受けたアンリ王に癒《いや》しの技を発動した。しかし手に灯る光は弱々しく、出血が止まらない。

「安心してください、陛下。貴方は死にません。必ず治ります」

エリザベートにはアンリ王が死なない確信があった。自分には、その力があるからだ。

もう六年も前のことだった。魔王討伐の旅をするアンリ王子と初めて出会った日の夜、エリザベートは教会でアンリ王子のために祈りを捧げていた。

その時、天から奇跡の力を授かったのだ。

奇跡の力の名は『慈愛』。その力はエリザベートが愛する者の傷を癒《いや》し、死の淵《ふち》からでさえ命を救い復活させることが出来る。

この力は魔王討伐の旅で遺憾無く発揮され、何度もアンリ王子を救った。

魔王ゼルギスの渾身《こんしん》の一撃ですら、アンリ王子を殺すことは出来なかったのだ。それに比べればこの程度の矢傷、ものの数ではない。

しかし、どれほど癒しの技を使おうと、矢傷が塞《ふさ》がることはなかった。

「どうして？　なぜ治らないの？」

エリザベートは涙を流しながら、必死に癒しの技をかけ続けたが、流れる血を止めることも出来なかった。

涙を流すエリザベートに、アンリ王が身を起こし、涙を血の付いた手で拭った。

「よい、よいのだ。エリザベート。無理をするな」

「いいえ、治ります。必ず治るのです。陛下、今まで隠しておりましたが、私には奇跡の力が……」

「ああ、知っているよ。君達が奇跡の力を持っていることを」

エリザベートの告白に、アンリ王は口の端に血をにじませながらも、柔和に微笑《ほほえ》んだ。

この言葉に、エリザベートは驚いた。

エリザベートは奇跡の力を授かった時、この力は秘するべきであると直感し、今日の今日まで誰にも話さなかったからだ。

「どうして？　何故知っているのです？」

「さて、何故だろうな。ただ、君達がガリオスを倒したのを見て分かったのだ。君達は神に愛されており。私は違うのだと。恐らくエカテリーナや呂姫《りょき》、そしてロメリアも似たような力を持っているのであろう」

アンリ王の言葉は、二度目の衝撃となってエリザベートを襲った。

これまで奇跡の力を授かったのは、自分一人だけだと思っていた。しかし自分だけが特別とする理由は何もないのだ。

それに思い返せば、エカテリーナや呂姫が仲間になった後、アンリ王子の魔法や剣技が劇的に向上した。

今までは二人の指導により、アンリ王子の才能が開花したものと思っていた。だがそうでなかったとしたら？

エカテリーナと呂姫にも奇跡の力が宿り、その力がアンリ王子を強くしていたとしたら？

そしてロメリア。戦う力を持たず、魔王を倒す旅では雑用以外では役に立たなかった。

しかしあのロメリアが、現実主義で無駄なことは一切しないロメリアが、アンリ王子のためとはいえ、足手纏《まと》いになるようなことをするだろうか？

アンリ王の指摘は、なんの証拠もなかった。しかしエリザベートはそれが真実であると、確信してしまった。

「アンリ……私は…私達は……」

「よい、よいのだ……そなた達のおかげで、夢を見ることが出来た」

震えるエリザベートに、アンリ王は優しく微笑《ほほえ》みかけた。だがその顔は悲しみに溢《あふ》れていた。

「エリザベート。私は……私は英雄になりたかった……」

アンリ王は頬《ほほ》に一筋の涙を流し、エリザベートの膝《ひざ》に崩れ落ちた。

「アンリ……すみません。私が、私達が貴方《あなた》の人生を……」

エリザベートは謝らずにはいられなかった。

もしエリザベート達が力を貸さなければ、アンリ王は英雄にならずとも、人々の痛みと弱さを知る、善王となっていたかもしれなかった。

自分達が幸運の女神気取りで、この人の人生を歪《ゆが》めてしまったのだ。

「アンリ……」

エリザベートのこぼした涙が、アンリ王の頬を打つ。

「貴方は英雄です。これまでも、これからも」

両手を広げ、エリザベートはアンリ王の頭を抱擁した。

爆発が起き、城が揺れて火の手がさらに激しくなる。

「エリザベート！　アンリ！」

炎の向こう側で、ロメリアが叫んでいた。

「ザリア将軍は倒しました。早くこちらに！」

ロメリアの言葉通り、ザリア将軍は死に、刺客達も倒されたようだった。

しかしエリザベートは首を横に振った。

「アンリ王が今亡くなりました。私も最後を共にします」

エリザベートはアンリ王の顔を撫《な》で、最後に流れた涙を拭った。

「エリザベート！　アンリ王が亡くなられても、貴方までが死ぬ必要は無い。二人の子供はどうするのです！」

ロメリアが子供達のことを引き合いに出す。

アレンとアレル、二人の子供達のことは気がかりだった。しかし自分にはもう息子達を助けてやることは出来ない。

「この深手では私も助かりません。それにアンリ王を一人には出来ません。英雄は聖女を守り、聖女は英雄と最後を共にした。死すら二人の愛を分かつことは出来なかった。歴史書にはそう記され、唄に唄われるのです」

エリザベートの言葉を聞いて、ロメリアが目を見開いて驚く。直後大きく城が揺れ、城の崩壊が始まった。

「エリザベート！」

ロメリアの声が響き渡った。

私は力の限りエリザベートの名を叫んだが、エリザベートは玉座から動こうとしなかった。

城が大きく揺れ、天井から石が降り注ぐ。

「ロメリア様！　危険です！」

レイが降ってくる破片から、私を守ってくれる。

「おい、セルゲイ？　生きてるのか？　しっかりしろ。ここで寝てたら死ぬぞ！　こっちの爺さんと嬢ちゃんも息があるのか！」

アルが倒れている親衛隊のセルゲイ副隊長とファーマイン枢機卿《すうきけい》長、そして侍女を見つける。

「エリザベート！　必ず助けます。諦めないで！」

私はなおも二人を救う方法がないかと近づこうとしたが、レイに肩を掴《つか》まれ止められる。

「離しなさい！　レイ！　二人を助けないと」

私は肩に置かれた手を振り払おうとしたが、レイは離さなかった。

「ロメリア様、これ以上は駄目です！　全員が死にます！　どうしてもと言うのなら、私が行きます。ロメリア様は脱出してください」

レイの言葉は、私に歯嚙《はが》みをさせた。

自分が行くならともかく、レイを火の海に飛び込ませるわけにはいかなかった。それに私が脱出しなければ、ロメ隊やカシュー守備隊も決して脱出しない。

七百人全員を道連れにするわけにはいかなかった。

「……仕方ない、脱出します。アル！　生存者は？」

「この三人だけです！」

アルは背中にセルゲイ副隊長を担ぎ、ファーマイン枢機卿長と侍女を左右の脇に抱えていた。とても重いはずだが、アルは三人を担いでも、まるで重そうなそぶりを見せていなかった。

「エリザベート、アンリ！」

私はもう一度だけ二人を見ようとしたが、すでに二人は炎に包まれていた。

「すまない！」

私は思いを断ち切るように踵《きびす》を返し、外を目指した。

火の手が上がり、崩壊する城を駆け抜け、カシュー守備隊と合流する。

炎上する城の中を走っていると、不意に私の耳に唄声が聞こえた。

私以外に誰も唄声に気付いた者はなく、気のせいかもしれない。だが私は確信した。

「エリザベートが唄っている」

それは旅の途中、エリザベートが唄っていたものだった。

野営のたき火を見ながら、あるいは大海原に沈みゆく太陽を眺めながら、満天の星が瞬く夜の砂漠で、心の慰めに彼女が唄っていたものだった。

「エリザベート……アンリ……」

私達は幾つもの平原と山を越え、氷原と海を渡り、多くの困難を乗り越え旅をした。

何故こうなってしまったのか？　何を私達は間違えたのか？

その答えは、燃え尽きる城に埋もれていった。


鈴蘭《すずらん》の旗の下、丘の上に立つ私の眼前には、たくさんの死体が転がっていた。いや、目の前だけではない。後ろも横も、どこもかしこも死体ばかりだった。

死体の間を兵士達が行き交い、地に落ちた旗を気にすることなく踏みつけていく。

泥まみれの旗は、黒い布地に金糸で大鷹《たか》が刺繍《ししゅう》されていた。

ライオネル王国でも最強と名高き、黒鷹《こくよう》騎士団の旗だった。

かつては列強に名を轟《とどろ》かせ、その栄光と共に風を切っていた旗も、今は血と泥に埋もれ、顧みられることもなかった。

アンリ王とエリザベート王妃が殺された建国式典の翌日、城が焼け落ちた王都に、ザリア将軍の腹心の部下であるカレナ副将が、黒鷹騎士団を率いて進軍してきた。

私はザリア将軍の謀反《むほん》とその死を伝えて降伏を促したが、カレナ副将は一切の交渉を拒否した。主《あるじ》であるザリア将軍が謀反を働いた以上、彼らには引くべき道がなかったのだ。

破れかぶれの黒鷹騎士団の行動だが、王都の私達の状況も、あまり良いものではなかった。

まず式典に参加していたほとんどの騎士団に、ザリア将軍の息がかかっていた。謀反に参加した騎士団はザリア将軍の死を知り降伏したが、謀反に加わらなかった騎士団がいつ裏切るか分からず、彼らは味方とは言えなかった。

それに王城ライツも焼け落ち、王都の住人達は突然の謀反と王の死に動揺している。

私は王都で戦う不利を避け、王国第二の都市ラクリアへと移動し籠城した。

ラクリアに立て籠《こも》った私はファーマイン枢機卿《すうききけい》長と交渉した。そしてファーマイン枢機卿長がザリア将軍と謀反を共謀したことを、不問にすることにした。

ファーマイン枢機卿長がザリア将軍と謀反を共謀したことは、後の調査でも証拠が発見された。しかし実行段階において、ファーマイン枢機卿長がザリア将軍と手を切り、エリザベート王妃を助けようとしていたことは多くの家臣や貴族達が目撃している。それに聖職者が謀反を企てたというのは、あまりにも外聞が悪すぎる。

ただしこのままというわけにもいかないので、亡きアンリ王の喪に服すという形で枢機卿長を辞任してもらい、救世《きゅうせ》教《きょう》会の公式発表としてザリア将軍の謀反を公表し、カレナ副将以下、謀反に与《くみ》する者を教会から破門するという宣言をしてもらった。

この宣言により、黒鷹騎士団に味方する者はいなくなった。

私はさらに駄目押しとして、私を救世教会《きゅうせきょう》公認の聖女と認定させた。

自分で自分を聖女と認定させることには抵抗はあったが、これにより私は教会の公認を得て、国中から認められる存在となった。教会の手前、これまで表立って手を貸すことが出来なかった貴族達からも、続々と援軍がラクリアに集まった。

私は十分に勝てる頃合いを見計らって、黒鷹《こくよう》騎士団との決戦に挑んだ。

黒鷹騎士団は最後、策を弄《ろう》さずに正面からぶつかってきた。

もはや彼らにとって、華々しく戦場で散ることだけが救いだったのだろう。

私はなんとか勝つには勝ったが、これからどうするか、頭の痛い問題が残っていた。

政治に空白は許されない。すぐにでも新たな王を立てる必要がある。しかしアンリ王とエリザベート王妃が亡くなり、アレンとアレル二人の王子も行方不明となってしまっている。

二人の王子は謀反《むほん》が起きた当時、謁見《えっけん》の間ではなく離宮にいたと言われている。だがザリア将軍は王子達を確保するため、離宮にも兵を差し向けていた。

離宮にいた乳母や侍女達は殺され、死体が確認されている。しかし奇妙なことに、離宮にはザリア将軍が派遣したと思しき兵士の死体もあり、誰が兵士を倒したのか分からず、アレンとアレル、二人の王子の行方も知れないままだ。

アンリ王の直系の子供達が行方不明である以上、どこかで王の係累を見繕い、王座に就けなければいけない。だが誰を王座に据えるべきか、私の一存では決められない問題だった。

もちろん死んだ王の代わりに、私が王位につくなどは論外だ。

清廉潔白な聖女であることが、今の私のウリだ。政治的野心を見せれば神聖さは瞬く間に薄れ、欲深いみだらな女に一変する。

うまく王族や貴族達と話し合い、批判の少ない方法でまとめないといけないだろう。

しかし昨日まで一介の伯爵令嬢だった自分には、問題が大きすぎた。

王族と貴族達との交渉は、お父様にやって貰《もら》おう。変わり身の早いお父様なら、こういう時にもうまく対応してくれると思いたい。

また騎士団に関しても、再編を急がなければならない。

国の柱であった黒鷹騎士団が壊滅しただけでなく、謀反に加わった青狼騎士団や赤月騎士団も解散を余儀なくされ、おかげで王国の戦力はかつてないほどにまで低下していた。

魔王軍との国境を支える、ガザルの門の防衛も穴が開いたままとなっている。ガリオスを失った魔王軍がすぐに攻めてくるとは思えないが、戦力の回復に手間取れば再侵攻を許してしまうだろう。

アンリ王が宣言した退魔騎士団は白紙に戻すにしても、アルとレイを独立させ、それぞれ騎士団を率いさせることになるだろう。

私とお父様の権限が大きくなりすぎるが、今後も混乱が予想されるので、今はとにかく強力な騎士団が必要だった。

あとは教会勢力にも手を加えないといけない。

ファーマイン枢機卿長《すうききけい》がザリア将軍と手を切り、謀反《むほん》を反故にしたとはいえ、ファーマイン枢機卿長だけではなく、他の教会幹部達も謀反に同意していたのだ。教会の腐敗は目に余る。これを機に内部改革に乗り出すべきだろう。とりあえずノーテ司祭の破門を解き、枢機卿にでも引き上げて貰《もら》おう。そして融和路線を進め、現体制の見直しを許らせよう。

幸いにもファーマイン枢機卿長は私達に協力的だ。と言うか謀反の後、ファーマイン枢機卿長はめっきりと老け込んでしまった。

以前は脂ぎった顔をして、黄金に目を輝かせていたが、今はしなびた大根のようだ。

エリザベートの死がその原因らしい。どうやら彼は自分が本当は何を愛していたのか、失うまで気付けなかったようだ。

おかげで教会勢力は比較的自由に出来るのだが、他にも王都の再建に経済の立て直し、謀反に加担していた騎士団や貴族の処罰と、やることが多すぎて頭が破裂しそうだった。

正直どこから手をつけていいのかも分からない。

丘の上で頭を抱えていると、歩み寄る足音が聞こえてきた。

「相変わらず、小難しい顔しているわね」

「そんなに皺《しわ》を寄せてると、顔に痕《あと》が残るわよ～」

二つの声が私の背中に掛けられる。私は慌てて振り返った。

振り返った先には二人の女性が立っていた。黒いローブに大きな三角帽子を被ったエカテリーナと、背中に刀を背負い、新緑の武闘着を身に着けた呂姫《りょき》だった。

「エカテリーナ！　呂姫！　え？」

私は二人を見て驚いた。

二人との再会は意外ではない。王国に残っていても不思議ではないし、アンリ王とエリザベートの死を知れば、二人はどこにいても駆けつけてくるだろう。しかしエカテリーナと呂姫が腕に抱く存在が、私に大きな混乱を与えた。

「え？　ええ？　子供？　いつの間に？　おめでと、う？」

エカテリーナと呂姫は、胸にそれぞれ子供を抱いていた。

私は祝福していいのか分からず、自分でもなんだかよく分からない言葉になってしまった。

私が尋ねると、エカテリーナと呂姫は顔を見合わせて、困ったような顔をしたあと、二人して笑った。

「いつ結婚を？　誰と？」

その笑みを見て、私は二人がまだ結婚していないことを悟った。

二人の腕の中ですやすやと眠る子供達。エカテリーナが抱える子供は二歳から一歳半ぐらい、呂姫が抱く子供は生後半年といったところだ。二人の子供はエカテリーナにも呂姫にも似ておらず、その寝顔はどこか亡くなったアンリ王とエリザベートを思わせた。

「まさか、その子供は！」

私は消息不明となっている、アンリ王とエリザベートの遺児の事を思い出した。二人の王子は、丁度エカテリーナと呂姫《りょき》が抱いている子供ぐらいの年のはずだ。

建国式典の時、エカテリーナと呂姫が離宮にいて、二人の王子を守ったとすれば……。

「エカテリーナ！　呂姫！」

長男であるアレン王子を王位につけよう。

私は喉《のど》まで出かかった言葉を、無理やり飲み込んだ。

二人が本物の王子であることが証明されれば、これ以上ないほどの正当な王位継承者となる。

だがアレンとアレル、二人の王子はあまりにも幼すぎた。幼い子供の王位継承は、容易に傀《かい》儡《らい》政権へと移行する。

ただでさえ私やお父様に権力が集中しすぎている。この上、国王まで意のままに操れるとなれば、この国を牛耳ったようなものだ。

こちらにそのつもりが無くても、周りが黙っていない。確実に反乱が起きるだろう。

また、幼い王子のためにもならない。

王宮の内部は陰謀渦巻く毒蛇の巣だ。策謀が横行し、暗殺が起こりうる。

そんな状況に乳飲み子を放り込めば、殺したも同然だ。

王宮の権力闘争など、この子達にはなんの関係もない。せっかく生き延びたアンリ王達の子供だ。健やかに育ってほしい。

私が言葉を飲み込むのを見て、エカテリーナと呂姫は笑った。二人の笑みを見て、私も笑った。笑うしかない。

「二人はこれからどうするの？」

私が尋ねると、エカテリーナも呂姫もどうしようかと首を傾《かし》げていた。

「とりあえず実家に戻って、この子に魔法を教えるかな～」

エカテリーナは、どうやら以前住んでいた森に帰るようだ。

「私もどこかの山か森で、この子に武術を教えるよ」

呂姫はどこに居を構えるか、まだ決めていないようだった。

しかし一国の王子達が片や魔法使い、片や武術家となるわけだ。こんな未来を誰が想像しただろうか？

「それじゃ、ロメリア。大変だろうけど頑張んな！」

「頑張ってね～」

呂姫が凛《りん》とした声を、エカテリーナが間延びした声を掛け、去っていく。

私は子供を抱える二人の後ろ姿を見送った。

アンリ王とエリザベートの子供達が立派に成長し、活躍する姿が今から待ち遠しい。

子供達のことを考えて、私は最初に手を付けるべき仕事を思いついた。

丘の上に立つ旗の下でその仕事をしていると、鎧《よろい》を着た一団が私の下にやって来る。

「あれ？　ロメ隊長。なんですその唄？　どこかで聞いたことありますね？　どこで聞いたんだったかな？」

アルがロメ隊を引き連れて戻り、私が口ずさんでいた唄について尋ねる。

「知らないのですか？　アル。これは英雄と聖女の唄ですよ」

私は唄のことを教えてやった。

旅の途中で、心の慰めにと聖女が英雄に唄ったものだ。

「いい唄ですね」

レイが私の口ずさむ旋律に聴き入る。

「そうでしょう。今度貴方《あなた》達にも教えてあげます」

私はロメ隊の皆に約束した。

これが私の最初の仕事だ。

英雄アンリ王と聖女エリザベート王妃。

二人の名前とその愛を語り継ぐ。

千年の時を越えても唄われるように。

ロメリア戦記 II

～魔王を倒した後も人類やばそうだから軍隊組織した～

A History of the Romelia

あとがき

『ロメリア戦記』の二巻を手に取っていただき、ありがとうございます。

有山《ありやま》リョウと申します。

前作の第一巻では、ページの都合上あとがきが無かったので、こうしてご挨拶《あいさつ》をするのは初めてですね。

読者の皆様、初めまして。

この本が生まれたのは、私が寝ている時に「追放ものと婚約破棄ものを足したらウケるんじゃね？」と思い付いたことが切っ掛けでした。

夢の思い付きが、形となり、こうして出版されたと思うと感慨深いものがあります。

とはいえ、寝ぼけた頭で成立したのは最初の一行だけで、そのあとは頭をひねることとなりました。

特に、私に小説の書き方を教えてくれた浅井《あさい》ラボ師匠は、常々「小説には驚きと美しさがなければいけない」と言われており「美しい驚きとは？」と自問自答しながら書きました。

しかも今作は過去にＷＥＢサイトで公開したものを、大幅に加筆修正することを念頭に置いていました。

加筆する以上はＷＥＢ掲載した前作を踏まえた上で、より感動的で美しいものにしなければならず、試行錯誤を繰り返して今作のラストシーンが浮かび上がりました。

第二巻はいかがだったでしょうか？

読者の皆様に楽しんでいただければ幸いです。


出版に当たり多くの人のお世話になりました。

編集者の濱田《はまだ》様には大変ご迷惑をおかけしました。

前作のイラストを担当してくださったコダマ先生や、新イラストレーターの上戸《かみと》亮《りよう》先生には、綺麗な絵をつけて頂き感謝の念が絶えません。

そして、私にいろいろ教えてくれた浅井ラボ師匠がいなければ、この本はおろか今の私もなかったでしょう。

ほかにも私の知らないところで、多くの人の協力と助けがありました。

なにより、こうして二冊目の本を出すことが出来たのは、読者の皆様のご愛顧のおかげです。

ここに感謝とお礼を申し上げます。

ありがとうございました。


それでは、機会があれば、またどこかでお会いしましょう。

GAGAGA
ガガガブックス

ロメリア戦記
～魔王を倒した後も人類やばそうだから軍隊組織した～2

有山リョウ

発行 2020年11月24日 初版第1刷発行
2024年11月20日 第2刷発行

発行人 鳥光 裕

編集人 星野博規

編集 濱田廣幸

発行所 株式会社小学館
〒101-8001 東京都千代田区一ツ橋2-3-1
［編集］03-3230-9343 ［販売］03-5281-3556

カバー印刷 株式会社美松堂

印刷 TOPPANクロレ株式会社

製本 株式会社若林製本工場

Printed in Japan ISBN978-4-09-461147-2